Günter Krieger

Die NEUNTE STUNDE

Biblischer Roman

BRUNNEN
Verlag GmbH · Giessen

MIX
Papier aus verantwortungsvollen Quellen
FSC® C014496

www.brunnen-verlag.de
Lektorat: Eva-Maria Busch
Umschlagmotiv: Protasov AN/shutterstock
Umschlaggestaltung: Olaf Johannson (spoon design)
Satz: DTP Brunnen
Druck: GGP Media GmbH, Pößneck
ISBN 978-3-7655-0918-6

Meinen Eltern

Jerusalem zur Zeit Jesu

entnommen aus Brunnen Bibel Atlas mit freundlicher Genehmigung von © Lion Hudson plc / Tim Dowley & Peter Wyart trading as Three's Company 2002

Ein Gefäß mit Essig stand da.
Sie steckten einen Schwamm mit Essig auf einen Ysopzweig
und hielten ihn an seinen Mund.
Johannes 19,29

Prolog

Johannes, den man den Täufer nannte, trug ein Gewand aus Kamelhaaren und einen ledernen Gürtel um seine dürren Hüften. Als Maria ihn im seichten Flussbett des Jordans stehen sah, hätte sie am liebsten kehrtgemacht. Doch wen hatte sie erwartet? Einen Mann in vornehmer Kleidung? Die Menschen hielten ihn für einen Propheten, einige sogar für den Messias. Also stellte sich Maria in die Reihe derer, die gekommen waren, um sich von Johannes taufen zu lassen zur Vergebung ihrer Sünden.

Als sie ihn predigen hörte, begriff sie, dass er in der Tat ein besonderer Mensch war. Johannes sprach vom Nahen des Gottesreiches, seine Stimme bebte, als spräche er im Zorn. „Bringt Frucht hervor, die eure Umkehr zeigt!“, rief er. „Und meint nicht, ihr könntet sagen: Wir haben ja Abraham zum Vater. Gott kann auch aus Steinen Kinder Abrahams machen!“

Nicht alle waren gekommen, um sich taufen zu lassen. Maria bemerkte eine Abordnung von Priestern aus Jerusalem, die abseits standen. Schließlich trat einer von ihnen hervor und wandte sich direkt an den Täufer. „Sag es uns frei und offen, Johannes, Sohn des Zacharias: Bist du der Messias?“

Ruhig begegnete der Täufer dem lauernden Blick des Fragestellers. „Nein, ich bin es nicht.“

„Wer bist du dann? Wir müssen denen, die uns gesandt haben, Auskunft geben!“

„Ich bin nur eine Stimme in der Wüste. Und diese Stimme ruft unablässig: *Bereitet dem Herrn den Weg*!“

„So bist du ein Prophet wie Elijah oder Jesaja?“

„Ich bin der, der dem Herrn vorausgeht. Ich taufe mit Wasser. Nach mir kommt einer – und er ist schon mitten unter euch –, der wird euch mit dem Feuer des Heiligen Geistes taufen. Ich bin es nicht wert, ihm die Schuhe aufzuschnüren. Schon hält er die Schaufel in der Hand, um die Spreu vom Weizen zu trennen!"

Die Abgesandten zogen sich zur Beratung zurück. Maria fand, dass sie ziemlich ratlos dreinblickten. Aber jetzt war sie an der Reihe, getauft zu werden. Zwei Jünger des Johannes führten sie in den Fluss, bis das Wasser ihr fast zu den Hüften reichte.

Johannes nahm sie in die Arme. „Kehr um, du Tochter Abrahams, denn das Himmelreich ist nahe!"

Sie nahm ihr Kopftuch ab, und dreimal tauchte er sie unter. Als die Jünger sie nach der Zeremonie ans Ufer geleiten wollten, um den nächsten Täufling heranzuführen, fasste sie sich ein Herz und sagte flehend zu Johannes: „Du hast mich getauft, heiliger Mann, doch mein Durst ist nicht gestillt. Die Dämonen sind noch in mir."

Er sah ihr forschend in die Augen. „Wenn dein Retter dir gegenübersteht", prophezeite er, „wirst du ihn erkennen, und die Dämonen werden dich auf der Stelle verlassen."

Das klang wie ein Versprechen. Getröstet machte sich Maria von Magdala wieder auf den Heimweg.

Erster Teil

LAUREOLUS

Im fünfzehnten Regierungsjahr des Tiberius

Ihr seid das Salz der Erde.
Wenn das Salz seinen Geschmack verliert,
womit kann man es wieder salzig machen?
Matthäus 5,13

1

Gelon hatte genug von den alten Dramen und Tragödien. Er war fest davon überzeugt, dass sich die Menschen in Tiberias ebenfalls daran sattgesehen hätten und etwas anderes verdienten. Gewiss, das Theater war gewöhnlich bis auf den letzten Platz besetzt, doch Gelon spürte: Es war Zeit für etwas Neues. Aischylos und Sophokles hatten ausgedient. Selbst die Komödien des Menander brachten keine Abwechslung mehr, wenn man erst einmal zwei oder drei gesehen hatte.

In Sepphoris, wo Gelon neulich Verwandte besucht hatte, war es ihm wie Schuppen von den Augen gefallen. Wie rückständig sie doch hier in Tiberias waren! Im Theater von Sepphoris hatte er Dinge gesehen, die er seiner eigenen Schauspielertruppe bis dahin nicht zugemutet hätte. Die Römer mochten nicht so kultiviert sein wie die Griechen, aber sie wussten die Leute gut zu unterhalten. Sie scherten sich nicht um Ästhetik oder Anspruch, sie liebten es, wenn Unerwartetes geschah, wenn auf der Bühne improvisiert wurde. Die Mimen achteten dabei nicht auf Sittsamkeit oder vornehme Sprache. Ohnehin klang auf Lateinisch alles vulgär, fand Gelon. Für die griechischsprachige Version würde er sich einiges einfallen lassen, auf Masken würde er weitgehend verzichten.

Zunächst hatten ihn, wenn er auch alles andere als prüde war, die gesehenen Darbietungen in Sepphoris ein wenig befremdet, doch als er aufmerksam die Reaktionen der Zuschauer studierte, die sich lachend auf die Schenkel klopften und Tränen aus den Augen wischten, da hatte er beschlossen, der Rückständigkeit auf Tiberias' Theaterbühne ein Ende zu bereiten. Die Zeit war reif dafür, gefragt war vergnügliche Unterhaltung, nicht Kümmernis und bitterer Ernst. Er musste es nur noch seinen vier Mimen begreiflich machen. Sie würden neue große Erfolge feiern.

Nach Tiberias zurückgekehrt, beraumte Gelon unverzüglich ein Treffen mit seinen Schauspielern an. Die vier setzten sich in die leeren Ränge des Theaters, dort, wo die Abendsonne bereits Schatten warf. Großtuerisch baute sich Gelon vor ihnen auf.

„Von nun an werden wir spielen wie die Römer!", verkündete er. Das klang wie ein Befehl, denn Gelon hatte nicht vor, die Angelegenheit mit ihnen zu diskutieren. Nicht umsonst war er das Haupt der Truppe. Er bestimmte, was gemacht wurde, schließlich trug er die Verantwortung für seine Mimen. Begeistert erzählte er von den Stücken, die er im römischen Theater von Sepphoris gesehen hatte.

„Also Zoten und Klamauk", stellte Selenos nüchtern fest. Er war der Älteste in der Truppe, um die vierzig, und damit noch ein paar Jahre älter als ihr Führer.

„Tiberias lechzt nach frischen Komödien", behauptete Gelon.

„Und was ist mit Chares?" Selenos fand, dass der Besitzer des Theaters ein Wörtchen mitzureden hätte.

„Mit ihm habe ich gesprochen. Er ist mit allem einverstanden, wenn es ihm nur ordentlich die Kassen füllt. – Stephaton, was denkst du?"

Wenn Gelon auch nicht bereit war, seine Entscheidung infrage stellen zu lassen, so war er doch neugierig auf die Meinung seines besten Schauspielers. Stephaton, Sohn eines Baumeisters, Liebling des Publikums, mit reichlich Talent und männlicher Schönheit ausgestattet, war in Tiberias eine Berühmtheit. Er konnte sich in den Gassen kaum bewegen, ohne dass man ihn ansprach. Eine Erklärung für seine Beliebtheit hatte Stephaton nicht, aber Gelon und die anderen versicherten ihm immer wieder neidlos, es liege an seinem ausdrucksstarken, glaubwürdigen Spiel, dass die Zuschauer ihm zu Füßen lagen, allen voran die Frauenwelt, die ihn zudem wegen des dunklen Kraushaares und aufgrund seines ansehnlichen Körperbaus anschmachtete.

„Wenn du nicht Mime wärst", sagte Eugenia manchmal im Spaß

zu ihm, „dann könntest du den Bildhauern Modell stehen als Herakles, Achilles oder sonst einer dieser Prahlköpfe!" Kaum zwanzig Jahre zählte er, aber für Gelon war er unentbehrlich.

Stephaton dachte eine Weile über Gelons Worte nach. „Ich weiß nicht", sagte er vorsichtig, denn er hatte nicht vor, den streitbaren Gelon wütend zu machen. „In Tiberias sind die Römer in der Minderheit, und ich bin mir nicht sicher, ob es den Griechen gefällt, wenn wir plötzlich völlig andere Stücke spielen."

„Unsinn", widersprach Gelon leidenschaftlich. „Sie werden entzückt sein. Die Zeit ist reif für etwas Neues. Die verfluchten Perserkriege kommen doch allen aus den Ohren heraus."

„Ich bezweifle, dass ich komische Rollen spielen kann", warf nun Schapur ein. Der bullige Syrer, einziger Nichtgrieche im Ensemble, pflegte die grimmigen Bösewichte zu spielen, aber auch außerhalb der Vorstellungen sah man ihn selten lächeln.

Gelon verdrehte die Augen. „Auch ich bezweifle das, Schapur. Doch auch alberne Possen brauchen einen Spielverderber wie dich, damit die anderen Darsteller glänzen können."

Schapur sah das offenbar nicht als Beleidigung, denn er hob unbeeindruckt die Schultern.

Gelon sah sie alle der Reihe nach an. „Was ist mit euch? Traut ihr euch etwa nicht? Was für Schauspieler seid ihr, dass ihr neue Herausforderungen scheut?"

Bei Eugenia, die seine Gefährtin war, blieb sein Blick hängen. Sie war von herber Schönheit, eine zu lange, etwas höckerige Nase sorgte dafür, dass ihr Anblick nicht gleich jedem Mann den Atem raubte. Ihr pechschwarzes Haar trug sie hochgetürmt zu einer kunstvollen Frisur. „Na los, mach schon deinen hübschen Mund auf, meine Nymphe. Du bist es doch auch satt, immer nur zänkische Göttinnen und wehklagende Witwen zu spielen."

Eugenia schürzte die Lippen. „Du hast es sowieso schon entschieden. Wozu fragst du mich?"

„Ich will wissen, ob du damit einverstanden bist."

„Oh, das ist tatsächlich etwas Neues. Wie ich vermute, werde ich mich bei den neuen Stücken noch öfter entblößen müssen. Wir wissen ja, wie es in den römischen Theatern zugeht."

„Als ob dir das etwas ausmachte."

„Und Schapur darf mich womöglich noch nach Herzenslust betatschen, wie?"

„Auf der Bühne muss man eben manchmal Dinge tun, die keinen großen Spaß machen", sagte Schapur ungerührt und sorgte für Gelächter, selbst der nüchterne Selenos grinste.

„Man sage über unseren Syrer, was man wolle, aber er ist ein großer Mime. Was mich angeht, so soll es mir gleich sein, ob ich mit Menander oder einem Stück dieser römischen Possenschreiber künftig mein Brot verdiene."

„Na also!" Gelon klopfte Selenos wohlwollend auf die Schulter. „Ich wusste es, auf dich ist Verlass. Komm schon, Junge", wandte er sich flehend wieder an Stephaton, „es wird dir Spaß machen. Die Leute werden dich noch mehr verehren."

„Allen voran die edle Fausta Decila", bemerkte Eugenia süffisant.

„Die Römerin ist mir völlig gleichgültig", beteuerte Stephaton.

„Stimmt, du hast es ja eher auf diese kleine Jüdin abgesehen. Wie heißt sie doch gleich? Maria?"

„Nein, Maria heißt sie nicht", wusste Selenos.

„Heißen diese Jüdinnen nicht alle Maria?"

„Hör auf damit, Eugenia", mahnte Gelon. „Wenn ich es nicht besser wüsste, könnte man denken, du bist eifersüchtig."

„Und ob ich eifersüchtig bin, mein Lieber. Denn wenn dich einmal der Schlag trifft – und das geschieht hoffentlich bald –, dann halte ich mich selbstverständlich an Stephaton."

„Wenn mich der Schlag trifft, bist du alt und grau, meine Nymphe. Warum sollte Stephaton dann ausgerechnet dich erwählen? Er könnte jedes Weib haben, nach dem ihm der Sinn steht."

Eugenia warf Stephaton eine Kusshand zu. „Dafür ist er viel zu schüchtern. Zumindest, wenn er nicht gerade auf der Bühne steht."

„Sei still, meine Nymphe. Unser Stephaton will mir nämlich gerade etwas sagen. Nun, mein Junge? Du wirst doch nicht aus der Reihe tanzen, oder?“

Stephaton breitete die Hände aus. „Und wenn es den Leuten nicht gefällt?“

„Es *wird* den Leuten gefallen! Anderenfalls spielen wir wieder die alten Stücke, versprochen!“

Sie brauchten Stephaton. Seinetwegen strömten die Leute ins Theater. In Wahrheit hatte Stephatons Skepsis nur einen Grund: Er befürchtete, die neuen Vorstellungen könnten Sara nicht gefallen. Aber das behielt er für sich, sonst würde Eugenia ihn wieder necken. Und ein Spielverderber wollte er nicht sein. Außerdem konnte er mit dazu beitragen, dass das Stück nicht allzu frivol wurde.

„Von mir aus“, antwortete er gepresst.

Gelon ballte freudig eine Faust. „Guter Junge! Glaub mir, Menander, Euripides und all diese Leichen haben keine Zukunft mehr.“

„Und an welches Stück hast du genau gedacht?“, wollte Selenos von ihm wissen.

Gelons Augen glänzten, er hob einen Finger. „An das vom Räuber Laureolus!“ In knappen Sätzen erzählte er ihnen von der Aufführung, die er sich in Sepphoris angesehen hatte.

„Das soll lustig sein?“, fragte Stephaton zweifelnd.

Gelon deutete mit dem Zeigefinger auf jeden einzelnen von ihnen. „*Ihr* werdet dafür sorgen, dass es lustig wird. Was die römischen Mimen können, das können wir schon lange.“

„Und ich soll dann wohl den Räuber spielen“, vermutete Schapur.

„Das könnte dir so passen. Den Laureolus spielt selbstverständlich Stephaton, er ist die wichtigste Figur in diesem Stück.“

„Die Leute werden unserem strahlenden Jüngling wohl kaum einen gemeinen Räuber abnehmen“, gab Eugenia zu bedenken.

„Wer sagt denn, dass Laureolus der Bösewicht ist? Ich werde die

Rollen ein wenig verändern. Niemand soll behaupten, wir hätten die Römer nachgeahmt.“

„Damit wäre das ja auch geklärt“, sagte Selenos. „Wann beginnen wir mit den Proben?“

„Auf der Stelle!“ Gelon klatschte in die Hände. „Los, bewegt eure Hintern! Uns bleiben nur drei Tage bis zur Vorstellung und zum Ruhm!“

2

Das Publikum mochte gar nicht aufhören, Beifall zu spenden. Keinen hielt es mehr auf seinem Sitz, alle standen aufrecht, reckten die Hälse, klatschten schreiend in die Hände, skandierten Stephatons Namen. Ordnungskräfte sorgten dafür, dass niemand auf die Bühne stürmte, was in der Vergangenheit schon vorgekommen war: Nur mit Mühe hatte man Stephaton vor dem Erstickungstod unter weiblichen Umarmungen bewahren können. Und jetzt hing er sogar hilflos am Kreuz.

„Macht mich los!", rief er den anderen zu, aber die ließen sich alle Zeit der Welt. Der Beifall galt ja auch ihnen, also wurden sie nicht müde, sich artig vor dem johlenden Publikum zu verbeugen. Endlich erbarmten sich Gelon, Selenos und Schapur über den Hingerichteten, zogen mit vereinten Kräften das Kreuz aus der Bodenhalterung, legten es behutsam hin und lösten die Stricke von seinen Gelenken.

Die letzten Momente des Schauspiels hatte Stephaton Todesängste ausgestanden. Er hatte kaum noch atmen können, in seinen Gliedern tobte ein entsetzlicher Schmerz. Wie gelähmt fühlte er sich, nachdem er von seinen Fesseln befreit worden war. Nicht einmal einen Finger vermochte er zu bewegen. Unsäglicher Durst quälte ihn, für einen Schluck Wasser hätte er alles gegeben.

„Du kannst jetzt aufhören zu sterben", raunte Gelon ihm grinsend zu, „es ist vorbei. Du darfst wieder leben, mein Junge. Steh auf, lass dich feiern, du hast es verdient."

Gelon glaubte wohl, dass er nicht Abschied von seiner Rolle nehmen wollte. Sahen diese Kerle denn nicht, wie sehr er litt, wie nahe er dem Tod war? „Helft mir auf", stammelte er mühsam.

Gelon und Schapur packten ihn unter den Armen, hievten ihn

auf die Beine und merkten, wie schwach er war. Schon wieder drohte er zusammenzuklappen.

„Bei allen Sirenen, lass dich nicht so hängen", sagte Gelon aus dem Mundwinkel heraus, indem er weiter in die applaudierende Menge lächelte, „wir haben dich nicht wahrhaftig gekreuzigt."

Das empfand Stephaton anders. Dennoch musste er sich zusammenreißen, sonst würde man anderntags nicht über das Stück reden, sondern über seine peinliche Ohnmacht. Zum Glück spürte er seine Lebensgeister allmählich zurückkehren. Endlich gelang es ihm, den Zuschauern zuzuwinken, ohne dass seine Gefährten ihn stützen mussten. Der Applaus war ohrenbetäubend, gewiss hörte man ihn in ganz Tiberias.

Sara! Vergeblich suchte er sie in der Zuschauermenge. Hatte sie das Theater verlassen? Er hatte es geahnt, das Stück war bestimmt nicht nach ihrem Geschmack gewesen. Was er gut verstehen konnte. Ob sie draußen wenigstens auf ihn wartete? Der Gedanke, sie heute nicht mehr zu sehen, war so fürchterlich wie die Kreuzigung.

Eugenia schien genau zu wissen, was durch seinen Kopf ging. Sie nahm seine Hand, um sich mit ihm gemeinsam vor dem Publikum zu verbeugen. „Ich sah sie aus dem Theater gehen, nachdem man dich zum Kreuzestod verurteilte. Den Anblick wollte sie sich wohl ersparen. Ich bin sicher, sie liebt dich."

Das war der schönste Spruch des Abends, ausgerechnet aus Eugenias vulgärem Mund. Wenn er nur wahr wäre. Bis jetzt hatte er Sara seine Liebe noch nicht offen gestanden, aber er war fest entschlossen, das so rasch wie möglich nachzuholen. Und letztlich war er froh, dass sie ihn in diesem Moment nicht sehen konnte, wie er sich, mit einem albernen Lendenschurz bekleidet und von oben bis unten mit Kälberblut beschmiert, dem Applaus dieser ekstatischen Menschen hingab.

Als die Ovationen endlich nachließen, zogen sich die Mimen ins Bühnenhaus zurück. Gelon war bester Stimmung.

„Was habe ich gesagt?", jubilierte er. „Die Zeit war reif für so etwas. Ihr wart wunderbar, Leute, wunderbar!" Er schnappte sich die jauchzende Eugenia und presste gierig seine Lippen auf die ihren. „Wo ist der Wein?", rief er.

Den Weinschlauch hatte Stephaton angesetzt, um seinen unmenschlichen Durst zu stillen. Weil er gar nicht mehr aufhören wollte zu trinken, riss Schapur ihm den Schlauch aus den Händen. „Sachte, Gekreuzigter, deine Henker haben auch Durst." Er nahm ein paar Schlucke und ließ den Wein die Runde machen.

„Alle Griechen Galiläas werden zu uns ins Theater strömen", prophezeite Gelon. „Selbst von der anderen Seite des Sees werden sie kommen. Man wird das Theater ausbauen müssen." Vor Freude legte er ein Tänzchen hin. „Die römischen Mimen aus Sepphoris sind ein Dreck gegen uns, erbärmliche Dilettanten. Wir werden jeden Abend spielen, jeden Abend, hört ihr? Selbst der alte Antipas wird uns sehen wollen, nachdem er uns so lange ignoriert hat. Stephaton, Goldjunge, lass dich umarmen!"

Stephaton ließ die überschwänglichen Liebkosungen über sich ergehen. Woher Gelon die Überzeugung nahm, sie seien mit der Aufführung dieses derben Stücks zum Mittelpunkt der Theaterwelt geworden, blieb ihm ein Rätsel, doch seine Gedanken waren ohnehin woanders: Wenn Sara noch da draußen war, wollte er sie nicht länger warten lassen.

In diesem Augenblick aber betrat Chares, der Besitzer des Theaters, die Garderobe. Er war ein schmächtiger Mann mit dem Gehabe eines Basarhändlers.

„Gratuliere zu der grandiosen Vorstellung", sagte er salbungsvoll.

Gelon packte ihn jovial bei der Schulter. „Hörst wohl schon die Münzen klingen, was, Chares?"

„Das ist Sinn und Zweck eines Theaters. Da draußen verlangt jemand Stephaton zu sprechen."

„Heute nicht. Mein bester Mime braucht jetzt seine Ruhe. Dafür muss jeder Verständnis haben."

„Und wenn es ein Bote der edlen Fausta Decila ist?"

„Dann ist das selbstverständlich etwas anderes. Bestimmt dieser ungehobelte Riese, wie ich annehme." Gelon zwinkerte in die Runde. „Wir wollen uns doch nicht die Gunst der edlen Fausta verscherzen, nicht wahr?"

„Auf gar keinen Fall!" Eugenia schenkte Stephaton einen bedauernden Blick. „Sie wird nicht eher Ruhe geben, bis du sie eines Tages beglückt hast, Junge."

Was immer sie damit meinte, Stephaton wäre am liebsten geflüchtet. Vielleicht hätte er das auch getan, wenn seine Glieder nach der überstandenen Tortur nicht so schwer gewesen wären.

Der Sklave der edlen Fausta Decila, ein ehemaliger Gladiator, überragte selbst Stephaton um Haupteslänge. Fausta Decila hatte bekanntermaßen gern stattliche Männer um sich. Das mochte – neben der Bewunderung für einen herausragenden Schauspieler – der Grund sein, weshalb sie so viel Interesse an Stephaton zeigte. Dieses Interesse hatte sich freilich bis heute nur darin geäußert, dass sie ihm Aufmerksamkeiten in Form von Münzen oder Früchtekörben zukommen ließ. Diesmal aber stand der Gladiator mit leeren Händen da.

„Brennus!" Gelon lächelte gezwungen. „Was gibt es Neues im Land der unbesiegbaren Helden?"

Jener Brennus beachtete ihn nicht, er wandte sich geradewegs an Stephaton. „Die edle Fausta Decila will dich sehen!" Er sprach lateinisch mit dem hartem Akzent der Barbaren, wahrscheinlich war er ein Kelte oder Germane, wer konnte das schon unterscheiden? In Rom, wusste Stephaton, beschäftigte jeder reiche Römer, der etwas auf sich hielt, einen germanischen oder keltischen Leibwächter. Auch Herodes Antipas, der Tetrarch, hielt sich ein paar Söldner aus diesen Gegenden.

Eugenia pfiff leise durch die Zähne, aber auch das wollte der Gladiator nicht zur Kenntnis nehmen. „Sie erwartet dich morgen zur sechsten Stunde in ihrer Villa!"

Was bildete sich diese Römerin eigentlich ein? Nur zu gern hätte Stephaton ihr durch den Muskelprotz ausrichten lassen, sie solle ihn gefälligst in Ruhe lassen, aber Gelons warnender Blick hieß ihn schweigen. Ohnehin schien Brennus nicht auf eine Antwort zu warten, denn schon hatte er kehrtgemacht und stapfte davon.

Als er verschwunden war, kicherte Eugenia in die Hand. „Die edle Fausta wird dich ganz schön verwöhnen, du Glückspilz. Sie hat kochendes Blut, sagt man."

Stephaton funkelte sie an. „Schade, dass ich nicht darüber lachen kann."

„Du musst es deiner kleinen Jüdin ja nicht auf die Nase binden", beschwichtigte sie ihn, während sie die Nadeln eine nach der anderen aus ihrer Turmfrisur zog. Wallend fielen die dunklen Haare über ihre Schultern. Hartnäckig weigerte sie sich nämlich, Perücken zu tragen.

„Nun, Laureolus? Wirst du ihre Einladung annehmen?", fragte Schapur mit unverschämter Neugier.

„Nein, du syrischer Esel!"

„Und ob du gehen wirst!" Das klang wie eines von Gelons berüchtigten Machtworten. Meistens galten sie Eugenia oder Schapur, hin und wieder auch dem ruhigen Selenos, diesmal aber war es exklusiv an Stephaton gerichtet, den besten seiner Mimen, was nach der heutigen Vorstellung einmal mehr deutlich geworden war.

„Ach ja?" Trotzig hob Stephaton das Kinn. „Seit wann bestimmst du, Gelon, mit wem ich mich abseits der Bühne treffe?"

Gelon sah ein, dass er behutsamer, weniger herrisch vorgehen musste. Je tüchtiger die Mimen, desto empfindlicher waren sie, niemand wusste das besser als er. „Junge", sagte er sanft, „Faustas Gunst kann uns nur von Nutzen sein. Wenn wir sie verärgern, wird sie nicht mehr ins Theater kommen. Mit ihr werden dann auch jene den Vorstellungen fernbleiben, auf die sie Einfluss hat."

Selenos nickte. „Das sind nicht wenige."

„Was die beiden damit sagen wollen“, warf Eugenia spöttisch ein, „ist Folgendes: So mancher üppige Geldsegen würde künftig ausbleiben, wenn du dich weigerst, der Fausta schöne Augen zu machen.“

Verdrossen schüttelte Stephaton den Kopf. „Die edle Fausta ist verheiratet, was wollt ihr eigentlich von mir?“

„Sie ist verheiratet“, prustete Eugenia. „Hui, das hätten wir beinahe vergessen.“

Gelon legte ihm eine Hand auf die Schulter. „Wegen ihres senilen Gatten mach dir keine Sorgen, seine Lenden sind tot wie Aas. Die Ehe mit Fausta ist ein Zweckbündnis: Caepio ist steinreich, Fausta ist betörend – bitte sehr. Mit wem sie es treibt, bekommt der alte Knochen schon lange nicht mehr mit. Und wenn doch, dann ist es ihm vermutlich egal.“

„Aber was will sie nur von mir?“, wand sich Stephaton. „Sie hat doch ihren Gladiator.“

„Nicht nur den“, grinste Schapur.

Gelon holte tief Luft, jetzt war Geduld gefragt. „Sieh dir deine beiden nichtsnutzigen Kollegen hier an: Sie würden zwei Jahresgagen hergeben, wenn sie nur einen Tag lang Faustas Liebhaber sein dürften.“

„Eine halbe Jahresgage, mehr nicht“, widersprach Schapur nach kurzem Abwägen.

„Sei so gut und besuch sie“, fuhr Gelon flehentlich fort. „Sie wird dich nicht fressen, mein Junge. Sie ist ein verwöhntes Ding, und wenn sie erst einmal bekommen hat, was sie will, dann wird sie dich in Ruhe lassen. So sind sie halt, diese römischen Weiber.“

Eugenia pflichtete ihm bei. „Wie Katzen, die nach einer Weile die Lust daran verlieren, gefangene Mäuse zu quälen.“

„Ich bin ein Mime, kein Lustknabe“, beharrte Stephaton, aber Gelon ließ nicht locker.

„Du machst dir zu viele Gedanken! Bestimmt will sie nur plaudern. Oder einen Becher Wein mit dir trinken.“

Schapur wollte aus vollem Hals lachen, aber Gelon sorgte mit einem vernichtenden Blick dafür, dass er still blieb.

„Geh zu ihr, verärgere sie nicht. Wirst du das tun? Mir und uns allen zum Gefallen? Bitte, mein Junge!"

Stephaton kaute auf einem Mundwinkel und sah Eugenia an. Die nickte knapp.

„Na schön, ich gehe hin. Euch zum Gefallen." Immerhin blieb ihm noch Zeit genug, sich zu überlegen, wie er ihr begegnen konnte. „Aber denkt nicht, dass sie mit mir machen kann, was sie will."

Das war Gelons geringste Sorge. Wen Fausta bezirzte, den kümmerte sein früheres Geschwätz nicht länger. Dem erging es wie Marcus Antonius, nachdem ihm Kleopatra über den Weg gelaufen war.

„Guter Junge!" Er wuschelte Stephaton durchs Kraushaar.

„Ich muss gehen!" So gut seine zurückkehrenden Kräfte es zuließen, kleidete Stephaton sich an. Für die nächsten Vorstellungen sollten sie sich gefälligst etwas überlegen, wie man eine Kreuzigung erträglicher gestaltete, wenn sie keinen Krüppel aus ihm machen wollten. Eugenia half ihm in Chiton, Mantel und Sandalen.

„Wo willst du denn hin?", wollte Gelon wissen.

„Was glaubst du denn wohl, du unromantischer Kerl?", antwortete Eugenia an Stephatons Stelle.

„He, Laureolus!", rief Schapur, mit einem feuchten Schwamm wedelnd. „Willst du dich nicht zuerst waschen, bevor du deine jüdische Freundin aufsuchst? Sie könnte sich sonst vor dir ekeln."

„Gib her!" Eugenia langte nach dem Schwamm und wischte Stephaton notdürftig das Kälberblut aus dem Gesicht. Für den verliebten Jüngling hatte sie größtes Verständnis. Zum Schluss gab sie ihm einen Kuss auf die gesäuberte Stirn.

„Auf, mein Guter – bevor es dunkel wird!"

„Und denk daran …"

Aber Stephaton war schon weg, bevor Gelon den Satz zu Ende

bringen konnte. Er wollte jetzt nur noch einen Menschen sehen und hören. Aber das erwies sich als schwierig, denn wie gewöhnlich lauerten viele seiner getreuen Verehrerinnen ihm vor dem Theater auf. Sein Anblick sorgte für Gekreische; junge Mädchen, aber auch Frauen mittleren und fortgeschrittenen Alters umkreisten ihn, ebenso ein paar Jünglinge, deren Augen nicht weniger glänzten. Manch einer wollte ihm etwas in die Hand drücken, Süßigkeiten, Blüten, Haarlocken.

Stephaton reagierte unwirsch. „Lasst mich in Frieden!", schrie er sie an. Das hatte er noch nie getan, geduldig und auch stolz hatte er die Huldigungen stets über sich ergehen lassen. Doch die schmerzhafte Kreuzigung, Faustas Impertinenz sowie Gelons fragwürdige Sicht der Dinge hatten ihm die Laune gründlich verdorben.

Immerhin, sie ließen ihn ziehen, ohne sich an seine Fersen zu heften, verwundert über die Feindseligkeit ihres sonst so umgänglichen Lieblings.

Mit jedem Schritt, den er sich vom Theater entfernte, lebte Stephaton auf. Falls Sara wirklich auf ihn wartete, würde er sie am Ufer des Sees finden, jenseits des Südtors. Dort lag ihr Treffpunkt.

Eine knappe Stunde noch, dann würde es dunkel sein über Galiläa. Eine Bande raufender Gassenjungen war so sehr mit ihren Händeln beschäftigt, dass sie Stephaton keine Beachtung schenkten. Welche Wohltat. Anders der Wächter am Südtor, der ihn erkannte und ein Schwätzchen anfangen wollte. Stephaton ließ ihn stehen, denn jede Sekunde, die er Sara noch sehen konnte, war kostbarer als Gold.

Schon von Weitem sah er sie auf einem Felsstein am Ufer sitzen. Versonnen blickte sie auf den spiegelglatten See hinaus, auf dem noch Fischerboote unterwegs waren. Stephaton fühlte sich erleichtert, weil sie da war, zugleich war er aufgeregt, viel aufgeregter als vor einer Aufführung. Während er den von dürren Sträuchern gesäumten Pfad herabstieg, dachte er darüber nach, mit welchen

Worten er sie begrüßen sollte. Ringsumher zirpten Heerscharen von Zikaden. Im Schein der untergehenden Sonne lag eine rote Glut über dem Gewässer, kein Windhauch kräuselte seine Oberfläche. Auch die steilen Bergwände auf der anderen Seite des Sees schienen in Flammen zu stehen.

Alles brennt, alles … selbst mein Herz!, dachte Stephaton, als Sara sich lächelnd zu ihm umwandte.

3

Zwei Wochen zuvor waren sie sich erstmals begegnet. Auf der weiten, von Säulen umstandenen Agora in Tiberias hatte Sara Einkäufe erledigt. Zur gleichen Zeit war Stephaton unterwegs gewesen, um Kräuter für seinen kranken Vater zu besorgen. Seine Stiefmutter Agriope – in ihrer thrakischen Heimat war sie eine Heilkundige gewesen –, schwor auf Weißdorn. Für das schwache Herz des Vaters gebe es nichts Besseres.

Als Stephaton den Marktstand des Pharnakes passierte, wurde er Zeuge eines Disputs.

„Du willst mich wohl zum Narren halten, freches Ding!" Pharnakes, ein für seine Umtriebigkeit bekannter Korbmacher, schnitt die böseste Grimasse, zu der er fähig war.

Die junge Frau vor seinem Verkaufstand ließ sich nicht einschüchtern. „Es ist genau umgekehrt", erwiderte sie ruhig. „Du bist der Betrüger!"

Stephaton sah sie zunächst nur von hinten. Sie trug ein helles Kleid, ihr dunkles, unbedecktes Haar war am Nacken zusammengesteckt. Am rechten Unterarm hielt sie einen leeren Korb.

„Hör mir gut zu, Mädchen", sagte Pharnakes, tief einatmend, „entweder gibst du mir den Korb auf der Stelle zurück, oder du zahlst endlich, was du mir schuldig bist. Sonst sorge ich dafür, dass du Bekanntschaft mit dem Ädil machst."

Stephaton sah sich zum Eingreifen genötigt. „Pharnakes! Was für ein Jammer, dass es immer Ärger mit der Kundschaft gibt, nicht wahr?"

Der Händler blickte ihn an. „Ah, Stephaton! Ja, das kannst du laut sagen, die Leute werden immer dreister. Sag mal, wirst du morgen im Theater wieder den Hermes geben?"

Stephaton überging die Frage, seine Aufmerksamkeit galt dem

Mädchen, das sich zu ihm umgedreht hatte. Er blickte in ein zartes, hübsches Gesicht mit runden Augen und vollen, wie zu einer verwunderten Frage geöffneten Lippen. Ihrer Kleidung nach zu urteilen war die junge Frau Jüdin, vermutlich kam sie aus einem der nahen Dörfer: Weil nämlich Herodes Antipas die Stadt Tiberias auf dem Gelände des Friedhofs von Hammat erbaut hatte, lebten nur wenige Juden an diesem für sie unreinen Ort.

„Wie eine Betrügerin sieht sie eigentlich nicht aus“, fand Stephaton, der den Blick nicht mehr von ihr lassen konnte.

„Es steht ihnen nicht auf die Stirn geschrieben. Sie schuldet mir zwei Sesterze!“, behauptete Pharnakes.

„Ich gab ihm das Geld, bevor ich den Korb nahm“, erklärte das Mädchen unaufgeregt, „aber es hat den Anschein, als könnte er sich an nichts mehr erinnern.“

„Was sagt man dazu?“ Pharnakes wollte gar nicht mehr damit aufhören, den Kopf zu schütteln und empört die Wangen aufzublähen, aber Stephaton erkannte den schlechten Mimen in ihm.

„Wäre es nicht denkbar, Pharnakes, dass dein Gedächtnis dich wieder einmal im Stich lässt?“

Mit einem säuerlichen Lächeln legte der Korbmacher den Kopf schief, dachte nach und zuckte dann geringschätzig mit den Schultern. „Warum sollte ich mich mit einer Jüdin streiten? Soll sie den Korb doch behalten, wenn sie das mit ihrem Gewissen vereinbaren kann.“

„Das kann ich“, sagte sie, seinem abfälligen Blick mühelos standhaltend. Als sie kehrtmachte, um im Markttreiben zu verschwinden, sah Stephaton ihr wie gebannt hinterher.

„Frechheit siegt“, sagte Pharnakes, um sich gleich wieder generös zu geben, „aber ich kann verstehen, dass du einem hübschen Mädchen mehr Glauben schenkst als mir. Tja, diese Jüdinnen sind mit allen Wassern gewaschen. Da möchte man noch einmal jung sein.“

Stephaton ignorierte ihn. Blitzschnell beschloss er, dem Mädchen hinterherzueilen. „Warte!“, rief er. Sie blickte über ihre Schulter und blieb stehen. Als er sie erreichte, wusste er nicht, was er sagen sollte.

„Wie heißt du?“ Immerhin blieben ihm die Worte nicht in der Kehle stecken.

Ihr Blick war immer noch ernst, aber nicht abweisend. Er sah in das schimmernde Grün ihrer von dichten Wimpern umrahmten Augen. „Sara. Und wie heißt du?“

„Ich bin Stephaton.“

„Danke, dass du mich vor dem habgierigen Korbmacher gerettet hast, Stephaton.“

Verlegen nickte er. „Eine Selbstverständlichkeit.“

„Wie konntest du dir sicher sein, dass ich im Recht bin?“, fragte sie ihn. „Du kennst mich nicht.“

„Aber ich kenne Pharnakes. Und was dich angeht, Sara, vielleicht gibst du mir ja die Möglichkeit, dich genauer kennenzulernen.“

Hierzu schwieg sie, aber auf ihren Wangen entstanden zwei drollige Grübchen, weil ihr Mund ein Lächeln andeutete. „Ich möchte nicht neugierig erscheinen, aber warum fragte der Korbmacher dich, ob du morgen im Theater den Hermes gibst?“

Er war ihr offenbar völlig unbekannt. „Nun ja, ich bin ein Schauspieler, und der Hermes war meine letzte Rolle.“

„Ah. Dann verstehe ich, warum man sich ständig nach dir umdreht.“

Auch das war ihr also nicht entgangen. Und nicht nur, dass man sich nach ihm umdrehte, oft genug pflegten die Leute ihm auf die Schultern zu klopfen – wie just in diesem Augenblick eine ältliche Matrone. „Du bist der Beste, mein Junge, du bist der Allerbeste! Mein Liebling bist du!“ Stephaton lächelte gequält und war froh, dass sie ihn nicht weiter behelligte.

„Wenn du Lust hast, Sara“, sagte er zögernd, „könntest du dir die morgige Vorstellung ansehen. Ich besorge dir einen guten Platz.“

Sie schob sich eine Haarsträhne aus dem Gesicht. „Ich weiß nicht so recht."

„Es wäre eine große Kränkung für mich, wenn du ablehnst", wagte er mit gespieltem Ernst zu erwidern.

„Tatsächlich? Es läge mir fern, dich zu kränken, Mime Stephaton. Und eigentlich wollte ich immer schon einmal ins Theater."

Spätestens von diesem Moment an, als ihre strahlend weißen Zähne hinter ihrem Lächeln zum Vorschein kamen, war es um Stephaton geschehen.

Am Abend nach seiner Kreuzigung, als er mit klopfendem Herzen den Pfad zum See hinabeilte, fasste Stephaton den Entschluss, sie zur Begrüßung zu küssen. Bislang waren ihre Treffen von scheuer Zurückhaltung geprägt, obwohl es außer Frage stand, dass sie Zuneigung füreinander empfanden. Aber Sara war eine Jüdin, und Juden pflegten strenge Bräuche. Nicht einen Augenblick lang durfte man das vergessen. Stephaton wollte nicht alles verderben, indem er zu forsch vorging, wenn er auch – zum Unverständnis seiner Kollegen – keineswegs ein Schürzenjäger war. Ein Kuss auf die Wange war überfällig, um ihr zu zeigen, wie sehr er sich nach ihr sehnte.

Sara erhob sich von dem glatten, runden Felsstein, auf dem sie gesessen hatte. Ihr Anblick raubte Stephaton beinahe den Atem, sodass er den Kuss fürs Erste vergaß.

„Friede mit dir", sagte sie zur Begrüßung.

„Und mit dir, Tabita", entgegnete Stephaton. Diesen Kosenamen – Gazelle – hatte er ihr gegeben, weil er fand, dass er gut zu ihr passe. Sara gefiel der Name ebenfalls, selbst wenn sie ihn zu schmeichelhaft fand.

„Wie schön, dich wieder munter auf den Beinen zu sehen."

„Meinem ärgsten Feind wünsche ich keine Kreuzigung." Stephatons Lachen rührte aus seiner Verlegenheit.

Sie blickte aufs Wasser hinaus. „Ist das nicht zauberhaft? So wie heute habe ich den See noch nie glühen gesehen. Du etwa?"

„Du hast recht, es ist, als stünde der Grund in Flammen.“ Er trat näher und nahm ihre Hände, sie waren warm und zart. „Es hat dir nicht gefallen, nicht wahr? Das Stück vom Laureolus, meine ich.“

„Nicht besonders“, gab sie zu. „Es war brutal und mitunter auch geschmacklos.“ Ihr Ton war ernst, aber ihr Lächeln machte alles wett. „Dich leiden zu sehen, hat mir wehgetan.“

Stephaton errötete. „Das Stück war Gelons Idee. In Sepphoris hatte es angeblich großen Erfolg.“

„Auch hier hat es den Leuten gefallen“, sagte sie ungeachtet ihres eigenen Empfindens.

„Ich wünschte, ich müsste es nicht mehr spielen!“ Immer noch hielt er ihre Hände, und sie machte keine Anstalten, sie ihm zu entziehen. Ihre Augen würden ihn wohl noch die ganze Nacht verfolgen. Als ihm durch den Kopf ging, dass er sie eigentlich hatte küssen wollen, richtete sie ihren Blick ein weiteres Mal auf den See.

„Heute war ein Ölhändler zu Gast bei meinem Vater“, sagte sie nachdenklich. „Er erzählte von einem Rabbi namens Jesus, der in der Gegend von Kapernaum einige Todkranke auf wundersame Weise geheilt hat. Und Fischer wollen gesehen haben, wie er über das Wasser des Sees gegangen ist.“

Stephaton lachte. „Vielleicht ist das ja der Grund, warum der See so glüht. Er schämt sich, weil er sich veralbert fühlt.“ Er hielt inne, denn Saras Augen sagten ihm, dass sie das keineswegs gesagt hatte, um ihn zu erheitern. „Nun ja, die Leute sind froh, wenn sie etwas zu klatschen haben“, fügte er hinzu. „Sie denken, dass ein Mann, der Todkranke heilt, noch ganz andere Wunder vollbringen kann.“

Sie nickte zögerlich. „Ja, vielleicht.“

Die Fischerboote hatten sich in Bewegung gesetzt, um zu ihren Anlegestellen zurückzukehren. Weil es keinen Wind gab, mussten die Fischer die Ruder benutzen.

„Wollen wir flanieren?“, schlug Sara vor. Es war einer jener herrlichen Abende, denen man schon am nächsten Morgen nachtrauert, weil man denkt, sie seien einzigartig gewesen. Schweigend gingen sie Hand in Hand den Uferweg entlang und nahmen die Gerüche des Sees in sich auf. Dann fasste sich Stephaton ein Herz.

„Was gäbe ich dafür, dich immer in meiner Nähe zu haben, Sara", sagte er, stehenbleibend. Sie sahen sich an, und zu seiner Freude stellte er fest, dass ihre Augen leuchteten.

„Immer?", fragte sie leise.

„Bis zu meinem Ende!" Er ahnte, welche Kämpfe in ihr toben mochten. Sie kam aus einer frommen jüdischen Familie; für ihre Eltern war es vermutlich undenkbar, dass sie einen heidnischen Griechen heiratete. Und bestimmt hatten sie längst einen jungen Mann für sie ausersehen, denn alt genug zum Heiraten war sie allemal.

Sanft legte er einen Finger auf ihre Lippen. „Du musst jetzt nichts sagen, Tabita. Bitte schweig, damit ich wenigstens träumen kann."

Sie schloss die Augen, stellte sich auf die Zehenspitzen. Zaghaft hatte sie ihre Hände um seine Taille gelegt. Leicht geöffnet war ihr Mund, mühsam kontrollierte sie ihren Atem. Er beugte seinen Kopf, erwiderte ihre Umarmung behutsam, ängstlich beinahe, als könnte sie sich als Trugbild entpuppen, aber als seine Lippen sich mit ihren verbanden, als er die süße Nässe ihres Mundes schmeckte, da spürte Stephaton, wie alles Glück dieser Welt ihn durchströmte.

Als die Zeit des Abschieds nahte – schon war die Sonne untergetaucht, See und Berge hatten ihren roten Glanz verloren –, bestand Stephaton darauf, sie nach Hause zu begleiten. Sara lebte eine gute Meile vor der Stadt, am Rand eines der nahen Dörfer, wo ihr Vater eine große Olivenplantage besaß. Seit Generationen bewirtschaftete seine Familie das Gut und hatte es zu solidem Wohlstand gebracht. Sara erzählte Stephaton, es sei der inbrünstige Wunsch ihrer Eltern, eines Tages in Jerusalem zu leben, um auch dort zu sterben und begraben zu werden. Denn wenn am Ende der Zeiten der *Maschiach* käme – Messias nannten ihn die Griechen –, würden die Toten von Jerusalem als Erste zum ewigen Leben erweckt.

„Wenn das so ist", entgegnete Stephaton, „dann wäre ich gern ein Jude, um irgendwann mit dir in Jerusalem zu sterben." Obwohl er die Torheit seiner Worte ahnte, schenkte Sara ihm ein Lächeln.

Ihr Vater, ein kleiner, robuster Mann, arbeitete noch im Hain, als sie die Ummauerung des Gutes erreichten. Trotz der Dämmerung, trotz der Entfernung glaubte Stephaton Missmut in seinem hageren Gesicht auszumachen. Auf einen leidenschaftlichen Abschied musste das junge Paar wohl verzichten.

„Wann sehen wir uns wieder, Tabita?"

„Morgen, wenn du willst. Bis zur siebten Stunde helfe ich meinen Eltern an der Ölpresse. Danach könnten wir einen Ausflug machen."

Es gab nichts, was Stephaton lieber tun würde. „An unserem Treffpunkt werde ich auf dich warten."

Kurz berührten sie sich mit den Fingerspitzen, dann kehrte Stephaton nach Tiberias zurück. Vergessen waren die Schmerzen der Kreuzigung, er fühlte das Leben in jeder Faser seines Körpers. Stephaton war so glücklich wie noch nie.

Ephraim ben Elihu wusste von der Liebschaft seiner Tochter, sie selbst hatte ihm und ihrer Mutter von dem jungen Griechen aus Tiberias erzählt. Sara hatte noch nie Geheimnisse aus ihren Gefühlen gemacht. Auch dass er ein Mime war, hatte sie den Eltern nicht verschwiegen, wohl wissend, dass ihnen dies missfallen würde. An diesem Abend aber sah Ephraim ihn zum ersten Mal, wenn auch nur von fern. Er begleitete Sara heimwärts, und dafür war es höchste Zeit, denn Ephraim hatte sich schon Sorgen gemacht. Die jungen Leute verabschiedeten sich ein wenig verhalten, wie Ephraim beobachten konnte, aber er war ja nicht dumm, sie wussten genau, dass er sie im Blick hatte. Ephraim wollte gar nicht über die Zärtlichkeiten nachdenken, die sie bereits ausgetauscht haben mochten.

Er winkte Sara zu sich. „Es ist schon spät“, sagte er vorwurfsvoll.

„Ja, Vater. Verzeih mir, fast hätten wir die Zeit vergessen.“

Das klang so verliebt, dass er ihr gern den Mund verboten hätte. Doch das wäre ihm selbst lächerlich erschienen. „Es ist nicht gut, wenn du dich in einen Heiden verliebst.“ Er wünschte sich, er wäre imstande, strenger zu seiner einzigen Tochter zu sein und ihr den Umgang mit ihrem Verehrer schlicht zu verbieten. Aber so zielstrebig und selbstsicher er sich im Leben sonst gab, so weich und nachgiebig war er, wenn es um Sara ging.

Sara lächelte. „Liebe lässt sich nicht steuern, Vater. Sie kommt über einen, ich selbst hätte das niemals geglaubt.“

„Dann ist es also wirklich wahr? Du *liebst* diesen ... Schauspieler?“

Gedankenvoll sah sie ihm in die Augen. „Ja, Vater. Ich glaube, ich liebe ihn.“

Musste sie denn immer die Wahrheit sagen? Hätte sie nicht ihm zuliebe nur einmal eine Unwahrheit aussprechen können? Denn wie hätte er gutheißen können, dass seine Tochter einen Griechen liebte? Ephraims Frau Lea sah das zwar gelassener – „Warte nur ab, sie wird schon wieder zur Vernunft kommen“, pflegte sie zu sagen –, aber wo kämen sie hin, wenn sich Gottes auserwähltes Volk mit den Heiden vermischte? In der Synagoge hatte man ihn schon schief angesehen.

„Komm, Sara“, sagte er seufzend und legte ihr eine Hand auf die Schulter, „gehen wir ins Haus. Deine Mutter wartet schon.“

4

Agriope war noch auf den Beinen, als Stephaton das Haus betrat. „Wie man hört, war eure Vorstellung ein großer Erfolg", begrüßte sie den Heimkehrer lächelnd.

Ach, die alberne Vorstellung! Daran mochte Stephaton gar nicht mehr denken. Aber Agriope war auf dem Laufenden. Überhaupt wusste sie immer, was in der Stadt und in der Gegend vor sich ging.

„Wenn ich in deine Augen sehe", fuhr Agriope scharfsinnig fort, „dann beschäftigt dich momentan anderes. Hast du dich noch mit Sara treffen können?"

„O ja. Und weißt du was, Agriope? Sie wird von Mal zu Mal bezaubernder."

„Ach, wäre ich doch noch einmal einen Tag so alt wie ihr."

Sie war eine Frau jenseits der vierzig. Wenn sie auch dann und wann mit gespielter Schwermut über ihr Alter klagte, so war sie doch sehr hübsch anzusehen mit ihrer immer noch rabenschwarzen Haarmähne und den lebhaften Augen. Vermutlich hatte sie in ihrer Jugend den Burschen ihrer thrakischen Heimat gehörig den Kopf verdreht – bis eines Tages römische Legionen erschienen und das Land mit Krieg überzogen. Agriope wurde zur Sklavin, mehr als zwanzig Jahre waren seitdem vergangen.

Nach dem Tod seiner Frau – unmittelbar nach Stephatons Geburt war sie im Kindbett gestorben – hatte Demetrios, einer der leitenden Architekten des Tetrarchen Herodes Antipas im frisch gegründeten Tiberias, nach einer Sklavin Ausschau halten müssen, die ihm den Haushalt führte und sich um den Säugling kümmerte. Im Lauf der Zeit wurde sie Demetrios zur Gefährtin und Stephaton zur liebenden Mutter. Vor einigen Jahren hatte Demetrios ihr die Freiheit geschenkt, ein förmlicher Akt, denn eine Familie waren sie längst gewesen.

Stephaton küsste sie auf die Stirn. „Für mich bist du noch so jung wie damals, als ich in die Windeln machte, Agriope."

„Genau das wollte ich von dir hören."

„Ich weiß."

„Bevor du dich schlafen legst, solltest du bei deinem Vater vorbeischauen."

Er unterdrückte ein Seufzen. „Ist es dringend?"

„Er hatte einen harten Arbeitstag. Das Herz macht ihm wieder zu schaffen." Sie klopfte ihm tröstend auf die Schulter, wusste sie doch genau, welches Bedürfnis Demetrios bewog, so spät noch eine Unterhaltung mit seinem Sohn zu führen.

„Als hätte ich nicht schon hundert Mal mit ihm darüber gesprochen."

„Tu mir den Gefallen. Du musst ihm ja nicht nach dem Mund reden, was dir ohnehin nicht in den Sinn käme, aber du könntest ihm wenigstens einen Funken Hoffnung lassen, mein Junge."

Also ging Stephaton ins Gemach des Vaters. Demetrios setzte sich auf, als der Sohn zu ihm ans Bett trat. Ein Öllicht sorgte für etwas Helligkeit.

„Wie ich hörte, geht es dir heute schlecht, Vater."

„Mein Herz ist schlaff wie ein leerer Mehlsack, daran ändern auch die Heilkräuter unserer geliebten Agriope leider nichts mehr."

Eine Weile herrschte lastendes Schweigen zwischen ihnen. Anders als seine treue Gefährtin Agriope war Demetrios vor der Zeit gealtert. Tiefe Furchen durchzogen seine Stirn, und die wenigen verbliebenen Haare waren schlohweiß. Ein gestutzter greiser Bart sorgte dafür, dass sein Gesicht nicht allzu knochig aussah. Obwohl er müde wirkte, schienen seine Augen hellwach zu sein. „Ich nehme an, es gab nach der Vorstellung heftigen Applaus", sagte er endlich.

„Ja, Vater. Den Leuten hat es wohl gefallen." Von Sara einmal abgesehen.

„Nun, dann will auch ich dir gratulieren." Das war wahrscheinlich ironisch gemeint, auch wenn der Vater diesmal auf einen entsprechend säuerlichen Tonfall verzichtete.

„Bitte, komm zur Sache, Vater. Wozu hast du mich gerufen?" Eigentlich hatte Stephaton sich vorgenommen, das Gespräch nicht wieder im Streit enden zu lassen. Schon jetzt drohte dieses Vorhaben zu scheitern.

Demetrios begann zu sprechen, sprach sich alles von der Seele, was Stephaton längst schon wusste. Jedes Opfer würde er den Göttern bringen, wenn der Sohn sich endlich entschlösse, in seine Fußstapfen zu treten. Sein schwaches Herz würde vermutlich nicht mehr lange schlagen, es sei eine Schande, dass es dann keinen Baumeister mehr in der Familie gäbe. Er, Stephaton, sei doch keineswegs unbegabt, oft genug habe er sein Talent unter Beweis gestellt, schon als Knabe habe er die kühnsten Dinge modelliert. Und doch ziehe er die Schauspielerei einem ehrbaren Beruf vor.

„Es ist mein Leben, Vater. Nicht deines."

„Es ist wahr, die Leute lieben dich, aber ist das denn ein *Leben*? Wie willst du eine Frau ernähren? Von den paar Denaren, die dieser zwielichtige Gelon dir zahlt? Sollen deine Kinder etwa sagen: *Mein Vater ist ein Mime*? Was ist, wenn die Leute eure Possen satt haben? Wirst du dann unter die Bettler gehen?"

Gewöhnlich pflegte Stephaton diese Argumente zu widerlegen. Zumindest bemühte er sich, sie zu entkräften, doch an diesem Abend schwieg er dazu. Denn inzwischen hatte sich alles verändert.

Wie willst du eine Frau ernähren?

Jedes Widerwort blieb Stephaton im Hals stecken. Sara bedeutete ihm alles. Spätestens seit vorhin, als sie sich geküsst hatten, wusste er genau, dass er keine andere Frau mehr lieben würde. Sie waren füreinander geboren, ja, genau so musste es sein. Wenn nötig, würde er sich ihretwegen beschneiden lassen. Sollten sie doch einen Juden aus ihm machen, wenn er sie nur heiraten durfte. Sein Vater, dieser sture, besserwisserische und hartnäckige Hund, er hatte vollkommen recht: Sara verdiente einen besseren Mann als einen, der sich zur Unterhaltung eines vergnügungssüchtigen Publikums auf der Bühne kreuzigen ließ.

Gleichwohl würde er dem Vater nicht den Gefallen erweisen, ihm beizupflichten. Nicht hier und nicht jetzt. Ja, Stephaton würde ernsthaft in Erwägung ziehen, in des Vaters Fußstapfen zu treten, denn es stimmte, er hatte ein Gespür für Maße, Zahlen und Dimensionen. Ein Schauspieler war kein Mann für Sara, kein Vater für die Kinder, die sie gemeinsam zeugen würden. Für eine Zukunft an Saras Seite musste er sein Leben ändern, das hatte er nun begriffen.

„Warum schläfst du nicht, Vater? Du siehst müde aus."

Demetrios schüttelte nur noch den Kopf über die vorgebliche Ignoranz des Sohnes und glitt in seine Kissen zurück. „Du bist ein hoffnungsloser Fall, Stephaton!" Er schloss die Augen und schenkte ihm einfach keine Beachtung mehr.

Wortlos machte Stephaton kehrt. Vor dem Gemach wartete Agriope und sah ihn fragend an. Er hob seufzend die Schultern. „Er ist und bleibt ein Baumeister. Er will, dass wir unser Leben auf Fels bauen, nicht auf Sand. Das ist sein Wesen."

Agriope legte den Kopf schief. „Du redest wie dieser Rabbi."

„Welcher Rabbi?"

„Er heißt Jesus. Predigend zieht er durch Galiläa und heilt Kranke und Krüppel."

„Ah, ich hörte von ihm. Er soll sogar über den See gegangen sein."

Sie lachten beide, und Agriope streichelte ihm über die Wange. „Dein Vater ist dir sehr fremd, nicht wahr?", sagte sie ernst.

Er nahm ihre Hand und küsste sie. „Weniger fremd, als du glaubst, Agriope", erwiderte er.

5

Das Versprechen, das Gelon ihm abgerungen hatte, lag Stephaton wie ein Mühlstein im Magen. Wenn er die Einladung der edlen Fausta Decila ausschlug, würde er sich den Unmut der Theatertruppe zuziehen. Fausta erwartete ihn zur sechsten Stunde. Als er sich auf den Weg zu ihr machte, waren seine Gedanken bei Sara, die er später ebenfalls noch treffen würde.

Näherte man sich der Villa, die direkt am Hang lag, waren im Tal das Blau des Sees und in der Ferne die im Sonnenlicht gleißenden Berge sehen. Ein alter, hinkender Pfortensklave ließ Stephaton eintreten und führte ihn durch ein von marmornen Säulen umschlossenes Atrium in ein geräumiges Wohnzimmer. Hier lag Fausta auf einer Kline und lächelte ihrem Gast entgegen. Ihre Hände umklammerten einen Trinkpokal. Der Sklave stotterte die übliche Formel, mit der er Besucher zu melden pflegte, aber Fausta verscheuchte ihn mit einer ungeduldigen Geste.

„Was für eine Freude, dich hier zu sehen", begrüßte sie Stephaton in seidigem Ton, als wäre er aus eigenem Antrieb gekommen. „Willst du mir ein wenig Gesellschaft leisten? Es wäre mir eine Ehre." Sie deutete auf die Kline zu ihrer Rechten.

Es wäre angebracht gewesen, ein paar höfliche Worte an sie zu richten, aber Stephaton nickte nur knapp und ließ sich nieder. Seine Schweigsamkeit schien Fausta ihm nicht übel zu nehmen, denn ihr Lächeln blieb. Sie trug eine weiße ärmellose Tunika aus hauchdünnem Stoff, auf eine Stola verzichtete sie, auf eine Fascia offensichtlich auch, sodass von ihren weiblichen Reizen wenig verborgen blieb. Zahllose Spangen türmten ihr blondes Haar in die Höhe, vermutlich war es gefärbt, bei den Römerinnen wechselten die Moden wie die Jahreszeiten. Am Körper trug sie so viel goldenen Schmuck – Ringe, Armreife, Ohrringe –, dass man an ihrem

Reichtum nicht eine Sekunde lang zweifeln musste. Sie war die betörendste Frau, der sich Stephaton jemals gegenübergesehen hatte – und doch verspürte er kein Begehren.

„Meine Freundinnen werden mich beneiden, wenn sie erfahren, dass der beste Mime Galiläas, der zudem der attraktivste ist, mir einen Besuch abstattete.“ Ihr Blick musterte ihn ohne jede Scheu, gierig beinahe, aber Scham oder Bescheidenheit waren ohnehin keine Attribute, die man ihr nachsagte.

„Dein Leibdiener Brennus überbrachte mir deine freundliche Einladung, edle Fausta.“

„Oh! Dann bist du nicht freiwillig hier?“ Ihre vollen Lippen formten sich zu einem Schmollmund.

„Auch du würdest eine hervorragende Schauspielerin abgeben.“ Er schmunzelte. „Allerdings musst du noch lernen, deine Augen schmollen zu lassen. Gelon könnte dir hierzu manch wertvollen Ratschlag geben.“

Lachend warf Fausta den Kopf in den Nacken. „Wozu Gelon fragen? Du bist doch hier. Also sag mir: Wie lasse ich meine Augen schmollen?“

„Indem du dir vorstellst, du hättest einen wahrhaftigen Grund dafür.“

„Bestimmt würde ich auf der Bühne jämmerlich versagen. Meine Bühne ist das Leben, Stephaton.“

O ja, daran zweifelte er nicht.

Sie langte über den Tisch, nahm einen Trinkpokal, der schon gefüllt bereitstand, und reichte ihn Stephaton.

„Auf dich, mein tragischer Laureolus! Auf dass dein hübscher Körper bei der nächsten Kreuzigung nicht allzu viel Schaden nimmt. Es wäre eine Schande!“

Der Wein war unverdünnt. Er musste auf der Hut sein, denn wenn man Gelon und den anderen Glauben schenken wollte, hatte sie es darauf angelegt, ihn zu verführen. Er sah sich um und bemühte sich, nicht allzu hilflos zu klingen.

„Hast du deine Sklaven fortgeschickt?“

„Wir haben alles, was wir brauchen.“

„Und dein Gatte? Wo ist er?“

Fausta Decila beugte sich vor, ihre fein geschwungenen Brauen hoben sich. Aus ihrer lüsternen Absicht machte sie nicht länger einen Hehl. „Mein Gatte? Um ihn musst du dich nicht sorgen. Warum solltest du nicht wissen, was jeder weiß?“

„Und was wäre das wohl?“

„Quintus ist alt, die Freuden des Fleisches sind ihm schon lange fremd – falls er sie jemals verspürte, denn seinen früheren Ehen sind auch keine Kinder entwachsen. Seine Frauen waren heilfroh, ihn loszuwerden. Wir haben geheiratet, weil es unseren Familien dienlich war.“ Säuerlich fügte sie hinzu: „Wobei man sagen sollte, dass es vor allem Quintus dienlich war, denn ich bin schließlich von patrizischem Blut.“

Das alles war Stephaton nicht neu. Jedes Kind in Tiberias wusste, was es mit der Ehe zwischen Quintus Caepio und Fausta auf sich hatte. Caepio, von plebejischer Herkunft, hatte es in Rom immerhin bis zum Prätor gebracht, bevor ihn militärische Aufgaben nach Palästina führten. Hier blieb er nach seinem Ruhestand, weil in Rom manch hartnäckiger Gläubiger auf ihn wartete. Einer seiner früheren Vorgesetzten, Annius Rufus, gewesener Präfekt von Judäa und verwandt mit dem göttlichen Augustus, glaubte ihm etwas schuldig zu sein, denn Caepio hatte ihm in einem Scharmützel gegen wild gewordene Zeloten einmal das Leben gerettet. Also verfrachtete Rufus später seine blutjunge und atemberaubend hübsche Nichte Fausta in ein Schiff, um sie mitsamt einer beträchtlichen Mitgift nach Palästina zu schicken, wo sie mit Caepio vermählt wurde. Zehn Jahre waren seither vergangen, und Fausta, eine Lebenskünstlerin, machte das Beste für sich daraus. Gewiss, Tiberias war nicht Rom, aber es ließ sich hier gut aushalten, wenn man sich erst einmal an dieses merkwürdige Land gewöhnt hatte.

„Mein Gemahl“, fuhr sie fort, „ließ sich nach dem Frühstück zu den Thermalquellen vor der Stadt tragen. Abgesehen davon nimmt er keine Notiz von meinen Liebhabern."

Stephaton räusperte sich. „Du willst, dass ich dein Liebhaber werde?"

„Warum nicht? Zumindest für einen Tag. Vielleicht auch für länger, das wissen allein die Götter, und wozu sollten wir das heute entscheiden?" Aus ihrem Mund klang das verführerisch und vulgär zugleich. Sie nippte an ihrem Pokal und leckte sich dann die Lippen.

„Am Ende könnte dein Ruf leiden, wenn du dich mit einem Mimen abgibst."

Diese Worte brachten sie erneut zum Lachen. „Selten hat jemand seinen Zynismus so kunstvoll getarnt. Aber natürlich wundert mich das nicht, denn du bist der beste aller Mimen. Mein Ruf? Glaubst du, ich wüsste nicht, wie es darum bestellt ist? Meinethalben darf es ganz Tiberias erfahren, wenn du in meinem Bett liegst, es würde meinen Ruf eher verbessern, denn dich lieben die Leute. Sag mir, wann hast du zum letzten Mal mit einer Verehrerin geschlafen?"

Er errötete verlegen.

„Noch nie? Wer soll dir das glauben?"

„Du kannst glauben, was immer du willst, edle Fausta."

Sie holte vernehmlich Luft, als müsste sie Nachsicht mit einem begriffsstutzigen Kind aufbringen. „Nun gut, mein schöner Apollon, ich gebe mich auch mit Jungfrauen zufrieden. Was hältst du von einem Bad? Ich habe Anweisung gegeben, das Wasser zu erwärmen. Danach werden wir speisen, und dann … Mein Schlafzimmer wird dir gefallen."

Zweifellos hatte ihr nie jemand ein solches Angebot ausgeschlagen, und offenbar war sie überzeugt, dass dies auch heute nicht geschehen würde. Wie zufällig lagen inzwischen ihre Schultern entblößt.

Stephaton beabsichtigte nicht, diese Posse bis ins Unendliche zu treiben. „Ich will dich nicht kränken, edle Fausta, aber ich möchte weder baden, noch speisen, noch mit dir das Lager teilen. Du musst wissen, ich habe noch Pläne heute."

Sie hob das Kinn und schien darüber nachzudenken, ob er sie zum Besten hielt. „Ist das so?"

Er nickte und breitete die Hände aus, denn wenn er nicht wenigstens Bedauern zeigte, würde sie ihm noch ihren Trinkpokal an den Kopf werfen, galt sie doch als launisch und unberechenbar. Als ihr dämmerte, dass es ihm ernst war mit seiner Weigerung, gefror ihre Miene zusehends.

„Ich nehme an, du triffst dich mit einem Mädchen?", fragte sie lauernd.

Vermutlich würde sie die Wahrheit als Brüskierung empfinden, also log er, um sie zu besänftigen. „Nein, das habe ich nicht vor."

„Liebst du Knaben?"

„Auch das nicht. Es ist nur so, dass ich jetzt wirklich gehen muss. Für den vorzüglichen Wein und deine Gastfreundschaft möchte ich dir danken. Ebenso für die Geschenke, die du mir regelmäßig zukommen lässt." Er stand auf und verneigte sich. „Den Weg hinaus finde ich allein. Mögen die Götter mit dir sein!"

Mit mahlenden Kiefern starrte sie ihm nach. Nein, das hatte noch niemand gewagt, sie so zu behandeln. Glaubte er vielleicht, sie sei eine gewöhnliche Hure?

„Brennus!", rief sie, nachdem sie ihre Gedanken sortiert hatte. Sogleich betrat ihr hünenhafter Leibdiener das *Cubiculum*, er konnte nicht weit gewesen sein.

„Herrin?"

„Geh ihm nach – heimlich! Ich will wissen, mit wem er sich trifft. Sobald du es weißt, komm zurück. Ich warte auf dich in meinem Schlafzimmer." Wegen eines hochmütigen, störrischen Komödianten würde sie keineswegs darauf verzichten, ihre Lüste zu befriedigen. Dieser Stephaton würde sich noch wundern. Für wen hielt er sich wohl?

Brennus machte sich auf den Weg.

Wie erlöst fühlte sich Stephaton, nachdem er die Villa des Quintus Caepio verlassen hatte. Eugenia hatte recht behalten, es war der Fausta Decila, die normalerweise bekam, wonach ihr der Sinn stand, allein darum gegangen, ihn zu verführen. Aber er hatte ihr mühelos widerstanden. Jetzt zog es ihn zu Sara. Als er die Stadt hinter sich ließ, hätte er am liebsten gesungen vor Glück.

An ihrem Treffpunkt fielen sie sich in die Arme. Die Zeiten scheuer Zurückhaltung waren vorüber. Ihre Zukunft war ungewiss, doch daran mochten sie nicht denken. Es war ein herrlicher Tag, wie geschaffen für zwei Liebende, die einen Ausflug am Ufer des im Sonnenlicht glitzernden Sees machen wollten. Überall blühten Akazien, Oleander und Myrtensträucher.

Als sie loszogen, vergnügt wie Kinder, machte sich auch der verborgene Brennus wieder auf den Weg zu seiner Herrin. Er hatte genug gesehen.

6

In Kapernaum, einem lebhaften Fischerort am Nordufer des Sees, kauften sie in einem Laden unweit des Fischerhafens einen Brotfladen für den Heimweg. Für den wurde es höchste Zeit, wenn sie bis Einbruch der Dunkelheit wieder daheim sein wollten. Wie im Flug war ihnen die Zeit vergangen. Die Türme von Tiberias waren in der Ferne auszumachen, doch der Weg dorthin kein Katzensprung, wie ihnen auch ihre müden Füße signalisierten.

„Wo wollt ihr denn hin?“, fragte sie der Ladenbesitzer, ein alter Mann mit langem Bart.

„Nach Tiberias“, antwortete Stephaton.

„Dann seid ihr also nicht gekommen, um den Rabbi zu hören?“

„Den Rabbi?“

Aus dem Hintergrund rief die Frau des Händlers: „Siehst du nicht, dass er ein Grieche ist?“

Aber Sara war hellhörig geworden. „Sprichst du von dem Rabbi namens Jesus?“

Der alte Händler nickte knapp.

„Ist es wahr, dass er Wunder vollbringen kann?“

Er musterte sie argwöhnisch. „Wer fragt das? Eine Jüdin?“

„Das siehst du doch“, sagte wiederum seine Frau.

„Wo ist der Rabbi? Predigt er? Bitte, ich würde ihm gern zuhören.“

Der Alte und seine Frau wechselten einen fragenden Blick, als gelte es abzuschätzen, ob die jungen Leute weiterer Auskünfte würdig seien. Offenbar waren sie das: „Vorhin waren zwei seiner Jünger hier, um Brote und Früchte zu kaufen“, erklärte der Alte. „Sie sind bei den Hügeln vor dem Dorf, wo der Rabbi heute wieder predigen wird. Inzwischen kommen sogar Leute aus Judäa und Idumäa hierher, um ihn zu hören.“

Sara griff nach Stephatons Hand. Flehend sah sie ihn an. „Ich würde ihn so gerne hören, Liebster!"

Liebster! Es war das erste Mal, dass sie ihn so nannte. Umso schwerer fiel es ihm, zu widersprechen. „Wir müssen gehen, wenn wir abends zu Hause sein wollen."

Die Frau des Händlers machte einen überraschenden Vorschlag. „Hört ihn an, und ihr werdet Dinge erfahren, die euch sprachlos machen. Wenn es spät wird, dann nächtigt ihr bei uns."

„Ihr würdet einen Heiden beherbergen?", fragte Stephaton nicht ohne Spott.

„Nichts wird mehr sein, wie es war", entgegnete die Alte geheimnisvoll.

„Ich spüre es deutlich, ich *muss* ihn sehen", flüsterte Sara.

Er nahm sie beiseite. „Deine Eltern werden sich Sorgen machen. Und was sollen sie von mir denken?"

„Ich *muss* ihn sehen!"

Hatte sie ihm überhaupt zugehört? Doch ein Blick in ihre Augen machte ihm klar, dass sie sich nicht umstimmen lassen würde. Also gab er nach. Ob er ihr jemals etwas ausschlagen könnte?

„Na schön, Tabita! Gehen wir."

Der Händler erklärte ihnen den Weg, dann zogen sie los.

„Vielleicht geht er ja eigens für uns noch einmal übers Wasser", scherzte Stephaton, aber zu seinem Befremden ging Sara nicht darauf ein: Gedanklich schien sie weit weg zu sein. Erstaunlich viele Menschen waren unterwegs, die es zu dem Ort zog. Mit einem jungen Mann, der kaum älter sein konnte als er selbst, kam Stephaton ins Gespräch.

„Habt ihr den Meister schon einmal predigen gehört?"

Stephaton schüttelte den Kopf. „Für uns ist es heute das erste Mal. Und du? Kennst du diesen Rabbi?"

„Ich bin sein Jünger", kam es stolz zurück.

„Was du nicht sagst. Stimmt es, dass er übers Wasser laufen kann?"

Der junge Mann legte die Stirn in Falten. „Du bist ein Grieche!“

„Und du bist ein Jude.“

„Bist du gekommen, um zu sehen, wie er Wunder vollbringt?“

„Wäre das falsch?“

„Seine Sendung besteht nicht darin, die Menschen mit Zaubereien zu entzücken.“

Diese Juden, ob jung oder alt, konnten sehr reizbar werden, wenn sie sich herausgefordert fühlten. Vor allem, wenn es um ihren Glauben ging. Gleichwohl fand Stephaton den Gedanken, dass es nur einen einzigen Gott gäbe, durchaus überlegenswert. Wie albern waren doch die Götterwelten der Griechen und Römer. Man durfte nur nicht darüber mit einem Juden diskutieren.

„Eigentlich sind wir zufällig hier. Ehrlich gesagt habe ich nicht die geringste Ahnung, was mich erwartet. Worauf müssen wir uns denn gefasst machen?“

„Auf Fleisch gewordenes Wort“, beantwortete der skeptisch dreinschauende Jünger seine Frage.

„Ah! Ja, so etwas in der Art hatte ich mir schon gedacht: Fleisch gewordenes Wort, gewiss doch.“

Sara erwachte aus ihrer Schweigsamkeit. „Bitte, Liebster. Spotte nicht!“

Der Jünger schien es nun eilig zu haben. „Entschuldigt mich, der Meister wartet.“ Flink lief er ihnen voraus.

Jenseits von Kapernaum erhoben sich grüne Hügel. Auf einem von ihnen hatte sich eine beträchtliche Menschenmenge versammelt. Darüber war Stephaton verwundert, denn die Behauptung des Ladenbesitzers, die Menschen kämen sogar aus fernen Gegenden, um den Rabbi zu hören, hatte er für blanke Übertreibung gehalten. Noch mehr überraschte es ihn, als er einen Römer erblickte. Einen Römer hätte Stephaton hier am wenigsten erwartet, es sei denn als Bestandteil einer militärischen Einheit. Dieser Römer aber kam nur in Begleitung eines Dieners und trug weder Helm, Waffen, noch Brustpanzer. Dennoch musste es sich um einen altgedienten römischen Offizier handeln. Einen solchen hätte Stephaton auch erkannt, wenn dieser nackt dahergekommen wäre. Wollte er etwa ohne Schwert und ohne Truppen für Ordnung sorgen? Fürchtete er sich nicht, all diesen Juden schutzlos ausgeliefert zu sein? Bekanntlich hassten sie ihre römischen Besatzer. Doch niemand schien ihm zu misstrauen, ganz im Gegenteil: Manche grüßten ihn herzlich, heitere Worte in aramäischer Sprache wurden gewechselt.

Stephatons Neugier wuchs. Wenn sich schon dieser römische Soldat aus freien Stücken hierher bemühte, um einem Rabbi zu lauschen, dann durfte man einiges erwarten. Alles pilgerte hinauf zur Hügelkuppe – also sollten sie versuchen, einen guten Platz zu ergattern, damit ihnen nichts entging. Stephaton nahm Sara an der Hand, um sie abseits eines verstopften Trampelpfades rasch und sicher zu führen. Sie war erschöpft, aber sie klagte nicht.

Noch bevor sie oben anlangten, traten ihnen zwei Männer entgegen und wiesen ihnen Plätze zu. Stephaton vermutete weitere Jünger des Rabbis in ihnen. In Gruppen setzten sich die Leute ins Gras und harrten der Dinge. Stephaton nahm das Brot, das er gekauft hatte, um es mit Sara zu teilen. Schweigend aßen sie, während rundherum immer noch Menschen herbeiströmten. Unmittelbar neben ihnen ließen sich der Römer und sein Bursche nieder.

„Müsstest du seine Reden mittlerweile nicht auswendig kennen, Hauptmann?“, fragte einer der Jünger den Römer.

„Vielleicht bin ich ja diesmal gekommen, um mir deine Unverschämtheiten anzuhören, Petrus.“

Die Männer grinsten sich an.

„Freut mich, deinen Diener wieder bei dir zu sehen.“

Der Römer klopfte dem Jungen auf die Schulter. „Er ist munter wie ein Fisch im Wasser!“, erwiderte er mit der schneidenden Stimme eines befehlsgewohnten Mannes.

Stephaton ließ den Blick umherschweifen. Die Menschen wirkten mehrheitlich aufgeregt, als würde Jahwe gleich persönlich vom

Himmel kommen, um sie zu lehren. So waren sie, die Juden. In ihrem Leben gab es nichts Ernsteres als Religion, undenkbar für einen Griechen oder Römer. Von seinem Nebenmann, den jener großschnäuzige Jünger mit dem merkwürdigen Namen Petrus als Hauptmann bezeichnet hatte, vielleicht einmal abgesehen, denn auch ihm war eine gewisse Spannung anzumerken. Er besaß alle Attribute, die man einem Zenturio nachsagte, einschließlich einer Unzahl von Narben in seinem sonnengegerbten Gesicht. Seine private Anwesenheit an diesem Ort war allemal merkwürdig. Auch der junge Diener wirkte nachdenklich und in sich gekehrt, nicht gerade munter wie ein Fisch im Wasser, wie sein Herr behauptet hatte, aber auch nicht krank.

Zu ihrer Rechten glitzerten die Wellen des türkisblauen Sees in der Ferne, und über allem spannte sich ein mit weißen Wolken gespickter Himmel. Ein sanfter, angenehmer Windhauch strich über den Hügel.

Vorn entstand Bewegung. Ein Mann in einer weißen Tunika trat in Erscheinung, flankiert von sechs, sieben weiteren Männern: Das musste Jesus sein!

Seine Begleiter hockten sich ins Gras, er selbst blieb stehen, die Gespräche ringsumher gingen in Geraune über und verstummten bald ganz. Stephaton sah Sara an. Leicht geöffnet wie zu einer Frage war ihr Mund, während sie Jesus musterte, der seinerseits mit ruhigem Blick die Versammelten in Augenschein nahm. Stephaton schätzte, dass es an die tausend Menschen waren, die den Weg hierher gefunden hatten.

Noch mehr überrascht war er von dem Rabbi, auf den sich die allgemeine Aufmerksamkeit konzentrierte: Er hatte sich einen Greis mit wallendem Bart vorgestellt. Jesus aber war ein Mann in seinen besten Jahren und zählte allenfalls dreißig. Obwohl er noch kein Wort gesprochen hatte und auch keine Anstalten machte, die Leute mit Gesten oder Mienenspiel für sich einzunehmen – worauf ein Mime niemals verzichtet hätte –, ging etwas Gewinnendes, ja Mächtiges von ihm aus, ohne dass Stephaton dies konkret hätte begründen können. Auch konnte er sich nicht erinnern, dieses Gefühl beim Anblick eines Menschen je empfunden zu haben. Jesus, so viel stand fest, besaß eine Ausstrahlungskraft, der man sich kaum entziehen konnte.

Den anderen Versammelten erging es nicht anders, wenn man ihre berührten Gesichter betrachtete. Einem wie diesem jungen Rabbi sagte man wohl schnell Wunder nach. Stephaton glaubte nun zu wissen, wieso es Leute gab – Juden, wohlgemerkt –, die gesehen haben wollten, wie er übers Wasser ging. Spätestens von diesem Moment an wusste Stephaton, dass er nicht allein Sara zuliebe hier war. Er selbst war begierig zu erfahren, was Jesus all diesen Menschen zu verkünden hatte.

Als der Rabbi endlich zu sprechen begann – auch dies tat er ohne spektakuläre Geste – war es, als sei seine Stimme ein Teil der Landschaft. Sie war kein eindringliches Rufen, und doch war sie klar und deutlich, dass selbst die Zuhörer am Fuß des Hügels sie noch vernehmen mussten. Er sagte: „Selig, die da arm sind vor Gott, denn ihnen gehört das Himmelreich."

Die Menschen lauschten gebannt. Während Stephaton noch versuchte, den Sinn dieser Worte für sich zu entschlüsseln, fuhr Jesus fort.

„Selig, die Leid tragen, denn sie werden getröstet werden. Selig die Gewaltlosen, denn sie werden das Land erben. Selig, die hungern und dürsten nach der Gerechtigkeit: Sie sollen satt werden!"

Was redete dieser Mann? Der Nichtjude Stephaton war des Aramäischen mächtig genug, um die Ungeheuerlichkeit der Worte zu erahnen.

„Selig die Barmherzigen, denn sie werden Erbarmen finden. Selig, die ein reines Herz haben, denn sie werden Gott schauen."

Atemlose Stille herrschte zwischen den Sätzen, niemand wagte es auch nur zu hüsteln, damit keines seiner Worte verloren ging. Jesus hatte begonnen, langsam durch die Reihen zu schreiten. Hier und dort blieb er stehen, um seinen Zuhörern direkt in die Augen zu schauen. Er wirkte nicht streng oder herrisch, sein Blick war mild und zugleich energisch, er war keiner von diesen Straßenphilosophen, die in Tiberias oder anderen Städten Galiläas mit viel Geziere ihre vermeintlichen Weisheiten verkündeten.

„Selig, die um der Gerechtigkeit willen verfolgt werden, denn ihnen gehört das Himmelreich."

Stehenbleibend breitete er die Arme aus, selbst dies geschah ohne Theatralik. „Selig seid ihr, wenn euch die Menschen um meinetwillen schmähen oder verfolgen: Euer Lohn im Himmel wird groß sein. Denn schon vor euch wurden auch die Propheten verfolgt."

Erstmals erntete der Rabbi einen missbilligenden Ruf aus der Menge. Ein Mann, der das mit Quasten besetzte Gewand eines Pharisäers trug, rief etwas von Gotteslästerung. Jesus ließ sich nicht aus der Ruhe bringen. Unmittelbar vor Stephaton und Sara blieb er stehen.

„Ihr seid das Salz der Erde." Stephaton kam es vor, als lächelte er sie an, während er ihnen in die Augen blickte. Galten diese Worte ihnen? War das seine persönliche Botschaft an sie? Er spürte sein Herz laut pochen. Saras Hand lag in der seinen, wie gebannt hing sie an den Lippen des Rabbis.

„Wenn das Salz seinen Geschmack verliert, womit lässt es sich dann wieder salzig machen? Es taugt zu nichts mehr und wird von den Leuten zertreten. Salz und Licht seid ihr, das Licht der Welt. Eine Stadt, die auf dem Berg liegt, bleibt nicht verborgen. Man zündet ja auch nicht ein Licht an und setzt es unter einen Scheffel. Vielmehr stellt man das Licht auf einen Leuchter, damit es allen im Haus leuchten kann."

Jesus nahm seinen Gang wieder auf.

„Mit wessen Vollmacht redest du, *Jeschua ben Joseph*?", rief der Pharisäer.

Offensichtlich legte er es auf ein Streitgespräch mit dem Prediger an, der in der Gegend längst zu einer Berühmtheit geworden war. Mühelos hielt Jesus seinem Blick stand, doch die Antwort galt allen Versammelten. Seine Stimme verlor etwas von ihrer Sanftheit, sie klang nun eindringlicher, mahnender.

„Denkt nicht, ich sei gekommen, um das Gesetz und die Propheten aufzuheben. Ich bin gekommen, um zu erfüllen. Amen, ich sage euch: Bis Himmel und Erde vergehen, wird nicht der kleinste Buchstabe des Gesetzes vergehen, bevor alles geschehen ist. Wer auch nur eines von den kleinsten Geboten aufhebt und die Menschen entsprechend lehrt, wird im Himmelreich der Kleinste sein. Groß aber wird der sein, der die Gebote hält und auch halten lehrt. Wenn also eure Gerechtigkeit nicht größer ist als die der Schriftgelehrten und Pharisäer, werdet ihr nicht ins Himmelreich kommen."

Dem Pharisäer blieb der Mund offen stehen. Einige lachten schadenfroh, aber Jesus brachte sie durch ein Kopfschütteln zum Schweigen. Als wieder Ruhe eingekehrt war, fuhr er fort: „Ihr habt gehört, dass zu den Alten gesagt wurde: Du sollst nicht töten; wer aber tötet, soll dem Gericht verfallen sein. Ich aber sage euch: Jeder, der seinem Bruder auch nur zürnt, soll dem Gericht verfallen sein. Wer seinen Bruder beschimpft, soll dem Spruch des Hohen Rates verfallen sein. Und dem Feuer der Hölle soll der verfallen sein, der seinen Bruder einen gottlosen Narr nennt."

Nun wurde der Ton also rauer. Dieser Jesus schien den Leuten keineswegs Honig um den Mund schmieren zu wollen. Das machte ihn für Stephaton noch interessanter. Jesus wusste genau, was er wollte, er scherte sich nicht darum, ob seine Ansichten den Anwesenden gefielen. Ohne das geringste Anzeichen von Unsicherheit gingen ihm die Worte über die Lippen. Er hatte bestritten, die Gesetze der Alten aufheben zu wollen, doch als er aus den heiligen Schriften der Juden zitierte, fügte er etwas Ungeheuerliches hinzu: *Ich aber sage euch!*

War der Missmut des Pharisäers nicht verständlich? Stephaton wusste zu wenig über die jüdische Religion, aber er stellte sich vor, dass allein der sogenannte Messias, auf den die Juden warteten, solche Worte hätte aussprechen dürfen. War Jesus anmaßend? Hielt er sich für eben diesen Messias? Viele Juden glaubten, dass er kommen würde, um sie vom Joch der römischen Herrschaft zu befreien. Wusste das auch sein Sitznachbar, der Zenturio? Und Sara – was dachte sie als Jüdin über dies alles? Stephaton hätte ihr gern etwas zugeflüstert, traute sich aber nicht, denn sie wirkte ähnlich entrückt wie die übrige Menge, der Römer und dessen Diener eingeschlossen. Was immer Sara in diesem Moment auch empfinden mochte, Empörung war es nicht.

Ich aber sage Euch!

Mehrmals kam Jesus dieser Satz noch über die Lippen. Und die Menschen, die ihm zuhörten, sollten aus dem Staunen nicht mehr herauskommen.

Jesus sprach über die Ehe. Ehebruch beginne bereits, so behauptete er, wenn ein Mann eine andere Frau lüstern ansehe. Einige der Anwesenden senkten den Blick vor ihm. Jesus schien in ihren Gedanken lesen zu können.

„Nur weil ihr hartherzig seid, hat Mose euch erlaubt, Scheidungsurkunden auszustellen. Ich aber sage euch: Wer seine Frau aus der Ehe entlässt, liefert sie dem Ehebruch aus. Zu Beginn der Schöpfung schuf Gott die Menschen als Mann und Frau: *Darum verlässt der Mann Vater und Mutter und bindet sich an seine Frau und sie werden ein Fleisch.*“

„Du stellst dich über Mose?“, rief der Pharisäer fassungslos. „Ich schwöre, das sollst du bereuen!“

Jesus blieb stehen und sah zu ihm hinüber. „Ihr habt gehört, dass zu den Alten gesagt wurde: *Schwöre keinen Meineid!* Ich aber sage euch: Schwört überhaupt nicht, weder beim Himmel, denn er ist Gottes Thron, noch bei der Erde, denn sie ist der Schemel für seine Füße, noch bei Jerusalem, denn es ist die Stadt des großen Königs. Euer Ja sei ein Ja, euer Nein ein Nein. Alles andere stammt vom Bösen.“

Der Pharisäer, unfreiwillig zum Stichwortgeber degradiert, hatte genug gehört. Wutentbrannt stapfte er davon. Auch einige andere verließen den Ort – vielleicht Ehebrecher, dachte Stephaton amüsiert. Es gab nicht viel, was jüdische Frauen, die von ihrem Ehemann vor die Tür gesetzt wurden, dagegen unternehmen konnten. Für solche Frauen hatte sich Jesus soeben nachdrücklich eingesetzt. Und offenbar sah er sich autorisiert, sogar die uralten Vorschriften des Mose zu relativieren. Kein Wunder, dass dies bei Strenggläubigen – und auch bei den Engstirnigen – Unwillen hervorrief.

„Ihr habt gehört, dass gesagt wurde: *Auge um Auge, Zahn um Zahn*. Ich aber sage euch: Leistet dem, der euch Böses zufügt, keinen Widerstand. Schlägt dich jemand auf die rechte Wange, dann halt ihm auch die linke hin."

Seinen Gang hatte er wieder aufgenommen. Sara drückte Stephaton fest die Hand, und ihm war, als spürte er das Glück, das warm durch ihrer beider Körper strömte. Wieder näherte sich ihnen der predigende Rabbi, doch diesmal verharrte er vor dem Römer.

„Ihr habt gehört, dass gesagt wurde: *Liebe deinen Nächsten und hasse deinen Feind*! Ich aber sage euch: Liebt auch eure Feinde und betet für eure Verfolger, damit ihr Söhne eures himmlischen Vaters werdet. Tut denen Gutes, die euch hassen, und segnet jene, die euch verfluchen, betet für die, die euch misshandeln."

Stephaton musste schlucken. War es Zufall oder Absicht, dass er diese Worte in unmittelbarer Nähe eines römischen Offiziers aussprach? Musste es für die Juden nicht eine ungeheuerliche Zumutung sein, den Feind und Besatzer zu lieben? Seine Forderungen wurden immer unfassbarer. Auf Vergeltung zu verzichten war eine Sache, seinen Feind zu lieben beinahe unmöglich. Seine Predigt war eine Provokation, doch niemand stöhnte auf. Manchen liefen Tränen über die Wangen.

„Dem, der dir den Mantel nimmt, lass auch dein Hemd. Gib

jedem, der dich bittet, und wenn dir jemand etwas wegnimmt, verlange es nicht zurück. Wenn ihr nämlich nur die liebt, die euch lieben, welchen Lohn könnt ihr dafür erwarten? Auch die Sünder lieben die, von denen sie geliebt werden. Ihr aber sollt vollkommen sein, wie auch euer himmlischer Vater vollkommen ist."

„Herr, lehre uns beten!"

Jesus suchte die Ruferin in der Menge, und als seine Augen sie fanden, huschte ein Lächeln über sein Gesicht.

„Gut gesprochen, Maria", hörte Stephaton den Zenturio anerkennend flüstern.

„Wenn ihr betet, plappert nicht wie die Heiden. Glaubt nicht, dass Gott euch nur dann erhört, wenn ihr viele Worte macht. Noch ehe ihr ihn bittet, weiß euer Vater im Himmel, was ihr braucht. So sollt ihr beten:

Unser Vater im Himmel, dein Name sei heilig. Dein Reich komme, dein Wille geschehe, wie im Himmel, so auch auf der Erde. Gib uns das Brot, das wir brauchen. Erlass uns unsere Schulden, wie auch wir sie unseren Schuldnern erlassen haben. Und führe uns nicht in Versuchung, sondern rette uns vor dem Übel."

Jesus schwieg, damit seine Worte nachwirken konnten. Manche Lippen formulierten stumm das vernommene Gebet. Einer der Jünger, der die ganze Zeit über Notizen auf ein Wachstäfelchen geschrieben hatte, nutzte die Gelegenheit, um verschnaufend innezuhalten. Wieder fegte ein warmer Windhauch über die Köpfe der Versammelten. Der Duft blühender Lilien lag in der Luft.

Tiberias? Was war das für ein Ort, wo lag er? Hier, auf diesem Hügel vor Kapernaum, hier, wo er an der Seite des Mädchens saß, das er liebte, und der Predigt dieses erstaunlichen Mannes lauschte, hier war für Stephaton der Nabel der Welt. Hier war *er* der Zuschauer, niemand verlangte von ihm, eine vergnügungssüchtige Menge zu unterhalten, niemand jubelte ihm zu oder tätschelte ihm anerkennend die Schulter. Er konnte der sein, der er war.

Was für ein herrlicher Tag. Morgen war er unwiederbringlich dahin. Für Stephaton hätte er die Ewigkeit markieren können.

Jesus sprach über das Fasten, eine merkwürdige Sitte der Juden. Dann ging er über zum irdischen Reichtum, der den Menschen ein Hindernis auf dem Weg ins Himmelreich sei. „Ihr könnt nicht beiden dienen, Gott und dem Mammon“, sagte er und zeigte auf ein Sperlingspaar, das am Himmel seine Bahn zog. „Seht diese Vögel: Sie säen nicht, sie ernten nicht und sammeln auch keine Vorräte in Scheunen – und doch ernährt sie euer himmlischer Vater. Ihr aber, seid ihr nicht viel mehr wert als ein paar Vögel?“

Stephaton hatte jegliches Zeitgefühl verloren. Die Worte des Rabbis, so weltfern sie sein mochten, sie berührten ihn. „Alles, was ihr von den anderen erwartet, das tut auch ihnen!“ – War eine bessere Welt wirklich denkbar? Alles erschien so einfach und unwirklich zugleich. „Wenn du den Splitter im Auge deines Bruders entfernen möchtest, so zieh zuerst den Balken aus deinem eigenen Auge.“

Die Schatten waren länger geworden, als Jesus zum Ende kam. „Wer meine Worte hört und danach handelt, ist wie ein kluger Mann, der sein Haus auf Fels baute. Als ein Wolkenbruch kam und Stürme tobten, da stürzte das Haus nicht ein.“

Noch einmal horchte Stephaton auf: Das Gespräch mit Agriope kam ihm in den Sinn. Er hätte schwören können, dass der Rabbi ihm zuzwinkerte. Was natürlich an der untergehenden Sonne liegen musste, die ihn zum Blinzeln brachte. Aber offenbar hatte Sara eine ähnliche Empfindung. „Er sieht uns an“, flüsterte sie. Seit Längerem waren es ihre ersten Worte.

„Wer aber hört und nicht handelt, ist wie ein Mann, der sein Haus auf Sand baute. Als Sturm und Flut kamen, wurde es völlig zerstört.“ Es war das Schlusswort seiner Predigt, so merkwürdig und deutlich wie der Anfang, beispiellos wie alles, was er gesagt hatte. *Fleisch gewordenes Wort*! Was immer der Jünger mit dieser kryptischen Umschreibung gemeint hatte, Stephaton fand sie irgendwie angemessen.

Die Jünger erhoben sich und scharten sich von Neuem um ihren Meister, wobei sich jener Petrus wie ein Leibwächter gebärdete. Die Menschen verharrten noch und wirkten betroffen. Erst als sich Jesus und die Jünger anschickten, den Hügel zur anderen Seite hinabzusteigen, setzte Geraune ein. Der Römer kaute an einem Grashalm und sah dem davonschreitenden Rabbi hinterher. Schließlich erhob er sich steifbeinig. „Warte hier", befahl er seinem jungen Diener und folgte den Männern.

Der Diener war seinem Aussehen nach zu urteilen syrischer Herkunft. „Wohin geht dein Herr?", fragte ihn Stephaton.

Über die unverhohlene Neugier des anderen schien der Diener nicht verwundert zu sein, er schmunzelte sogar. „Er will sich wohl bei dem Meister bedanken", antwortete er bereitwillig. „Als ob er das nicht schon ein Dutzend Mal getan hätte. Eines Tages wird er vermutlich selbst zum Juden werden. Eine Synagoge hat er ihnen ja bereits errichten lassen."

Ein grobschlächtiger römischer Soldat, der die Juden liebte und ihnen obendrein eine Synagoge baute? Darüber konnte sich Stephaton nur wundern. „Er baute eine Synagoge?", fragte er verwirrt.

„Dafür hat er seine Gründe."

Stephaton kratzte sich am Kinn und blickte in die Richtung, wo der Zenturio verschwunden war. „Wofür will er sich denn bedanken?"

„Ich hatte ein lähmendes Fieber und war dem Tod nah. Kein Arzt konnte etwas für mich tun. Da ging mein Herr zu Jesus und bat ihn, mich zu heilen."

Sara beugte sich vor. „Jesus hat dich geheilt?"

Der Diener breitete die Arme aus. „Ich bin hier, oder nicht?"

„Dein Herr schätzt dich wohl besonders", stellte Stephaton anerkennend fest. „Aber solltest du nicht lieber selbst gehen, um dich zu bedanken? Du warst doch der Patient."

„Selbstverständlich habe ich das getan, sobald ich in der Lage war, ihn aufzusuchen."

„Was hat der Meister dir geantwortet?“, forschte Sara.

„Er sagte, dass mir all meine Sünden vergeben sind.“

Stephaton stülpte die Unterlippe vor und nickte. „Jetzt bist du gesund und obendrein frei von Sünden, was immer man darunter versteht. Das nenne ich einen guten Handel.“

Das Lächeln des Dieners war nunmehr ein mitleidiges. So wie man einem einfältigen Schüler zulächelt, der nach ausgiebigem Unterricht noch immer nichts begriffen hat. Ringsumher rüsteten die Menschen zum Aufbruch. Der Abend brach herein, es wurde Zeit für die Heimkehr.

„Es wird uns nichts anderes übrig bleiben, als das Angebot des alten Händlers anzunehmen, Tabita.“

Sara schien sich immer noch keine Gedanken über den Ärger zu machen, der ihr blühte, wenn sie über Nacht fortbliebe und am nächsten Tag ihren von Sorge zermürbten Eltern gegenüberträte. „Er nannte uns das Salz der Erde“, sagte sie, als sei alles andere nicht so wichtig.

„Ich hoffe nur, dass dein Vater dir nicht den weiteren Umgang mit mir verbietet.“

Ein wenig verstört blickte sie ihm in die Augen. „Haben dir seine Worte denn gar nicht imponiert?“

„Nun, er sprach sehr beeindruckend“, räumte Stephaton ein, „wenn auch nicht der Wirklichkeit entsprechend. Gewiss, wenn jeder sich an das hielte, was er sagt, dann sähe es in der Welt anders aus. Da dies jedoch nie geschehen wird und nicht alle Menschen Juden sind, ist es sinnlos, darüber nachzudenken.“

In Saras Augen glaubte er Enttäuschung zu sehen, weshalb er die unterschwellige Abfälligkeit seiner Worte sogleich bereute. „Gleichwohl ist dieser Jesus ein ganz besonderer Mensch“, fügte er rasch hinzu, „seine Rede wird mir noch lange in Erinnerung bleiben. Doch jetzt komm, wir wollen zusehen, dass wir ein Quartier finden.“ Er bedachte den Diener, der auf die Rückkehr seines Herrn wartete, zum Abschied mit einem Nicken.

„Gott mit euch“, sagte dieser.

„Wir wollen es hoffen“, seufzte Stephaton.

Der Ladenbesitzer in Kapernaum hielt Wort und gewährte den jungen Leuten Quartier. Nur durch eine Wand aus Lehm voneinander getrennt verbrachten sie die Nacht, um sich anderentags in aller Frühe auf den Heimweg zu machen, und ihr Gastgeber weigerte sich beharrlich, eine Bezahlung für die Unterkunft anzunehmen.

„Wir haben es für euch getan und somit für den Herrn“, erklärte er, und seine Frau gab ihnen darüber hinaus zwei Fladenbrote als Wegzehrung mit.

Der Tag war wolkenverhangen und merklich kühler als der vorherige. Dunst lag über dem See. Unterwegs blieb Sara nachdenklich und schweigsam. Immer noch wirkten die Worte des Rabbi in ihr nach. Stephaton gestand sich ein, dass ihn das nervös und eifersüchtig machte. Deshalb bemühte er sich, ihre Aufmerksamkeit zu erlangen.

„Wo bleibt die Sonne? Sieh dir den See an, Tabita, wie trüb er ist – ach, erinnerst du dich, wie er neulich glühte? Es war der Abend, an dem wir uns zum ersten Mal küssten …“

Sie blieb stehen und sah ihn an. „Zweifle nicht an meiner Liebe“, sagte sie ernst. „Doch die Worte dieses Jesus haben mich tief bewegt, Stephaton. Nichts mehr wird so sein, wie es war.“

Das trug nicht dazu bei, ihn zu beruhigen, denn bislang hatte er fest geglaubt, jeder religiöse Eifer sei ihr fremd. Immerhin, ihre Augen erflehten eine Umarmung. Also drückte er sie fest an sich und genoss es, ihren Körper an seinem zu spüren.

„Wirst du am Abend im Theater spielen?“

Das Theater! Daran hatte er überhaupt nicht mehr gedacht. Gelon würde wütend sein, weil er nicht zur Probe erschienen war. „Ja, ich werde heute spielen, aber ich möchte nicht, dass du kommst und zuschaust. Es ist ein albernes Stück, du hast es ja selbst gesehen.“

Sie lächelte traurig. „Ohnehin erwartet mich wohl Hausarrest."

In diesem Augenblick entschied Stephaton, dass es seine letzte Vorstellung sein würde. Wenn es ihm ernst war mit Sara – und nie war ihm etwas ernster gewesen! – dann gab es keine Zeit mehr zu verlieren. An der Seite des Vaters würde er genug Einkommen haben, um eine Familie gründen. Es drängte ihn, ihr all das zu sagen, aber Sara war gedanklich wieder auf jenem Hügel. Er wünschte sich, dass sie den Rabbi Jesus bald wieder vergessen haben würde.

Als sie ihren Weg fortsetzten, fühlte sich Stephaton frei wie ein Vogel. Ein neues Leben wartete.

7

Noch aufgeregter als die Mimen wirkte Chares, der Theaterbesitzer, als er in die Garderobe platzte. Das war ihm noch nie eingefallen, die Truppe kurz vor einer Vorstellung im Bühnenhaus aufzusuchen, und alle ahnten, dass es einen guten Grund für sein Erscheinen geben musste. Dennoch blaffte Gelon ihn an.

„Was soll das, Chares? Seit wann stört man Künstler, die sich auf ihren großen Auftritt vorbereiten?" Er deutete auf die halb bekleidete Eugenia, die noch mit ihrer Garderobe beschäftigt war. „Außerdem ist es unschicklich, in Gegenwart einer …"

Chares ließ ihn nicht zu Ende schimpfen. „Ganz Tiberias kennt Eugenias Brüste, seit sie die Hetäre des Xerxes gespielt hat, Gelon. Doch ich will dir einen echten Grund nennen, woran du dich erregen kannst."

„Und was für ein Grund wäre das?"

„Antipas!"

Gelon sah ihn aus schmalen Augen an. „Antipas? Was meinst du damit?"

„Beim Zeus, seit wann bist du begriffsstutzig? Er ist mit kleinem Gefolge hier eingetroffen, um sich eure Vorstellung ansehen."

Die Mimen wechselten fragende Blicke. Der Tetrarch hatte sich noch nie im Theater blicken lassen. Zu seiner Unterhaltung hielt er eine eigene Schauspielertruppe – untalentierte Schwachköpfe, wie Gelon sie zu nennen pflegte. Herodes Antipas war keiner, der sich unters Volk mischte. Dafür hatte er seine Spione.

Gelon dachte nach. „Kleines Gefolge?", hakte er nach.

„Sein Weib, seine Stieftochter, Dienerschaft, ein paar Leibwächter, ein Römer, den ich nicht kenne – und auch Quintus Caepio und Fausta befinden sich in ihrer Begleitung."

„Verstehe." Gelons Augen leuchteten mit einem Mal triumphierend.

Chares hob den Zeigefinger und wackelte damit, als habe er eine Rotte ausgelassener Schüler vor sich. „Strengt euch also an. Macht dem Theater alle Ehre!" Mit diesen Worten huschte er davon.

„Was habe ich euch gesagt?", wandte sich Gelon seiner Truppe zu. „Endlich ist Antipas auf uns aufmerksam geworden. Wir wollen ihm beweisen, dass wir besser sind als seine Schmierenkomödianten."

„Bestimmt ist er wegen Stephaton hier", sagte Eugenia nüchtern. Gelon ging nicht darauf ein.

„Gebt euer Bestes. Antipas wird feststellen müssen, dass er die falschen Leute beschäftigt. Künftig wird er *uns* hofieren."

„Man muss nur ganz fest daran glauben", spottete Schapur.

Auch Selenos war skeptisch. „Antipas als unser Dienstherr? Ich weiß nicht. Wir dürften nur das spielen, wonach ihm der Sinn steht."

„Er würde uns mit Gold bezahlen, ihr Esel!" Gelon seufzte über ihren Kleingeist. Sein Blick streifte Stephaton, der seine Sandalen schnürte und den Eindruck vermittelte, als ginge ihn das alles nichts an. „Schade nur, dass wir nicht vernünftig proben konnten. Unser Laureolus war ja leider … verhindert. Ich hätte gern noch etwas einstudiert."

„Betonst du nicht selbst ständig, dass Stephaton ein Naturtalent ist? Proben sind für ihn bloß Zeitverschwendung." Wie immer trat Eugenia für ihn ein, obwohl es Stephaton gleichgültiger denn je war, was Gelon von ihm dachte. Nach der Vorstellung würde er ihm mitteilen, dass er der Truppe nicht länger zur Verfügung stand. Gelon würde entsetzt sein und alles versuchen, ihn davon abzuhalten, aber Stephatons Entschluss stand fest. Nichts und niemand konnte ihn umstimmen.

Draußen begann das Publikum ungeduldig zu klatschen.

„Wohlan, legen wir los!" Gelon schaute seine Mitstreiter der Reihe nach an. „Selenos, du weißt, was du zu tun hast. Spiel, wie du immer spielst. Schapur, versuche nicht witziger zu sein, als deine Rolle es von dir verlangt, das nimmt dir sonst keiner ab mit deinem verdammten Raubvogelgesicht. Eugenia, denk daran, dass du diesmal kein Flittchen spielst, sondern Laureolus' treue Gefährtin. Und was dich angeht, Stephaton", seine Stimme ließ keinen Zweifel, dass er ihm immer noch böse war, „so kann ich nur hoffen, dass du wenigstens der edlen Fausta den versprochenen Besuch abgestattet hast."

„Wenn es dich beruhigt – ja, ich war bei ihr", erwiderte Stephaton gleichmütig.

„Na also, das erklärt doch, weshalb er nicht zur Probe erschien", grinste Schapur. „Nun, Junge? Was denkst du über sie? Ist sie nun eine oder gar zwei Jahresgagen wert? Bist du überhaupt noch in der Lage, gerade zu gehen?" Er machte eine obzöne Geste.

„Lass ihn in Ruhe", schalt ihn Eugenia, „am Kreuz kannst du ihn noch genug malträtieren."

„Ruhe, ihr Schafsköpfe", zischte Gelon. „Konzentriert euch gefälligst! Wir wollen Antipas nicht länger warten lassen und ihm eine Vorstellung bieten, die er nie wieder vergisst."

Als Gelon die Bühne betrat, brandete Beifall auf. Stephatons Name wurde skandiert. Gelon wartete, bis es wieder still geworden war, bevor er die einleitenden Sätze sprach.

„Hört und seht die Geschichte von Laureolus, einem rechtschaffenen Bauern, der gegen seinen Willen zum Räuber wurde." Er holte eine Querflöte hervor, blies die Weisen eines bekannten Landliedes, um dann unvermittelt in eine nicht minder bekannte Räuberballade überzugehen. „Alles beginnt an einem sonnigen Tag", fuhr er mit heller Stimme fort. „Unser Laureolus, müde von der mühseligen Feldarbeit, verspürt das unwiderstehliche Bedürfnis, sich unter einen Baum zu legen, um ein Mittagsschläfchen zu halten. Denn die staubtrockene Hitze ist so drückend wie die Knute eines Sklaventreibers."

Erneut toste Applaus durch das Theater, denn endlich erschien Stephaton auf der Bühne. Gebeugt von der Last der Arbeit hielt er Ausschau nach einem Ruheplätzchen und fand ein solches unter dem Lorbeerbaum, der vielmehr ein in einer griechischen Vase steckender Requisitenzweig war. Gähnend ließ er sich davor nieder, streckte sich aus, verschränkte die Hände unter dem Kopf und war bereits im nächsten Augenblick, wie es schien, eingeschlummert, auf seinen Lippen ein seliges Lächeln der Erleichterung.

„Ah, wie wohl tut unserem Helden diese Rast!“, rief Gelon. „Noch weiß er nicht, wer ihm gleich im Traum erscheint. Hätte der arme Laureolus auch nur die geringste Ahnung, dass von nun an alles anders sein wird, so hätte er sich niemals hingelegt, er hätte geschuftet bis zur Abenddämmerung. Wer es ist, der ihm erscheint, wollt ihr wissen? Nun, seht selbst, ihr werdet es gleich erfahren!“

Gelon verschwand hinter einer Wand, um nur wenige Augenblicke später erneut aufzutauchen. Jetzt trug er einen Bart bis zur Brust, und statt der Flöte hielt er einen gezackten Blitz aus goldgefärbtem Holz in seiner Hand. „Ihr wisst, wer ich bin?“, fragte er das Publikum mit sonorer Stimme.

„Zeus!“, kam es einvernehmlich zurück.

Theatralisch reckte er den Blitz in die Höhe. „Eben dieser, und deshalb wäre es schicklich, wenn das alberne Gekicher auf den Rängen ein Ende fände. Oder denkt ihr vielleicht, der Göttervater sei eine Witzfigur?“

„Neeeein!“, lautete die reumütige Antwort des Publikums.

Zeus gab sich versöhnlich und kraulte sich den Bart. „Jetzt ist mir glatt entfallen, wozu ich eigentlich vom Olymp herabgestiegen bin.“

„Du wolltest dem Laureolus in einer Vision erscheinen“, erklärte ihm Selenos übertrieben sachlich. Sein Kopf lugte hinter der Bühnenwand hervor.

„Stimmt, wie konnte ich das nur vergessen, beim Zeus.“

„Du bist eben alt und senil“, versicherte ihm Selenos. Die Zuschauer johlten.

„Frechheit! Senil! Ich! Der Göttervater! – Ähm, noch mal von vorn, ich bin also gekommen, um …“ Ratlos sah er sich um, bis er den schlafenden Laureolus unter dem Lorbeerbaum entdeckte. „Wer ist dieser junge Mann?“

„Laureolus!“, antwortete das Publikum.

„Und was habe ich mit diesem …“, er rümpfte die Nase, „Bauernlümmel zu schaffen?“

„Die Vision!“, vernahm man Selenos’ um Geduld ringende Stimme.

„Bitte, bitte, wenn man es so wünscht: eine Vision!“ Nachdenklich blickte Zeus auf den Schlafenden herab. „Was soll ich ihm prophezeien? Dass er einst dazu verdammt sein wird, einen Fels auf einen Berg zu rollen, wieder und wieder?“

„Das hatten wir doch alles schon“, seufzte Selenos.

„Hast du vielleicht einen besseren Vorschlag, Klugschwätzer?“

„Bin ich der Göttervater? Überrasche uns! Lass dir etwas einfallen. Etwas völlig Neues! Überzeuge uns, dass du nicht senil bist!“

„Meine Hera kann dir bestätigen, wie vital ich bin.“

„In den Lenden vielleicht. Aber was ist mit deinem Verstand, alter Schwerenöter?“

Zeus stapfte mit dem Fuß auf wie ein beleidigtes Kind. „Du denkst, ich sei nicht fähig, mich der neuen Zeit anzupassen?“

„Beweise es!“

„Beweise es!“, skandierten die Zuschauer.

Zeus hob beide Arme, um sie zum Schweigen zu bringen.

„Was der Gott der Juden kann, das kann ich schon lange!“, rief er trotzig.

„Du kennst ihn?“, fragte Selenos.

„Woher? Er ist doch der einzige Gott, wie sollten wir uns da kennen? Eine Vision also!“ Nachsinnend zupfte er sich den Bart.

„Denk daran, Göttervater: Nicht die alten Schoten!“, mahnte ihn Selenos.

„Ich bin nicht senil!“, schrie Zeus so laut, dass es durch ganz Tiberias hallen musste.

Laureolus schreckte aus dem Schlaf. „Wer bist du?“, fragte er, sich die Augen reibend. Die Zuschauer bedachten seine ersten Worte mit einem Sonderapplaus.

„Wie sehe ich denn aus?“, antwortete Zeus mit einer Gegenfrage.

Laureolus musterte ihn ausgiebig. „Ist das ein Blitz in deiner Hand?“

„Natürlich ist das ein Blitz.“

„Ah! Dann bist du wohl Zeus, der Göttervater.“ Darauf wollte er sich wieder ausstrecken, aber Zeus versetzte ihm einen Tritt.

„Du willst schlafen, wenn Zeus vor dir steht?“

„Verzeih, aber ich dachte, du seiest nur eine Vision.“

„Genauso ist es, Bauernlümmel. Und du wirst mir jetzt gut zuhören.“ Er holte tief Luft. „Ich bin nicht senil! Und du bist ein Auserwählter.“

„Ich?“

„Es soll deine Bestimmung sein, künftig nur noch gute Taten zu vollbringen.“

„Verstehe“, erwiderte Laureolus, doch sein Gesicht behauptete das Gegenteil.

„Künftig“, fuhr Zeus aufgekratzt fort, „sollst du den Armen und Witwen zu Diensten sein. Nie wieder soll eine Lüge über deine Lippen kommen, nie wieder soll sich deine Hand gegen einen anderen erheben.“

Laureolus kratzte sich am Kopf und nickte verwirrt. „Wie du meinst, Göttervater.“

„Was zum Hades gibt es da zu lachen?“, rief Zeus ins Publikum, das fasziniert war von Stephatons Mienenspiel. „Diesen Mose hat doch auch niemand ausgelacht, oder?“ Er drohte ihnen mit dem Blitz. „Vom Hab und Gut deines Nachbarn wirst du künftig brav die Finger lassen, ebenso von seinem Weib, hast du verstanden, Laureolus?"

Der unsichtbare Selenos bekam einen Lachanfall. „Sagt der größte Hurenbock, der je auf Erden wandelte."

„Es gab eine Zeit, da sprach man meinen Namen mit Ehrfurcht aus", wütete Zeus.

„Wie gesagt, die Zeiten haben sich geändert."

„Die Zeiten werden sich ändern, wenn ich Vernichtung über die Welt bringe. Und glaub mir, das wird geschehen, wenn dieser Bauer nicht tut, was ich ihm auftrage."

„Du legst das Schicksal der Welt in die Hände eines einfältigen Menschen?"

„Warum nicht? Ich bin Zeus und kann tun und lassen, wonach mir der Sinn steht."

„Ha! Sag das mal zu deiner Hera, die wird dir was husten!"

Eine Weile noch setzten sie ihr Streitgespräch zum Vergnügen der Zuschauer fort, dann schleuderte Zeus seinen Blitz in die Richtung des Provokateurs, der einen lang gezogenen Todesschrei ausstieß. Unterdessen war Laureolus wieder vom Schlaf übermannt worden. Noch einmal musterte Zeus ihn eingehend.

„Früher waren es Heroen, die man auf der Erde fand", sprach er seufzend, „heute wimmelt es hier nur noch von Eseln und Tölpeln. Eine Vision für einen Narren! Es wird ein großer Spaß sein zu sehen, was dieser Kerl damit anfängt." Er nickte selbstzufrieden und verließ unter artigem Applaus die Bühne.

Noch nie war Stephaton während einer Aufführung gedanklich so weit fort gewesen. Ob Sara unter den Zuschauern weilte? Unwahrscheinlich, denn schon die erste Vorstellung hatte ihr nicht gefallen, daraus hatte sie keinen Hehl gemacht. Außerdem hatte sie ihren Vater vermutlich so sehr in Groll versetzt, dass er sie nicht aus dem Haus ließ.

Nur noch diese eine unleidliche Vorstellung! Er konnte ihr Ende kaum abwarten. Bis dahin hatte er jedoch noch einiges zu überstehen. Unter anderem eine Kreuzigung. Er nahm sich vor, sich zusammenzunehmen, um die Leute nicht zu enttäuschen. Und während er unter dem Lorbeerbaum den Schlafenden markierte, sah er blinzelnd in die Zuschauerränge. Nein, Sara war nirgends zu erblicken. Er hätte sie wohl unter Hunderttausenden entdeckt.

Für den Tetrarchen Herodes Antipas und sein Gefolge hatte man die Ränge vor dem Orchestra räumen lassen, sodass er sich die Vorführung, abseits des gemeinen Volks, aus unmittelbarer Nähe ansehen konnte. Stephaton hatte Antipas noch nicht oft zu Gesicht bekommen. Der Tetrarch galt als verschlagen und hartherzig, doch spiegelten sich diese angeblichen Eigenschaften in seinen Zügen nicht wieder. Stephaton sah, wie er sich mit vergnügtem Lächeln immer wieder durch den gewellten Bart strich. Selbst als Gelon alias Zeus in ironischer Weise über den Gott der Juden oder den Propheten Mose sprach, vermochte dies Antipas nicht zu entrüsten: Er war kein besonders religiöser Mensch, zumindest nicht im jüdischen Sinn. Den meisten seiner jüdischen Untertanen galt er – wie schon sein Vater Herodes, den seine alten Parteigänger inzwischen „den Großen" nannten – ohnehin als unjüdisch, denn keiner seiner Vorfahren entstammte einem der Stämme Israels. All dies wusste Gelon nur zu gut, sonst hätte er es kaum gewagt, in seiner Gegenwart religiöse Themen zu banalisieren.

Zu Antipas' Linken saß Herodias, gehüllt in eine farbenprächtige Tunika. Auch sie schien sich zu amüsieren. Sie war des Antipas zweite Frau, nachdem er aus Liebe zu ihr seine erste verstoßen hatte. Allein dies war für fromme Juden anrüchig genug, noch schlimmer aber machte es die Tatsache, dass Herodias die Frau seines Halbbruders und somit seine Schwägerin gewesen war. Einen Wüstenprediger namens Johannes, der am Jordan rituelle Taufen durchführte und den doppelten Ehebruch in drastischen Worten öffentlich verurteilte, habe Antipas erst kürzlich festnehmen lassen, erzählte man sich in Tiberias. Was bewies, wie sehr man vor dem Tetrarchen auf der Hut sein musste. Über religiöse Spötteleien mochte er großzügig hinwegsehen, doch es war lebensgefährlich, ihn persönlich anzugreifen. Jedes Wort, das die Mimen auf der Bühne improvisierten, wollte deshalb gut überlegt sein. Stephaton vertraute auf Gelons Gespür. Gelon wusste schon, was ging und wo man besser schwieg.

Neben Herodias saß mit aufreizender Lässigkeit ein blutjunges Mädchen. Das musste Salome sein, Herodias' Tochter, der sie auffallend ähnlich sah. Zwei betörende Schönheiten mit samtschwarzen, nach römischer Mode hochgesteckten Haaren und hochmütigen grünen Augen, und Stephaton entging nicht der begehrliche Blick, den Antipas der Stieftochter zuwarf, während er seiner Gemahlin etwas zuraunte.

Der Römer, den Chares erwähnt hatte, ein Zivilist in einer weißen Toga, saß Antipas zur Rechten. Er war ein beleibter Mann mit blutunterlaufenen Augen und einem Doppelkinn, das seinen Hals gänzlich vereinnahmte. Auch ihn schien die Vorführung zu amüsieren. Hin und wieder wechselte er ein paar Worte mit Antipas. Stephaton hatte diesen Römer noch nie gesehen. Hoher Besuch, woher auch immer, vielleicht direkt aus Rom.

Wohlbekannt war ihm dagegen das Gesicht der Fausta Decila, die an der Seite des fremden Römers saß. Zu ihrer Linken hatte ihr greisenhafter Gemahl Quintus Caepio seinen Platz, die dürren Arme vor seiner Brust verschränkt. Schon kurz nach Beginn des Stücks war er eingenickt, nur wenn Beifall oder Gelächter aufbrausten, hob er verwirrt den Kopf, um bald darauf von Neuem in Morpheus' Armen zu versinken.

Faustas Anwesenheit behagte Stephaton nicht. Trug sie ihm nach, dass er sie tags zuvor keck zurückgewiesen hatte? Er hätte schwören können, dass ihre Augen unablässig auf ihm ruhten. Ihr Blick wirkte selbst dann zornig, wenn sie in das allgemeine Gelächter einfiel. Aber warum sollte er sich deshalb sorgen? Er war die längste Zeit ein Mime gewesen, und Fausta hatte andere Möglichkeiten, ihre Bedürfnisse zu befriedigen. Schon bald würde sie keinen Gedanken mehr an ihn verschwenden.

Dienerinnen und Sklaven komplettierten das Gefolge des Antipas, auch Brennus war darunter. Der frühere Gladiator hockte hinter seiner Herrin Fausta und versuchte sich unauffällig zu geben, was wegen seiner hünenhaften Statur kaum möglich war. Zwei weitere Diener fächerten den hohen Besuchern Frischluft zu. Ein dritter versorgte sie mit Wein und füllte beflissen die Pokale nach, sobald man sie ihm entgegenstreckte. Oben, in der Galerie vor den Säulen, wachte ein gutes Dutzend von Antipas' Soldaten. Niemals hätte der Tetrarch seinen Palast ohne diese Eskorte verlassen.

Dies alles konnte Stephaton beobachten, während Zeus palaverte. Und mit einem Mal beschlich ihn das unheilvolle Gefühl, dass diese Aufführung, dieser Tag, ja seine Laufbahn als Schauspieler völlig anders enden sollte, als er sich das ausgemalt hatte.

Die nächsten beiden Stunden vergingen mit der tragikomischen Lebensgeschichte des Laureolus. Aufgewacht aus seinem Schlaf grübelte er über die Vision und beschloss, den Auftrag des Göttervaters ernst zu nehmen und fortan nur noch Gutes zu tun. Also verkaufte er seinen Hof, verteilte den Erlös an Bedürftige und wanderte predigend umher: „Mordet, stehlt und lügt nicht! Helft den Armen und Kranken und seid euren Weibern treu. Anderenfalls wird Verderben über euch kommen!"

Was für hohle Phrasen!, dachte Stephaton bei sich. Gegen den Rabbi Jesus war Laureolus nur ein farbloser Abklatsch. Und Zeus war, verglichen mit jenem Gott der Juden, den Jesus gepredigt hatte, ein bornierter Schwachkopf. Andererseits war dies hier Theater. Die Leute mochten sich keine Belehrungen anhören. Wie einfach die Gemüter der Menschen doch veranlagt waren.

„Alles, was ihr von den anderen erwartet, das tut auch ihnen!", fügte Stephaton seinem Text hinzu. Einige Zuschauer lachten, weil sie eine Doppeldeutigkeit hinter seinen Worten vermuteten. Ja, es war höchste Zeit für sein neues Leben.

Laureolus' erste Anhängerin wurde zugleich seine treue Gefährtin. Die ehemalige Straßendirne Helena – verkörpert durch die mit viel Temperament agierende Eugenia – sorgte für die sinnliche Komponente des Stückes. Weitere Jünger gesellten sich zu ihnen, in ihrer Vielzahl symbolisiert durch Selenos, der sich eine Handvoll gefächerter, an Stangen befestigter Masken vors Gesicht hielt und seinem Führer alles nachplapperte. So kam es, wie der Erzähler Gelon verlauten ließ, dass bald Tausende dem Laureolus folgten, um die Welt besser zu machen.

Doch die Schar der Weltverbesserer musste leben, und nicht überall stießen sie auf Gegenliebe. Nicht jeder war bereit, sein Brot mit ihnen zu teilen. Erstmals trat nun auch Schapur auf – Varsacan –, der sich zum Wortführer jener machte, die den Prediger mitsamt seiner Anhängerschaft zum Hades wünschten, obwohl er zu Anfang selbst sein Jünger gewesen war. Und Varsacan hatte durchaus Erfolg mit seinen Hetzreden, immer öfter verweigerte man ihnen den Zutritt zu Städten und Dörfern. Weil aber die Zurückgewiesenen nicht verhungern wollten, gingen Laureolus' Jünger dazu über, das zu rauben, was sie zum Leben brauchten – und bald auch mehr! Sie gelangten in den Ruf einer gnadenlosen Räuberbande. Varsacan eilte zum König des Landes. Geschickt mimte Gelon einen Herrscher, der an Antipas erinnerte, und der vermeintliche Tetrarch sandte entschlossen eine Kriegerschar aus, um der Plage ein Ende zu bereiten.

Auch die Kriegerrollen übernahm Gelon; drei hölzerne Steckenpferde zwischen seinen Beinen suggerierten ein Reiterheer. Ein Scharmützel – verzweifelt drosch Selenos mit seinen Masken auf die Reiter ein – war einer der Höhepunkte des Stücks; das Theater bebte, denn Gelon und Selenos hatten ein nettes Tänzchen einstudiert. Schließlich sanken die Anhänger des Laureolus geschlagen nieder.

Am Rand des Schlachtfeldes stand Laureolus und stieß einen

Verzweiflungsschrei aus. Schon legte der Sieger ihn in Fesseln, und das Publikum kommentierte die Festnahme seines Lieblings mit einem mitleidigen: „Ooooh!“ Frauen schwenkten weiße Tücher. Laureolus wurde abgeführt, verschwand hinter der Bühne, Helena folgte ihm schluchzend.

Selenos kündigte eine Pause an und im Orchestra des vollbesetzten Theaters erschien ein dunkelhäutiger Feuerspeier, um den Leuten mit akrobatischen Darbietungen die Zeit zu vertreiben.

8

Wie aufgeputscht lief Gelon vor der Truppe auf und ab, während seine Truppe die Pause nutzte, um sich irgendwo niederzulassen und einen Schluck zu trinken. „Ihr seid großartig!", krächzte er in die Runde. „Macht nur weiter so. Antipas ist begeistert, sage ich euch. Habt ihr gesehen, wie er sich vor Vergnügen auf die Schenkel klopfte?"

„Vor allem habe ich gesehen, wie er ständig nach diesem Luder von Stieftochter geschielt hat", stellte Eugenia fest. „Und Herodias hätte ihn dafür am liebsten geohrfeigt."

„Dass mir keiner von euch Spaßvögeln auf den Gedanken kommt, darüber einen Witz zu reißen, hört ihr?"

„Für wie dumm hältst du uns eigentlich, Gelon?" Selenos lächelte matt.

„Weiter so, ihr seid wirklich großartig!" Vor Stephaton, der geistesabwesend vor sich hinstarrte, blieb Gelon stehen. „Bis auf unseren berühmten Helden. Stephaton, Junge, was ist heute nur los mit dir? Ich habe dich schon leidenschaftlicher spielen sehen. Du bist nicht ganz bei der Sache, scheint mir."

„Lass ihn in Ruhe, du weißt doch, wie verliebt er ist", wehrte Eugenia ab.

„Verliebt, verliebt – na und? Verliebt waren wir alle einmal. Er soll sich gefälligst zusammenreißen. Hast du nicht selbst gesagt, Antipas sei nur seinetwegen hier?"

„Und hast du nicht gesagt, Antipas habe sich köstlich amüsiert? Was willst du von dem Jungen?"

„Ich will, dass er uns nicht alles vermasselt, meine Nymphe. Man wird ja noch ein Wort sagen dürfen. Außerdem war es vor allem unser grandioses Tänzchen, über das der Tetrarch so herzhaft gelacht hat. Selenos und ich, wir haben es gestern mit viel Schweiß einstudiert, während sich unser verliebter Herzensbrecher mit seinem jüdischen Weibsbild vergnügt hat."

„Gib acht auf deine Worte, Gelon", sagte Stephaton gefährlich leise.

Gelon hob drohend einen Finger. „Halt die Luft an. Du hast keinen Grund, übermütig zu werden."

„Gelon", mahnte Eugenia, die spürte, dass Streit in der Luft lag. Doch ihr Gefährte überhörte sie.

„Glaub mir, Junge, zur Not kommen wir ganz gut ohne dich zurecht."

„Wenn du meinst", erwiderte Stephaton schulterzuckend.

Der seltsame Ton in seiner Stimme ließ Gelon blinzelnd innehalten. „Was willst du damit sagen?"

„Dass ich dich nicht brauche, Gelon. Dich und dieses Theater."

Mit zusammengepresstem Mund sah Gelon ihn eine Weile an. Weil Stephaton keine Anstalten machte, seine Erklärung zu präzisieren, fragte er lauernd: „Lass mich raten: Du willst dich einer anderen Truppe anschließen?"

„Glaub was du willst, Gelon, es ist mir egal."

„Dann stimmt es also."

Auch Selenos versuchte zu schlichten. „Jetzt ist nicht der richtige Zeitpunkt. Warum sprechen wir nicht später darüber?"

„Weil ich es hier und jetzt wissen will", giftete Gelon ihn an. „Nun, Stephaton? Was ist? Willst du uns verlassen?"

Stephaton dachte nicht im Traum daran, seinem wütenden Blick auszuweichen. „Du sagst es, Gelon. Ich werde die Truppe verlassen. So, jetzt weißt du es. Lass mich also zufrieden."

„Wer hat dich abgeworben? Wo bist du gewesen? Hat dir das etwa dieses jüdische Flittchen eingeflüstert?"

Stephaton sprang jäh auf und packte ihn am Kragen. „Ich habe dich gewarnt!"

Es war Schapur, der die beiden trennte und mit ausgestreckten

Armen zwischen ihnen stehen blieb. „Nur die Ruhe", brummte er mit seiner dunklen Stimme.

„Dieser undankbare Flegel! Ich habe ihn zu dem gemacht, was er heute ist!"

„Undankbar?" Eugenia lachte hohl. „Wofür sollte er dir denn dankbar sein? Dass er ein Mime geworden ist, anstatt in die Fußstapfen seines angesehenen Vaters zu treten? Oh, was für ein gesellschaftlicher Aufstieg. Rasch, bedank dich bei deinem großen Meister, Stephaton." Sie wusste selbst, dass sie besser geschwiegen hätte, um Gelon nicht noch wütender zu machen. Doch hier ging es um Stephaton.

„Warum fällst du mir in den Rücken, Weib?"

„Er ist nicht dein Sklave. Er kann tun und lassen, was immer ihm gefällt. Wobei ich es selbst am meisten bedauere, wenn er uns verlässt."

Selenos räusperte sich. „Lasst uns später in Ruhe über alles sprechen."

Das schien auch Gelon einzusehen, denn er schloss die Augen und atmete tief durch. Inzwischen hatte Chares, der Theaterbesitzer, den Raum betreten. „Die Leute werden ungeduldig", erklärte er. „Macht weiter, bevor sie den Feuerspeier mit Unrat bewerfen. Übrigens weiß ich nun, was es mit diesem Römer auf sich hat."

„Nun? Wer ist diese fette Qualle?", verlangte Schapur zu wissen.

„Sextus Salvius, römischer Senator. Ein Vertrauter des Tiberius, der ihn eigens nach Galiläa geschickt hat – um Antipas auf die Finger zu schauen, wenn ihr mich fragt. Und wenn ihm deine Beleidigung zu Ohren kommt, Schapur, dann ist es um deinen syrischen Schwachkopf geschehen."

„Kein Wunder, dass Antipas ihn hofiert", brummte Gelon. Er klatschte in die Hände. „Auf, Leute! Wir haben noch eine Kreuzigung zu erledigen!"

Seitdem sich der menschenscheue Kaiser Tiberius auf die Insel Capri zurückgezogen hatte, um dort seinen Lebensabend zu verbringen, überließ er die Regierungsgeschäfte seinem Vertrauten Lucius Aelius Seianus, Präfekt der Prätorianergarde. Als Tiberius' Stellvertreter und faktischer Machthaber hielt Seianus alle politischen Fäden in den Händen. Dass er großen Ehrgeiz besaß, war selbst bis in die letzten Winkel des Reiches vorgedrungen, und es fehlte auch nicht an Stimmen, die ihm den Griff nach der Kaiserkrone unterstellten. In Rom hatte er sich durch seine Rücksichtslosigkeit einige Feinde gemacht, doch der alte Tiberius hielt an ihm fest, auch wenn des Seianus Versuche, in die kaiserliche Familie einzuheiraten, bis dahin gescheitert waren.

All dies wusste Stephaton, wenngleich ihn solche Dinge nicht sonderlich interessierten. Doch die Tatsache, dass nicht nur der Tetrarch Herodes Antipas, sondern auch noch ein enger Vertrauter des Tiberius an diesem Nachmittag im Theater weilte, war schon bemerkenswert. Kein Wunder, dass Gelon so nervös war. Stephaton ahnte, was alles durch sein berechnendes Gehirn gehen mochte. Nicht nur Herodes galt es zu imponieren, sondern auch diesem Römer. Sah Gelon sich bereits in Rom spielen? Oder auf Capri? Sextus Salvius hatte sich sichtlich amüsiert während der Vorstellung. Gelons Ehrgeiz war groß, er würde nicht nachlassen, die Aufmerksamkeit und das Wohlwollen des Römers zu erlangen. Die des Antipas glaubte er ja bereits gewonnen zu haben.

Gelons Welt. Stephaton würde ihr ohne Bedauern den Rücken kehren. Der Streit machte alles nur noch leichter. Die Worte, die Gelon verwendet hatte, um Sara zu beleidigen, würde er ihm nicht verzeihen. Nur noch diese eine Aufführung musste er überstehen, nur noch diese verfluchte Kreuzigung. Danach, so schwor er sich, würde er nie wieder eine Bühne betreten.

Laureolus vor Gericht – für das Publikum ein unaufhörlicher Erguss von Worten, für Stephaton eine Geduldsprobe. Bis zu diesem

Tag hatte er seine Rollen ernst genommen, heute sehnte er nur noch das Ende herbei. Mochte den Zuschauern dies auch nicht auffallen, der scharfsinnige Gelon hatte es längst bemerkt. Nur hatte er die falschen Schlüsse daraus gezogen. Trotz des Streits wollte Stephaton die Sache mit Anstand hinter sich bringen. Es ging ja nicht nur um Gelon, es gab ja auch noch Selenos, Schapur und vor allem Eugenia, die ihm wie Geschwister geworden waren. Sie hatten es verdient, dass das Stück um den Räuber Laureolus in Tiberias zum Erfolg wurde. Und sicher würden sie bald einen Ersatz für ihn finden. Niemand war unersetzbar – Gelon selbst hatte das stets nachdrücklich betont.

„Deine Jünger haben geraubt und gemordet", warf der Richter dem gefesselten Räuber vor. Der Richter war Gelon, und Stephaton wunderte sich, mit wie viel Abscheu er sprach. Bei der ersten Aufführung hatte Gelon die Rolle mit herablassendem Hochmut gespielt, nun aber war er ein Eiferer, der nur den Tod des Delinquenten im Sinn zu haben schien. Auch der Wortwitz war ihm abhandengekommen.

„Ich habe es ihnen nicht befohlen", verteidigte sich Laureolus.

„Was hast du denn befohlen?", forschte der Richter.

„Sie sollten Brot und Fische für uns besorgen."

„Hatten sie Geld?"

„Ich … ich weiß es nicht."

„Du weißt es nicht? Ein feiner Lehrer bist du. Wie hast du dir das vorgestellt? So viele Leute! Wolltest das Brot vielleicht auf wundersame Weise vermehren?"

„Ich tat nur, was mir aufgetragen wurde."

„Und *was* wurde dir aufgetragen?"

„Den Armen und Siechen zu helfen. Die Welt besser zu machen. Gutes zu tun."

„Das ist dir ja prächtig gelungen. Wer trug dir auf, all dies zu tun?"

„Zeus."

„Gewiss doch: Zeus.“

„Du musst ihm glauben“, flennte Helena, die ein Stück abseits kniete. „Zeus ist an allem schuld!“

Das Publikum fiel darin ein. „Zeus ist an allem schuld! Zeus, Zeus! Zeus!“

„Dann sollte ich vielleicht den Göttervater ans Kreuz schlagen lassen?“

Helena nickte eifrig. „Verdient hätte er es jedenfalls, der alte Lump.“

„Zeus ans Kreuz!“, skandierte das Publikum.

Der Richter wandte den Blick zum Himmel. „Zeus? Göttervater? Los, steig herab und büße für das, was du getan hast.“ Eine Weile blieb er reglos stehen. „Er hört mich nicht“, verkündete er dann aufseufzend.

„Ja, weil du nicht an ihn glaubst!“, rief zum Erstaunen aller der Römer. Ein feistes Grinsen umspielte seine Lippen. Antipas spendete Beifall. Auch Herodias und Salome applaudierten, ebenso Fausta, wenn auch mit vornehmer Zurückhaltung.

„So bleibt mir nichts weiter übrig, als dich zu kreuzigen, Laureolus. Aber wer weiß“, fügte der Richter spöttisch hinzu, „vielleicht holt Zeus dich ja herab von deinem Schandpfahl.“ Er winkte zwei Schergen herbei, Schapur und Selenos. „Ans Kreuz mit dem Kerl!“

Die Rolle des Henkers war für Schapur wie gemacht. Das mehr als mannshohe Kreuz, das er mit Selenos heranschleppte, war aus robustem Zedernholz gefertigt. Für eine Kreuzigung, selbst wenn sie nur auf der Bühne stattfand, taugte kein herkömmliches Requisit. Gelon wollte die Hinrichtung nicht gänzlich zur Lachnummer verkommen lassen. Wichtig sei die Mischung aus Grauen und Humor, lautete seine Parole.

Der Einfachheit halber waren Längs- und Querbalken des Kreuzes bereits miteinander verbunden. Die Schergen ließen es polternd auf den Bühnenboden fallen, ergriffen Laureolus und lösten ihm die Fesseln, um ihm dann die Tunika vom Leib zu reißen.

Nur noch mit einem Leibschurz bekleidet stand er jetzt zwischen ihnen, und der Blick auf seinen athletischen Körper entlockte mancher Zuschauerin ein Jauchzen. Die Schergen packten Laureolus, um ihn auf das Holz zu pressen. Er gab sich schicksalsergeben und wehrte sich nicht.

Sie begannen, seine Arme mit Stricken an den Querbalken festzubinden. Helena eilte herbei, um ihren Liebsten aus den Fängen der Grobiane zu entreißen, was natürlich ein hoffnungsloses Unterfangen blieb: Schapur vertrieb die Klagende mit einem zünftigen Schlag der flachen Hand auf ihren Hintern. Ihr misshandeltes Körperteil haltend, verschwand Helena hüpfend von der Bühne.

Zum Erstaunen Stephatons und der beiden Schergen legte der Richter jetzt höchstpersönlich Hand an. „Lass mich das machen!" Er stieß Selenos beiseite und setzte dessen Werk fort. Das war so nicht abgesprochen. Seit wann verrichtete ein Richter Henkersdienste?

„Was soll das, Gelon? Willst du mir meine Rolle streitig machen?", flüsterte Selenos ihm zu.

Gelon achtete nicht auf ihn, sondern zog mit aller Gewalt die Sticke um die Handgelenke des Verurteilten, sodass es nicht Laureolus, sondern Stephaton war, der vor Schmerz aufschrie.

„Bist du verrückt?", zischte Selenos, lächelte aber achselzuckend in die Zuschauermenge und tippte sich dabei an die Stirn, als gehöre diese Posse zum Stück. Auch Schapur benötigte ein paar Augenblicke, um sein Befremden zu überspielen.

„Richter, wer hat dich zum Henker gemacht?", fragte er laut.

„Zeus, wer sonst?"

Antipas klatschte vergnügt, als sei die Vorstellung, ein Richter könne zugleich der Henker sein, ganz nach seinem Geschmack.

Nachdem Gelon den Arm des Laureolus festgebunden hatte, sprang er hinüber zur anderen Seite, wo Schapur immer noch neben dem Kreuz kniete. „Beiseite! Wollt ihr den Kerl liebkosen oder kreuzigen? *So* macht man das!" Erneut glaubte Stephaton, die

Hand müsse ihm abfallen, und diesmal war der Schmerz noch heftiger. Helena stürmte von Neuem auf die Bühne und warf sich auf den Peiniger. „Du tust ihm weh, du dämlicher Hornochse!", keifte sie, während ihre Fäuste auf ihn niederhagelten. Die Zuschauer lachten und pfiffen.

„Verdirb es nicht, meine Nymphe", raunte Gelon ihr zu, die Arme schützend über den Kopf geworfen. Die Sorge, dass die Unstimmigkeiten dem Publikum auffielen, bewog Schapur, sie von dem brutalen Richter wegzuzerren.

„Fort mit dir, Frau!"

„Aber er bringt ihn ja um."

„Das ist der Sinn einer Kreuzigung", verkündete Selenos weise. „Geh, Eugenia", flüsterte er eindringlich, „wir geben schon acht, versprochen."

„Diesen Eindruck habe ich nicht."

„Geh, bitte."

Nachdem sie sich widerwillig entfernt hatte, erledigten die drei Henker den Rest: Auch Stephatons Beine wurden mit Stricken gebunden, seine Füße auf einen Block gestellt. Endlich richteten sie das Kreuz mit vereinten Kräften auf, um es in die eigens dafür vorgesehene Vertiefung des Bühnenbodens zu hieven. Ein Ruck, der Stephaton durch Mark und Bein ging.

Gelon, nunmehr wieder Poet und frei von Hass, griff nach seiner Flöte und entlockte ihr traurige Töne. „Jetzt ist es nur noch eine kurze Zeit, bis unser tragischer Laureolus an den Ufern des Styx auf die Ankunft des Fährmannes Charon wartet", sprach er gequält. „Hoffentlich findet sich jemand, der ihm eine Münze in den Mund legt, denn ohne seinen Fährlohn wird Charon ihm etwas husten." Mit seligem Lächeln blickte er in die Richtung, wo Helena verschwunden war. „Aber ich bin überzeugt: Eine wird sich seiner erbarmen!"

War schon die Kreuzigung der Erstaufführung für Stephaton eine Tortur gewesen, so stellte die heutige eine unsägliche Folter dar. Was hatte Gelon sich nur dabei gedacht, ihn derart zu peinigen? War es niederträchtige Rachsucht, die aus dem Mimen, den er für seinen Freund gehalten hatte, einen echten Folterknecht machte?

Nicht nur seine Glieder schmerzten, es war, als hätte man ihm zudem ein Messer in den Schädel gestoßen. Am liebsten hätte er immerzu geschrien. Sollten die Leute doch merken, dass etwas nicht stimmte, dass seine Qualen nicht gespielt waren, dass er wahrhaftig Todesängste ausstand. Doch zum Schreien fehlte ihm der Atem, eine alles zerreißende Glut füllte seine Lungen. Die Fußstütze war tiefer angebracht als beim ersten Mal, sodass es ihn erheblich mehr Mühe kostete, sein Körpergewicht zu verlagern und Entlastung zu schaffen. War auch dies Gelons Werk?

Im Gegensatz zu Eugenia hatten Schapur und Selenos wenig unternommen, um Gelon Einhalt zu gebieten. Was vielleicht daran lag, dass sie sich nicht vorstellen konnten, wie schmerzhaft diese gespielte Hinrichtung war. Es war nur ein Theaterstück, niemand würde tatsächlich sterben, und am Ende gäbe es wie immer begeisterten Applaus. Für seinen Ruhm musste ein Mime bereit sein, fest auf die Zähne zu beißen, vielleicht war es das, was Schapur und Selenos durch den Kopf ging, als sie Gelon, dessen schlechte Laune sie zudem fürchteten, gewähren ließen.

Stephatons Hände waren wie tot, keinen Finger vermochte er mehr zu rühren, es war, als würde ihm das Leben langsam aus dem Körper gesaugt. Und doch hatte er als Gekreuzigter noch eine Rolle zu spielen. Wie ein Opfertier fühlte er sich, tausend Gesichter, die ihn aus dem Halbrund des Theaters musterten, aufmerksam, respektvoll, als seien die Qualen, die er litt, das Resultat hervorragender Schauspielerei und nicht etwa bitterer Ernst. Was für ein Glück, dass Sara nicht hier war.

„Der gute Zeus hat wohl anderes zu tun, als dich dem Kreuz zu entreißen", rief Gelon, nunmehr wieder in seiner Richterrolle.

„Mich dürstet", keuchte Stephaton, der einen an dieser Stelle fälligen Dialog einfach übersprang. Schapur begriff immerhin, dass er an der Reihe war, ihm von der *Posca*, dem Essigwasser zu reichen. Er tunkte den Schwamm in einen bereitstehenden Kübel, steckte ihn an einen Ysopzweig und hielt ihn dem Gekreuzigten an den Mund.

Nicht allein um das Geschehen zu beschleunigen, hatte Stephaton seinen Durst beklagt, er plagte ihn tatsächlich auf fürchterlichste Weise. Obwohl seine Lebensgeister zunehmend schwanden, die Aussicht auf einen Schluck war so herrlich und wunderbar, dass er einen Moment lang keinen Schmerz mehr spürte.

Doch die Posca war purer Essig. Stephaton spie ihn aus, das Maß der Grausamkeiten war offensichtlich noch nicht erschöpft. Auch dies musste ein Racheakt von Gelon sein.

„Das … ist … Essig." Stephaton wusste, wie albern sein Protest war, doch er war unfähig, sich etwas Geistreiches auszudenken. Verwirrt schnupperte Schapur an dem Schwamm.

„Auch noch wählerisch, unser Laureolus", sagte Gelon kopfschüttelnd.

„Wasser", lechzte Stephaton.

„Ich fürchte, es gibt kein Wasser, König der Räuber. Du kannst dich ja beim Kaiser darüber beschweren, wenn du magst."

Stephaton schwieg, sein Kinn fiel ihm auf die Brust. Schapur erkannte, dass der Gekreuzigte kaum mehr in der Lage war, Gelon etwas zu entgegnen und sprang für ihn in die Bresche, denn nichts war für eine Theatertruppe ärgerlicher als unfreiwillige Pausen. „Beim Kaiser? Das wird kaum möglich sein, Herr Richter."

„Ach nein?"

„Der Kaiser … nun ja, er … er ist nicht … ist nicht zu sprechen. Für niemanden."

„Und warum nicht?"

Schapur, kein Meister der Improvisation, sondern ein Darsteller fürs Grobe, sah Selenos Hilfe suchend an. Der aber hatte seinen Blick besorgt auf Stephaton gerichtet, sodass es Schapur überlassen blieb, die Frage des Richters zu beantworten. „Weil … weil der

Kaiser auf seiner Insel sitzt und sich von seinen Lustknaben … äh … sein verdorrtes Gemächt kraulen lässt."

Für einen Augenblick wurde es totenstill. Dann begann jemand gehässig zu lachen, und schließlich stand das ganze Theater kopf. Stephaton war einer Ohnmacht nahe, doch er ahnte, dass hier etwas aus dem Ruder lief.

Gelon war es siedend heiß über den Rücken gelaufen. Verstohlen linste er ins Publikum. Das Vergnügen der Zuschauer teilten Antipas und sein römischer Gast ganz und gar nicht. Ihre Mienen waren zu Eis erstarrt, während Herodias und Salome ein Kichern verbargen, indem sie sich mit gespielter Entrüstung eine Hand auf den Mund pressten. Fausta Decila machte sich diese Mühe nicht, sondern grinste ungeniert, während ihr Gatte einmal mehr ein Nickerchen hielt und von allem nichts mitbekam.

Wütend funkelte Gelon Schapur an. Die Beleidigung des Kaisers war ausgesprochen und nicht wieder rückgängig zu machen, aber vielleicht ließen sich die hohen Herrschaften ja besänftigen. „Du einfältiger Henker, du nichtsnutziger Strolch, du Sohn einer zahnlosen Hure! Weißt du denn nicht, dass es nur Lügen sind, die böse Menschen über unseren guten Kaiser Tiberius verbreiten? Der Caesar ist nicht weniger tugendhaft als es der göttliche Augustus war."

„So ist es wohl", murmelte Schapur, begreifend, was er mit seinen Worten angerichtet hatte.

Auch Selenos bemühte sich, die Angelegenheit entschärfen. „Der Räuber Laureolus muss seine Beschwerde eben an den edlen Seianus richten. Nicht wahr, Laureolus?"

Seinem Elend zum Trotz sah Stephaton die Gelegenheit gekommen, sich seinerseits an Gelon zu rächen. Mochte er auch wehrlos am Kreuz hängen, das diebische Verlangen, Gelon zu blamieren, wurde übermächtig und gab ihm Kraft für eine verbale Gehässigkeit. „Seianus? Pflegt der Richter Gelon …", mit voller Absicht nahm er den wahren Namen des Gefährten in den Mund,

„pflegt der Richter Gelon nicht stets zu sagen, dass …“, noch einmal schnappte er nach Luft, „… dass Seianus ein … ein Speichellecker ist? … Ein ehrloser Schurke, der über … Leichen geht, selbst über die des senilen Kaisers?“

Noch während er sprach, wusste er, dass es fürchterlichen Ärger geben würde, ein Blick in des Römers Gesicht sagte genug. Auch das Publikum witterte den Skandal und spendete johlend Beifall: Wenn es gegen Rom und seine Mächtigen ging, konnte der Spott nicht scharf genug sein. Stephaton empfand Genugtuung, er hatte es Gelon, diesem falschen Freund, heimgezahlt. Der konnte seine ehrgeizigen Träume nun begraben.

Niemand hielt sich mehr an seine Rolle. Eugenia preschte ein weiteres Mal auf die Bühne. „Nehmt ihn endlich herab vom Kreuz, ihr verdammten Idioten!“, schrie sie in den Lärm hinein, der das Theater beben ließ.

9

Sie warteten. Es war ihnen bewusst, dass etwas geschehen würde. Während sich draußen die Ränge des Theaters leerten, harrten sie der Dinge. Schapur führte kopfschüttelnd Selbstgespräche, Selenos rieb sich unaufhörlich das Gesicht und Eugenia kniete neben dem bäuchlings am Boden liegenden Stephaton, um ihm den Rücken zu massieren. Gelon hockte in einer Ecke, hielt alle im Blick und hätte am liebsten jeden einzelnen von ihnen erwürgt.

„Was seid ihr bloß für elende Trottel! *Das verdorrte Gemächt des Kaisers!* Verdorrt sind vor allem eure verdammten Gehirne!"

Schapurs Trotz erwachte. „Ich wollte das nicht sagen. Es ist einfach aus mir herausgeplatzt. Hättest du dich an unsere Abmachungen gehalten, wäre das alles nicht passiert."

„Syrischer Schwachkopf!"

„Hüte deine Zunge, Gelon." Schapur konnte einiges einstecken, aber jetzt war ihm die Lust gründlich vergangen, sich von Gelon beleidigen zu lassen. „Und überhaupt, was ist mit dir? Warum musstest du den Henker machen? Waren dir deine Rollen nicht gut genug?" Mit dem Daumen wies er auf Stephaton. „Mit ihm bist du umgegangen, als wolltest du ihn tatsächlich umbringen."

Eugenia sah mit kalter Verachtung zu ihrem Gefährten hinüber. „Er wollte sich offenkundig rächen."

Gelons Kiefer mahlten wie zwei Mühlräder. „Eine kleine Bestrafung hatte unser treuloser Verräter verdient."

„Das ist so erbärmlich von dir."

„Wer war es denn, der den Seianus vor den Ohren der Herrschaften beleidigte? Darüber hinaus hat er *mir* diese Beleidigung untergeschoben. Nennst du das etwa nicht erbärmlich?"

„Er hat es dir heimgezahlt, Gelon. Das hast du nun von deiner närrischen Intrige. Ich an seiner Stelle hätte nicht anders gehandelt."

„Seinetwegen werden sie uns am Ende noch geißeln, du dumme Gans. Ja, massiere ihm nur fein den Rücken, bevor die Peitsche ihm die Haut in Fetzen reißt."

„Streiten hilft uns nicht weiter", seufzte Selenos.

Gelon suchte vergeblich nach etwas, womit er ihn bewerfen konnte. „Sei still, Klugschwätzer. Ich ertrage es nicht, wenn du den Philosophen gibst. Sowieso hätte ich von dir mehr erwartet."

„Und was hast du von mir erwartet, Gelon?"

„Zum Beispiel, dass du deinen Freund, den syrischen Esel, unter Kontrolle hältst."

„Es reicht", knirschte Schapur mit drohend erhobenem Finger.

Stephaton hatte bislang geschwiegen. Immer noch war er ein Bündel voller Schmerz. Das Blut, das sich wieder seinen Weg in Hände und Füße bahnte, war wie kochendes Öl. Dort, wo die Stricke ihn förmlich mit dem Kreuz hatten eins werden lassen, leuchteten Striemen in beängstigend leuchtenden Farben. Eugenia meinte es zweifellos gut mit ihrer Massage – vermutlich tat sie es darüber hinaus, um Gelon zu reizen –, doch Stephatons malträtierter Leib war unfähig, Wohltaten zu empfinden. Mühsam richtete er sich auf.

„Ich habe nicht vor, mich einer anderen Schauspielertruppe anzuschließen, Gelon." Seine Stimme war wieder halbwegs fest, wenn auch leise und scheinbar frei von jeder Emotion. „Ich sagte nur, dass ich euch verlassen werde."

„Was hast du vor, Junge?", fragte Selenos interessiert.

Eugenia glaubte alles zu durchschauen. „Er will einen ehrbaren Beruf ausüben und eine Familie gründen."

Gelon blinzelte skeptisch, als sei dies das Abwegigste, was man sich vorstellen könne. „Ist das wahr, Stephaton?"

Einige von Antipas' Soldaten betraten polternd den Raum, die Mienen finster, die Hände auf den Knäufen der Schwerter an ihren Gurten. Ein schwitzender, händeringender Chares folgte ihnen, traute sich aber nicht, den Mund aufzumachen. Der Hauptmann –

sorgsam gestutzter Bart, Hakennase, stechender Blick – baute sich breitbeinig vor den Mimen auf. „Ihr“, schnarrte er, „ihr alle seid festgenommen.“ Er nickte seinen Männern zu, die in Paaren vortraten und die Mimen packten.

„Lasst mich los“, fauchte Eugenia sie an, vermochte aber keinerlei Eindruck zu schinden.

Chares fand seine Sprache wieder. „Darf man fragen, was ihnen vorgeworfen wird?“, fragte er den Hauptmann mehr ängstlich als fordernd. Vielleicht hatte er ja noch nicht mitbekommen, was auf der Bühne vorgefallen war.

Der Hauptmann sah ihn an wie ein lästiges Insekt. „Schmähreden auf den göttlichen Tiberius und den Präfekten Seianus. Aufhetzung des Volkes gegen Rom und unseren Fürsten. Such dir etwas aus.“

„Wo bringt ihr sie hin?“

„Dorthin, wo ihnen das Spaßmachen vergeht. Du kannst von Glück sagen, dass wir nicht den Auftrag haben, auch dich mitzunehmen, Theaterbesitzer.“

Chares wurde leichenblass. „Ich ... ich wusste davon nichts.“ Niemand achtete weiter auf ihn.

„Das alles ist bloß ein Missverständnis!“, rief Gelon kämpferisch. Auch die Ohrfeige, die er darauf erhielt, ließ ihn nicht verstummen. „Es lag uns fern, jemanden zu beleidigen. Wir sind Rom und dem Fürsten treu ergeben. Ruft die edle Fausta Decila, sie wird euch bestätigen, was für eine ehrbare Truppe wir sind. Na los, holt sie her!“

„Nicht nötig, hier bin ich schon!“ Zum Erstaunen aller hatte die Römerin den Raum betreten. Ihr Lächeln war so kalt wie eine Winternacht. Hinter ihr stand wie ein langer Schatten ihr Leibsklave Brennus.

„Edle Fausta“, sagte Gelon hoffnungsvoll, „du musst uns helfen.“

Sie hob das Kinn. „So?“

„Sie wollen uns festnehmen. Du kennst uns, edle Fausta, wir

möchten nichts anderes, als den Menschen Unterhaltung bieten. Nutze deinen Einfluss! Bitte, geh zum Fürsten und versichere ihm, dass wir niemanden schmähen wollten."

Sie seufzte bekümmert. „Dennoch habt ihr es getan, ich habe es mit meinen eigenen Ohren gehört. Ach, was hat euch nur getrieben? Senator Salvius ist völlig außer sich und fordert Genugtuung. Der Tetrarch wird sie ihm gewähren, das ist der Lauf der Dinge. Bedauerlicherweise kann ich nichts für euch tun, Gelon." Sie heftete ihren Blick auf Stephaton. „Manchmal tut man Dinge, die man hinterher bereut. So wie unser tragischer Räuber Laureolus. Nun, ich hoffe, dass man euch nicht gleich ans Kreuz schlagen wird."

Stephaton erschrak über die Feindseligkeit, die aus ihren Augen sprühte. Seine Zurückweisung hatte sie mehr gekränkt, als er das für möglich gehalten hätte. Dass es ihr nicht gelungen war, ihn auf ihr Lager zu zerren, musste eine beispiellose Erniedrigung für sie darstellen, eine demütigende Niederlage, vielleicht die erste, die diese verwöhnte Frau je erfahren hatte. Sie machte kehrt und huschte ohne ein weiteres Wort davon, gefolgt von Brennus, auf seinen Lippen das herablassende Grinsen des Gladiators, der einen hoffnungslos unterlegenen Gegner in den Sand der Arena geschickt hat.

„Worauf wartet ihr? Führt die Bande ab!", befahl der Hauptmann seinen Männern.

Der Kerker, in dem sich die Mimen bald darauf wiederfanden, mochte so groß sein wie die Bühne, auf der sie vorhin noch ihre Helden verkörpert hatten. Noch weigerte sich Stephaton, die ganze Trostlosigkeit dieses Ortes zur Kenntnis zu nehmen, hoffend, er möge bald aus einem bösen Traum erwachen. Erst als die Soldaten ihn grob zu Boden stießen und einen eisernen Ring um seine Fußknöchel legten, schwand seine Hoffnung: Alles war beklagenswerte Wirklichkeit! Ringsumher klirrten die Kettenringe. Seinen Gefährten erging es wie ihm, sie alle wurden an eine mit Moder überzogene Felswand gekettet. Gelon fluchte, Eugenia schimpfte, barsch wurden sie angefahren, das Maul zu halten. Stephaton nahm den Gestank von Fäulnis, Ratten und Fäkalien wahr.

Durch einen Mauerspalt oben im Gewölbe fiel spärliches Tageslicht. Ein elendes Loch der Entbehrung, der Entmutigung, der Demütigung, eine menschenverachtende Unterwelt gehauen in Fels, über dem sich die prächtige Palastanlage des Herodes Antipas erhob. Gefangene des Tetrarchen waren sie, es gab nicht vieles, was man sich weniger hätte wünschen können.

Stephaton erblickte einen weiteren Gefangenen. Kaum fünf Ellen von ihm entfernt hockte er, die dünnen Arme um die Knie geschlungen. Reglos musterte er die Neuankömmlinge. Offenbar verweigerte man ihm Kleidung, denn bis auf die Fetzen eines härenen Gewandes, das seinen abgezehrten Körper notdürftig bedeckte, war er nackt. Dort, wo der Eisenring sein Fußgelenk umschloss, schimmerte rohes Fleisch. Obwohl er abgezehrt und dürr war, schien eine ungebändigte Kraft von ihm auszugehen, die in seinem durchdringenden Blick zum Ausdruck kam. Lange Haare und ein wilder, dunkler Bart verstärkten diese Empfindung.

Der Hauptmann spuckte diesem sonderlichen Mann vor die Füße. „Gesellschaft für dich, Täufer! Schandmäuler wie du, wirst dich prächtig mit ihnen verstehen!“

Die Soldaten hatten es eilig, den abscheulichen Ort zu verlassen. Nachdem die eisenbeschlagene Pforte dröhnend hinter ihnen ins Schloss gefallen war, nahm Gelon sein Fluchen wieder auf.

„Seid ihr jetzt zufrieden? An der Tafel des Antipas hätten wir speisen können. Stattdessen sitzen wir in diesem Rattenloch!“ Wütend zerrte er an der Kette, die ihn daran hinderte, sich von der Stelle zu bewegen.

Selenos gefiel sich darin, ihn durch seinen sachlichen Widerspruch zu reizen. „Menschen wie wir werden nie an fürstlichen Tafeln speisen.“

„Ja. Weil es immer Schwachköpfe geben wird, die sich nicht an ihre Rollen halten.“

„Wer hat denn damit angefangen, fremde Rollen zu übernehmen?“, hielt Schapur ihm grimmig entgegen.

Eugenia schnaubte. „Fangt nicht schon wieder damit an. Ist es nicht schon bitter genug, dass ich mit einer Horde kindischer Streithähne hier darben muss?“

Gelon, der alle gegen sich wähnte, ging dazu über, seinen Zorn an dem fremden Gefangenen auszulassen. „Was glotzt du, wilder Mann?“, fuhr er ihn an. „Passt dir vielleicht unsere Gesellschaft nicht? Glaub mir, wir haben uns deine auch nicht ausgesucht.“

Der Gefangene schwieg, aber sein brennender Blick blieb auf Gelon gerichtet. Was diesen zunehmend irritierte. „Ah“, machte Gelon, sich der Worte des Hauptmannes entsinnend, „das ist wohl der Wüstenprediger, der den Tetrarchen und seine Frau beleidigte. Nicht wahr, Jude? Du bist dieser Wahnsinnige! Du bist der *Täufer*!“

Der andere blieb in seinem Schweigen. Gelon warf den Kopf in den Nacken und lachte schallend.

„Wer ist hier der Wahnsinnige?“, murmelte Schapur.

„Was für eine Fügung.“ Gelons Gelächter schrumpfte zu einem Stöhnen. „Wie gemacht für ein neues Theaterstück. Man schert uns mit diesem Irren über einen Kamm. Laureolus lässt grüßen.“ Er raufte sich die Haare, bis ihm ein Gedanke kam. „Stephaton! Dein Vater wird doch dafür sorgen, dass wir schnell wieder freigelassen werden, nicht wahr?“

Daran hatte Stephaton auch schon gedacht. Antipas hielt Demetrios für seinen besten Architekten. Wenn der Vater sich für sie einsetzte, würde der Tetrarch Gnade walten lassen und den wütenden Römer besänftigen. Stephaton wünschte sich, er hätte sich nie mit seinem Vater überworfen. Noch mehr wünschte er sich, er könnte den heutigen Tag komplett aus seinem Leben streichen. Säße er doch immer noch an Saras Seite an jenem grünen Hang, um den Worten des Rabbis zu lauschen. Es war seltsam: Hier und jetzt, in diesem trostlosen Verlies und einen Tag zu spät, glaubte Stephaton zu begreifen, weshalb sich Sara von der Predigt so sehr hatte bewegen lassen: Es waren Worte für die Ewigkeit gewesen.

10

Bis auf das gelegentliche Erscheinen eines mürrischen Wächters, der den Gefangenen hartes Brot und brackiges Wasser brachte, geschah zwei endlos lange Tage nichts. Gelon stellte seine Schimpftiraden nach einer Weile ein und brütete wie die anderen stumpf vor sich hin, versunken in quälende Gedanken. Und Stephaton begann sich zu fragen, ob die vergangenen Wochen nur ein wunderbarer Traum gewesen waren. Sara – war sie ein Wesen aus Fleisch und Blut? Oder war sie eine Illusion, bewirkt durch eine spottende Gottheit, die ihm verdeutlichen wollte, um wie viel besser sein Leben verlaufen wäre, wenn er nur gewollt hätte? Die Trostlosigkeit des Verlieses war auszuhalten, unerträglich dagegen der Gedanke, Sara nie wiederzusehen, ihr womöglich nie begegnet zu sein.

Am Morgen des dritten Tages erschien jener Hauptmann, der sie im Theater verhaftet hatte. Vier Männer begleiteten ihn, einer trug einen klirrenden Schlüsselbund. Mit dem Kinn wies der Hauptmann zunächst auf den Täufer, dann auf Stephaton, und sogleich begann der Schlüsselträger deren Fußeisen zu lösen. Stephaton fand sich auf seinen Beinen wieder, flankiert von zwei Soldaten, die ihn grob gepackt hielten. Ohne diese gewaltsame Unterstützung wäre er wohl sogleich wieder zusammengesackt, denn seine kraftlosen Beine wollten ihm kaum gehorchen. Dem Täufer erging es ähnlich, mit ihm schienen die Männer besonders rau umzugehen. Was wohl daran lag, dass der zornige Trotz einfach nicht aus seinen Augen wich.

„Ab mit ihnen!", befahl der Hauptmann.

„Und was ist mit uns?", protestierte Gelon mit heiserer Stimme. Der Hauptmann bedachte ihn mit einem abfälligen Blick, ließ sich jedoch nicht dazu herab, ihm zu antworten.

„Wohin gehen wir?", fragte Stephaton seine Begleiter. Auch er erhielt keine Antwort.

„Leb wohl, Stephaton!“, rief Eugenia ihm nach, als wüsste sie genau, dass sie einander nie mehr begegnen würden.

„Wir sehen uns wieder“, versicherte er ihr guten Mutes.

Man führte ihn und den Täufer eine steile, feuchte Treppe hinauf. Als sie ins Freie gelangten, blendete die Morgensonne Stephaton so schmerzhaft, dass er die Augen zusammenkniff.

„Den Sohn des Bauherrn bringt zuerst ins Badehaus“, wies der Hauptmann seine Leute an. „Beeilt euch!“

Was hatten sie mit ihm vor? Sie schritten über einen gepflasterten Hof, direkt auf die Palastanlage des Antipas zu. Nachdem sie in das Badehaus eingekehrt waren, übergaben ihn die Wächter einem Badesklaven, der im *Tepidarium* offenbar schon bereitgestanden hatte. Der Sklave, ein kräftiger, dunkelhäutiger Mann mit kahlem Kopf, vollen Lippen und beringten Ohren, begann Stephaton mit resoluten Handgriffen zu entkleiden. Stephaton sah sich um. Das Bad war nach römischem Muster angelegt. Fußbodenmosaiken zeigten Seevögel und Delfine. Darüber wunderte er sich, war es doch den Juden verboten, Geschöpfe in Bildnissen darzustellen. Die Wände waren mit gemasertem Gips bedeckt, sodass sie wie aus Marmor wirkten. Die Luft war heiß und feucht vom Wasserdampf, der aus dem randvoll gefüllten Becken stieg.

„Ich soll ein Bad nehmen?“, wunderte sich Stephaton.

„Der Tetrarch will es.“ Der Sklave antwortete in tadellosem Griechisch. „Und ich kann ihn gut verstehen, denn ein Schwein riecht angenehmer als du.“ Mit einem Handwedeln forderte er ihn zum Einsteigen auf.

„Der Tetrarch?“

„Maul halten!“, rief ein vor der Tür postierter Soldat. „Beeilt euch, wir haben nicht viel Zeit.“

Bedeutete das, dass man ihn zu Antipas führen wollte? Hatte sich der Vater für ihn eingesetzt? Alles wies darauf hin, denn einen gebrandmarkten Schwerverbrecher hätte man kaum in den Genuss eines Bades gebracht. Den Täufer hatten sie jedenfalls nicht hierher geführt. Alles würde ein gutes Ende nehmen. Und Sara, sie war kein Traum gewesen. Jetzt, da ihn keine tristen Mauern mehr umgaben, begann sein Verstand wieder zu arbeiten.

Schweigend bearbeitete der Sklave ihn von Kopf bis Fuß mit einem Schwamm, und nichts hätte Stephaton lieber getan, als sich nach dem Albtraum des Kerkers wohlig im Wasser auszustrecken. Doch es war ihnen ernst mit der Eile, denn schon forderte sein Wohltäter ihn auf, dem Bad zu entsteigen, um ihn mit einem Tuch gründlich trocken zu reiben. Auf einer Bank lag frische Kleidung bereit.

„Zieh das an!"

Stephaton stellte keine Fragen mehr, sondern tat, was der Sklave von ihm verlangte. Das Untergewand und die einfache Tunika waren noch nie getragen worden, ebenso die Sandalen, auch dies ein Anzeichen, dass man ihn nicht bestrafen wollte, zumindest redete sich Stephaton solches ein.

Nachdem er die Kleidung übergestreift hatte, trat der Sklave von Neuem auf ihn zu, in seiner Hand einen Kamm aus Olivenholz. „Setz dich und halt still."

Mehrmals musste Stephaton auf die Zähne beißen, denn sein Haar war völlig verfilzt.

„Wenn du vor dem Tetrarchen stehst, dann sieh ihm nicht zu lange in die Augen", flüsterte der Sklave, „er hasst es nämlich, wenn man das tut."

„Danke für den Ratschlag." Ob sich noch mehr aus ihm entlocken ließ? „Was wurde beschlossen? Weißt du vielleicht, ob mein Vater …?"

„Seid ihr fertig?"

Es war der Hauptmann, der neben ihnen stand und aus seiner Ungeduld keinen Hehl machte. Der Sklave entließ Stephaton mit einem Nicken. Zwar sah er nicht mehr aus wie einer, den man aus einem schmutzigen Kerkerloch geschleppt hatte, doch der Hauptmann und die beiden Soldaten, die ihn eskortierten, behandelten ihn weiterhin mit kühler, ja feindsinniger Distanz. Sie führten ihn durch den Palast, direkt ins Herz der Anlage, wo Antipas seine Gemächer haben musste. Mit jedem Schritt, den seine wiederbelebten Beine zurücklegten, beschleunigte sich Stephatons Herzschlag. Auf der Bühne vor den Augen des berüchtigten Tetrarchen eine bestimmte Rolle zu spielen, war eine Sache, ihm persönlich gegenüberzutreten eine völlig andere.

Und doch – immer wieder hielt sich Stephaton dies vor Augen – konnte es nicht allzu schlecht um ihn bestellt sein, denn der Palast, durch den sie schritten, war das Werk seines Vaters. Das musste auch Antipas bewusst sein, er würde Demetrios' Verdienste zu belobigen wissen. Waren die Tage im Verlies nicht bereits Strafe genug? Er war schließlich nicht wie dieser Täufer, der Antipas in unverschämter Weise beleidigt hatte. Nur ein paar Worte demütigen Bedauerns aus seinem Mund und alles wäre gut. Nie wieder würde er sich zu solchen Narreteien hinreißen lassen, vor allem Sara zuliebe, nach deren Nähe er sich verzehrte.

Sie erreichten eine mit buntem Schnitzwerk verzierte Tür. Wenig später stand Stephaton mit gesenktem Kopf vor dem Tetrarchen Herodes Antipas.

„Ah, endlich. Du bist der Sohn meines Baumeisters?"

Antipas hielt einen mit funkelnden Steinen besetzten Weinkelch. Ihm zur Seite lag Senator Sextus Salvius. Der Blick, mit dem Salvius Stephaton unter schweren Lidern bedachte, war der eines Fleischers, der sein Schlachtvieh beäugt.

Stephaton versuchte sich zu sammeln. „Ja, mein Fürst. Ich bin Stephaton, Sohn des Demetrios."

„Ein Liebling der Massen." Amüsiert blickte der Tetrarch seinen römischen Gast an, doch Salvius gab nur ein Grunzen von sich.

„Das Theaterstück hat Uns durchaus gefallen. Natürlich nur bis zu einem gewissen Zeitpunkt." Antipas schnalzte missbilligend mit der Zunge und nippte an seinem Kelch.

Stephaton, der Empfehlung des Badesklaven gedenkend, schlug die Augen nieder. „Wir bereuen, was wir auf der Bühne im törichten Übermut sprachen, mein Fürst. Es lag uns fern, den Caesar oder seinen Präfekten zu beleidigen. Auch im Namen meiner Gefährten will ich versichern, dass solches nie wieder vorkommt."

Der Römer lachte glucksend. „Er glaubt allen Ernstes, er habe seine Strafe bereits abgesessen."

Stephaton starrte auf seine Füße. Aus den Augenwinkeln sah er, wie sich Antipas nachdenklich über den Bart strich. „So einfach ist es leider nicht, mein guter Laureolus", seufzte dieser.

Was hatten sie mit ihm vor? Die Frage, die Stephaton nicht zu stellen wagte, obwohl sie ihm auf der Zunge brannte, beantwortete Antipas gleich selbst.

„Dein Vater hat bei Uns vorgesprochen. Wir schätzen ihn als Bauherrn, aber du wirst verstehen, dass es eine Brüskierung Roms wäre, wenn Wir dich ungestraft davonkommen ließen."

Sextus Salvius langte nach einer Weintraube und kaute genüsslich darauf herum. Schon sah Stephaton das Richtschwert über sich. Was hielt ihn eigentlich davon ab, diesem selbstgefälligen Römer ins Gesicht zu schlagen?

Schlägt dich jemand auf die rechte Wange, dann halt ihm auch die linke hin! – Ausgerechnet jetzt kamen ihm diese absurden Worte ins Gedächtnis.

Auch Antipas kostete eine Traube. „Zu deinem Glück besteht der edle Senator Salvius nicht auf einem Verfahren. Auch wegen der Verdienste deines Vaters sind Wir zu einer anderen Entscheidung gelangt."

Sie wollten ihn weder begnadigen noch verurteilen? Während Stephaton darüber nachsann, was dies zu bedeuten hatte, erschien Salome neben der Kline. Das Gewand, das sie trug, betonte jede Rundung ihres Körpers, lange Schlitze offenbarten das helle Fleisch ihrer Beine bis hinauf zu den Schenkeln. Die Augen des Tetrarchen begannen zu glitzern wie die silbernen Perlen auf ihrem Stirnreif.

„Salome! Komm und setz dich ein wenig zu mir.“ Er machte Platz auf seiner Liegestatt.

„Besten Dank, ich stehe lieber“, lautete die launische Antwort der Stieftochter. „Mir kam zu Ohren, dass der hübsche Mime bei dir ist.“

„Da wolltest du dir seinen Anblick nicht entgehen lassen, wie?“ Antipas lachte gekünstelt.

„Was hast du vor mit ihm? Willst du ihn kreuzigen? Das wäre schade – obwohl er am Kreuz eine gute Figur macht.“

Antipas räusperte sich. „Am liebsten würde ich ihn begnadigen, glaub mir.“

„Wie den Täufer?“

„Ich habe nicht die Absicht, den Täufer zu begnadigen.“

„Nur meiner Mutter zuliebe hältst du ihn weiter gefangen, nicht wahr? Aber alle wissen, dass du dich in Wahrheit vor ihm fürchtest.“

Antipas winkte leichthin ab. „Du irrst, Salome. Ich fürchte mich nicht vor dem Täufer.“ Warum musste sie ausgerechnet vor dem Römer in solcher Weise mit ihm sprechen?

„Lassen wir den Heuschreckenfresser. Der Mime – was hält dich davon ab, *ihn* zu begnadigen?“

„Es wäre ein falsches Signal.“

„Ach ja, die Römer. Ich vergaß, wie empfindlich diese tapferen Söhne einer Wölfin sind.“ Salome schenkte dem Senator ein flüchtiges Lächeln, betörend und zugleich voller Spott.

„So empfindlich wie deine Mutter“, sagte Antipas.

„Wenn du bereit bist, Beleidigungen aus dem Mund eines Wüstenpredigers hinzunehmen, ist das deine Sache. Vielleicht hast du ja doch Angst vor ihm.“

Antipas ging nicht weiter darauf ein. „Wenigstens bleibt deinem Helden eine Geißelung erspart. Wäre doch schade um seinen stattlichen Körper, nicht wahr, Salome? Der Senator machte mir einen Vorschlag.“

„Und was ist das für ein Vorschlag?", fragte sie mit gelangweilter Stimme, obwohl ihr die Neugier deutlich ins Gesicht geschrieben stand.

„Der Mime wird der römischen Armee dienen."

„Als Legionär?"

„Dann wäre es keine Strafe, sondern eine Ehre, mein Täubchen. Nein, selbstverständlich wird er nur ein gemeiner Hilfssoldat sein."

„Du meinst vielmehr ein Sklave."

„Nach zwei Jahren ist er wieder frei, wenn er sich gut führt. Noch heute wird er mit einer Karawane nach Jerusalem aufbrechen."

Salome fuhr sich mit der Zungenspitze über die Lippen. „Wie bedauerlich. Dann werde ich ihn so schnell nicht wiedersehen."

Die frechen Reden mochte der Tetrarch ihr ja nachsehen, doch ihr brünstiges Verhalten missfiel ihm zusehends. Immerhin war es nur ein Mime, der dort vor ihnen stand. Tadeln wollte er sie aber nicht, vielleicht weil ihre Manieren ihn andererseits erregten. „Geh jetzt, meine Liebe. Wir haben hier noch etwas zu besprechen."

„Oh, bestimmt habt ihr das." Einmal mehr zeigte Salome ihr vieldeutiges Lächeln. Ohne Stephaton aus den Augen zu lassen, verließ sie mit wogenden Hüften den Raum. Antipas zwang sich merklich, ihr nicht nachzustarren.

Hilfssoldat der Römer! Jerusalem! Zwei Jahre! Stephaton war kurz davor, vor dem Tetrarchen auf die Knie zu fallen. Sollten sie ihn doch prügeln, züchtigen, geißeln. Zwei Jahre fern von Tiberias, fern von Sara, fern von der Zukunft, die er sich ausgemalt hatte – wie sollte er das überstehen?

„Mein Fürst, ich tauge nicht für solche Dienste", hörte er sich sprechen. Was den Tetrarchen zornig hochfahren ließ.

„Schweig, du Dummkopf! Zwei Jahre im Dienste Roms werden dich lehren, deine Zunge künftig im Zaum zu halten. Allein dem Großmut des edlen Salvius hast du es zu verdanken, dass du nicht härter bestraft wirst."

„Und meine Gefährten?", fragte Stephaton leise. Wenn man *ihm* eine zweijährige Dienstzeit in der römischen Armee als Gnadenakt verkaufte, was würden sie dann mit Gelon, Eugenia, Schapur und Selenos anstellen?

„Gefährten?"

„Vermutlich spricht er von den anderen vier Mimen", sagte Sextus Salvius gedehnt.

„Bitte, lass sie frei. Sie werden dich nie wieder erzürnen. Die Schmähungen im Theater – es war allein meine Schuld."

„Oho, was für ein edler Mensch." Salvius faltete grinsend die Hände über seinem beträchtlichen Bauch zusammen.

„Über die anderen haben Wir noch nicht entschieden, aber sei gewiss, dass ihnen ein angemessenes Urteil widerfahren wird."

Wie mochte ein solches Urteil aussehen, wenn sich nicht einmal Fausta Decila zu ihrer Fürsprecherin machen wollte? Stephaton öffnete den Mund für ein weiteres Plädoyer zugunsten der Kameraden, aber der Tetrarch kam ihm zuvor. „Schweig, sonst lassen Wir dich wahrhaftig noch ans Kreuz schlagen!" Er klatschte dreimal laut in die Hände, worauf der Hauptmann erschien. „Unser junger griechischer Mime wäre so weit. Sorg dafür, dass er eine gute Reise hat."

Stephaton wurde abgeführt.

Salvius sagte zu seinem Gastgeber: „Es geht mich nichts an, Fürst, aber deine Tochter tanzt dir ganz schön auf der Nase herum."

„Du hast recht, es geht dich nichts an, Salvius. Und sie ist meine *Stief*tochter. Sie ist jung, wunderschön und voller Temperament. Wende dich an meine Gemahlin, wenn du ihre Manieren tadeln willst."

Der Senator verübelte ihm die Rüge nicht, vielmehr wirkte er amüsiert über die lächerliche Gunst, die der Tetrarch Salome entgegenbrachte. Ob er ihretwegen eines Tages auch noch Herodias in die Wüste schickte?

„Und dieser Täufer? Was hat es mit dem auf sich? Er hat dich und die Fürstin beleidigt?"

Antipas überlegte und kam zu dem Schluss, dass es unklug wäre, sich gegenüber einem römischen Senator, der sich auf einer Visitationsreise durch die Provinz befand, verschlossen zu geben. Wenngleich er keineswegs so naiv war zu denken, dass Salvius nicht längst über die genauen Umstände Bescheid wusste.

„Johannes, Sohn des Zacharias! Er bezeichnete mich und mein Weib in aller Öffentlichkeit als Ehebrecher. Tatsache ist, dass er nach altem jüdischem Gesetz sogar die Wahrheit sagt."

Salvius grinste breit. „Weil du dein erstes Weib verstoßen hast, um die Frau deines Bruders zu heiraten?"

„Wenn du es weißt, weshalb fragst du?"

„Tja, diese Juden." Die Art und Weise, wie er es aussprach, ließ erkennen, dass er den Tetrarchen nicht als solchen einstufte. „Aber was soll ich sagen, selbst in Rom gibt es Starrköpfe, die sich nach den Zeiten der Republik zurücksehnen, wo die Sitten, wie sie behaupten, noch nicht verdorben waren."

„Die Strenggläubigen missbilligen es, dass ich ihn gefangen nahm. Einige halten ihn für Elijah."

„Elijah?"

„Einer der alten Propheten. In den heiligen Schriften steht geschrieben, dass er wiederkehren und dem Messias vorausgehen wird. Damit seine Jünger oder andere Fanatiker nicht nach Tiberias pilgern und Unruhe stiften, habe ich entschieden, den Täufer aus der Stadt zu schaffen. Ich lasse ihn in meine Festung Machaerus am Toten Meer bringen, weit weg von hier. Dort bleibt er, bis in Galiläa niemand mehr von ihm spricht."

„Und dein Weib wird dir nicht länger in den Ohren liegen mit ihm. Ist es wahr, was deine Stieftochter behauptet? Dass du Angst vor ihm hast?" Salvius schien es zu genießen, ihm eine unangenehme Frage nach der anderen zu stellen. Zweifellos glaubte er, sich diese Unverschämtheit leisten zu können.

„Angst, was heißt schon Angst", zischte Antipas ungehalten. „Ich habe Soldaten, er hat keine. Ich besitze Reichtümer, er ernährt sich von Heuschrecken."

„Aber kein einziger Jude hält dich für Elijah."

„Spotten könnt ihr Römer so gut wie erobern. Fest steht, dass der Täufer ein frommer Jude ist. Er spricht aus, was er denkt, viele verehren ihn und haben sich von ihm taufen lassen. Ich muss Fingerspitzengefühl beweisen, wenn es um religiöse Dinge geht. Setze ich ihn auf freien Fuß, stehe ich wie ein Schwächling da. Lasse ich ihn hinrichten, droht Aufruhr. Muss ich das einem Römer erklären?"

„Des Weiteren hörte ich von einem wundertätigen Rabbi, der bei Kapernaum Jünger um sich schart."

„Das ist wahr, aber dieser Mann gab mir bisher keinen Anlass, ihn festzunehmen. In seinen Reden ruft er dazu auf, alle Menschen zu lieben."

Salvius lachte belustigt. „Alle Menschen? Selbst die Barbaren in den finsteren Wäldern des Nordens? Bist du sicher, dass er kein Komödiant ist wie unser Laureolus? Du könntest ihn fragen, was *er* davon hält, dass du deine Frau vertrieben und deine Schwägerin geheiratet hast."

„Er selbst hat sich von Johannes am Jordan taufen lassen. Offenbar liegt ihm nichts daran, sich allzu wichtig zu nehmen. Er hat begriffen, dass es nicht ratsam ist, meine Aufmerksamkeit auf sich zu ziehen."

„Das kann sich ändern, wenn seine Anhängerschaft größer werden sollte."

„Bis dahin warte ich ab. Ich habe überall meine Spione, nichts von alldem, was er predigt und tut, bleibt mir verborgen, darauf hast du mein Wort."

Salvius hob gönnerhaft sein Trinkgefäß. „Recht hast du, Fürst. Sei unbesorgt, ich werde den Präfekten Seianus, der dich seit jeher für einen Fuchs hält – und glaub mir, er meint dies als Kompliment! –, in seiner Meinung bestärken."

Dieses Versprechen verbesserte Antipas' Laune. Sie tranken einander zu.

„Ich wünschte“, fuhr der Römer mit einem kaum wahrnehmbaren Seufzen fort, „ich könnte mich ähnlich lobend über unseren Statthalter in Caesarea äußern.“

„Pilatus regiert mit harter Hand“, sagte Antipas vorsichtig. „Dafür wird er gute Gründe haben.“

Doch Salvius ließ sich kein weiteres Wort entlocken, sodass sich Antipas neugierig fragte, ob Pontius Pilatus, Präfekt von Judäa und Samarien, ein hochmütiger und gewalttätiger Mann, in Rom bereits in Ungnade gefallen war.

Agriope hatte Wege und Mittel gefunden, noch einmal zu ihrem Stiefsohn vorgelassen zu werden. Ungestüm fiel sie ihm um den Hals. Sie zu sehen war Stephatons einziges Glück in diesem Debakel. Sanft streichelte er ihren Rücken und presste seinen Mund auf ihr Haar.

„Zwei Jahre, mein Junge, du wirst sie überstehen.“ Tapfer bemühte sie sich, nicht zu schluchzen.

Stephaton sah sich um. Agriope wusste, dass er nach seinem Vater Ausschau hielt.

„Er … wollte sich das nicht antun. Du weißt doch – sein Herz.“

„Jetzt bin ich endgültig sein verlorener Sohn.“

„Wir alle haben in unserem Leben schon Dummheiten begangen.“

Er lachte bitter. „Ist es nicht absurd? Ich hatte beschlossen, Vaters Rat endlich zu beherzigen. Ich wollte ein Leben führen, wie er es immer von mir verlangt hatte.“

Sie legte einen Finger auf seinen Mund. „Still. Nichts ist verloren. Zwei Jahre nur. Dein Vater wird dir alles verzeihen.“

Der Hauptmann trat hinzu und packte ihn an der Schulter. „Das reicht! Die Karawane ist zum Abmarsch bereit! Komm schon, damit ich dich endlich übergeben kann.“

„Warte!“ Noch einmal wandte sich Stephaton an seine Stiefmutter. „Sara – hast du sie gesehen?“

„Sie war bei mir und hat nach dir gefragt. Sie macht sich große Sorgen. Ach, Stephaton, sie ist ein bezauberndes Mädchen. Eine bessere Wahl hättest du nicht treffen können."

„Sag ihr, dass es mir unendlich leidtut, dass ich bald zurückkehre … Und sag ihr, dass ich sie …"

Der Hauptmann ließ sich nicht länger hinhalten und stieß ihn voran.

„Dass du sie liebst", vollendete Agriope für ihn. „Ja, auch das werde ich ihr sagen, obwohl sie es längst weiß." Sie lief noch ein paar Schritte neben ihnen her, bis der Hauptmann ihr breitbeinig den Weg versperrte.

„Hier kannst du nicht weiter, Weib."

„Warum nach Jerusalem, wo alle Unruhestifter zusammenkommen?", fragte sie ihn, ohne wirklich auf Antwort zu hoffen. Er gab ihr dennoch eine.

„Was regst du dich auf? Jerusalem wird einen echten Mann aus ihm machen."

In was für einer erbärmlichen Welt wir doch leben, dachte Agriope verbittert.

11

Die Karawane bestand aus einem Reitertrupp, Soldaten, einer Reihe von Wagen, Packeseln, Kamelen sowie einer Gruppe von Kaufleuten aus Tiberias und der Umgegend, die die Gunst der Stunde nutzten, um unter bewaffnetem Schutz zu reisen. Weil der Tetrarch auch in Jerusalem Besitztümer hatte, brachen regelmäßig Züge dieser Art dorthin auf.

Stephaton fand sich in einer Einheit jüdischer Fußsoldaten wieder, die das Ende des zwei Stadien langen Trecks bildeten. Straßenstaub und Hitze machten ihm schon nach kurzer Wegstrecke zu schaffen, zumal die Tage im Kerker ihm noch in den Knochen steckten. Wenigstens ersparte man ihm Fesseln, wenn seine Begleiter ihn auch ständig im Auge behielten. Eine Woche würden sie unterwegs sein.

Auch der Täufer war Bestandteil der Karawane. Auf einem zweirädrigen Karren kauerte er in einem engen Käfig aus schwerem Holz, gezogen von einem grauen Esel mit hängenden Ohren. Stephaton war erschüttert. Im Verlies hatte er ausgiebig Gelegenheit gehabt, diesen merkwürdigen Mann zu betrachten. Es schien, als wähnte sich der Geist des Täufers bereits in einer jenseitigen Welt, als hätte er sich damit abgefunden, dass seine Tage gezählt waren. Doch nicht Schwermut oder Furcht spiegelte sich in seinen Augen, von denen man ahnte, dass sie imstande waren, heiligen Zorn zu versprühen, vielmehr schienen sie freudig zu leuchten. Die Erniedrigungen der Gefangenschaft vermochten ihm nichts anzuhaben. Ähnlich wie jener Jesus musste er es verstanden haben, die Menschen, denen er predigte, zu beeindrucken, auch dann, wenn er ihnen ihre Verfehlungen um die Ohren schlug.

Am Mittag rasteten sie. Der Anführer der Fußsoldaten, ein Offizier im mittleren Alter mit ernsten Zügen, winkte Stephaton zu sich heran. „Eine gute Gelegenheit, dich erstmals nützlich zu machen, Mime!“ Er wies auf den Karren mit dem Täufer. „Er soll sich ein wenig die Beine vertreten und seine Notdurft verrichten. Du wirst ihn begleiten und gut auf ihn achtgeben. Verstanden?“

Stephaton nickte.

An einem Strick, den er wie eine Ziege um den Hals trug, führten ihn zwei Soldaten herbei. Die Fesseln an den Handgelenken hatten sie ihm abgenommen, deutlich war die rohe Haut unter den Striemen zu sehen. Stephaton fiel auf, wie respektvoll sie ihn behandelten. Vielleicht waren dies ja fromme Soldaten, womöglich hatten sie den Täufer predigen gehört oder sich sogar von ihm taufen lassen.

Der Täufer, in Lumpen gehüllt, war äußerst schwach auf den Beinen. Seine Begleiter, die sich sichtlich unwohl in ihrer Haut fühlten, stützten ihn geduldig und schmähten ihn nicht wegen seiner Gebrechlichkeit.

„Nehmt ihm den Strick vom Hals!“, befahl der Offizier seinen Leuten. Dass der Gefangene nicht in der Lage wäre zu fliehen, stand außer Zweifel. Dennoch fragte sich Stephaton, warum sie ausgerechnet *ihm* diese Aufgabe anvertrauten. Als schämten sie sich, es selbst zu erledigen.

Sanft legte er dem Täufer eine Hand auf die Schulter, um ihn abseits der Straße hinter die Büsche zu führen. Der Täufer sah ihn an, und Stephaton konnte nicht anders, als seinem Blick auszuweichen. „Es war nicht mein Wunsch, dein Wächter zu sein“, murmelte er entschuldigend.

Der Täufer schwieg. Vielleicht war er zu schwach zum Sprechen. Als sie zu den rastenden Soldaten zurückkehrten, reichte man ihnen einen Wasserschlauch. Stephaton ließ dem Täufer den Vorzug, aber der nahm nur einen kleinen Schluck.

„Trink!“, forderte Stephaton ihn eindringlich auf. „Wir wissen nicht, wann wir das nächste Mal etwas bekommen.“

„Es gibt Wasser, das nie wieder durstig macht, wenn man davon trinkt", erwiderte der Täufer. Seine Stimme war kräftiger, als sein beklagenswerter Anblick hätte vermuten lassen, noch überraschender aber war es, dass er überhaupt sprach.

Am frühen Abend erreichten sie Nazareth, ein wenig bemerkenswertes Dorf auf einer Anhöhe am Rand der galiläischen Berge. In der davor liegenden Ebene lagerten sie. Stephaton musste beim Aufbauen der Zelte helfen. Herbergen oder Gasthäuser für die Zivilisten gab es nicht, doch die Nacht versprach mild zu werden, sodass niemand würde frieren müssen. Einheimische – sie schienen auf das Erscheinen der Karawane gewartet zu haben – eilten herbei, einfache Menschen mit verwitterten Gesichtern, um den Reisenden Fladenbrote, Feigen, Datteln und Granatäpfel zu verkaufen. Nach Einbruch der Dunkelheit wurden Lagerfeuer entzündet, die Frau eines Händlers spielte auf einer Flöte, und dort, wo Weinschläuche kreisten, wurde gelacht.

Auch zur Nacht fesselte man Stephaton nicht. „Du bist klug genug, du wirst nicht fliehen", begründete der Offizier – sein Name war Joram –, diese Maßnahme. Aus irgendeinem Grund meinte er es gut mit ihm, vielleicht hatte er ihn einmal in einem Theaterstück gesehen. Stephaton nutzte die Gunst der Stunde, um ihm eine Frage zu stellen.

„Glaubst du, dass der Täufer ein Prophet ist?"

„Was scheren dich unsere Propheten?"

„Hat er dich getauft?"

Joram sah ihn blinzelnd an, als überlegte er, ob diese Frage aus dem Mund eines Heiden eine Antwort verdiente. „Geh und leg dich schlafen, Junge!" Er wandte sich ab.

„Warte! Was bedeutet das eigentlich: *taufen*?"

„Geh, sonst lass ich dich fesseln und knebeln."

„Du hörtest ihn predigen, bevor der Tetrarch ihn gefangen nehmen ließ, nicht wahr?"

„Und wenn es so wäre?"

„Was hat er gesagt?"

Joram strich sich mit einer müden Handbewegung über die Stirn. „Er sagte: *Plündert nicht, begnügt euch mit eurem Sold und misshandelt niemand!* Wobei mir Letzteres im Augenblick schwerfällt."

„Auch ich hörte neulich einen Rabbi predigen. In Kapernaum. Jesus – hast du je von ihm gehört?"

„Er hat bestimmt nicht für dich gepredigt! Hast du denn keine eigenen Götter und Propheten, Grieche?"

„Ich sah einen römischen Zenturio in der Menge."

„Die Römer sind überall, auch in Galiläa. Daran lässt sich nichts ändern."

„Warum bringt ihr den Täufer nach Jerusalem? Sind die Gefängnisse dort noch grauenvoller?"

„Sein Ziel ist nicht Jerusalem!"

Joram ging hinüber zu seinen Männern. Zwecklos, ihm weiter auf den Zahn zu fühlen. Stephaton suchte eines der Zelte auf. Doch trotz seiner Erschöpfung wollte kein Schlaf über ihn kommen. Er dachte an seine Gefährten, deren Schicksal ungewiss war, er dachte an seinen Vater und an Agriope, denen er seine Rettung verdankte, sofern man dieses Wort für die ihm zugedachte Strafmaßnahme überhaupt verwenden wollte. Vor allem aber dachte er an Sara. Ihr Vater würde jetzt erst recht darauf drängen, dass sie heiratete, und zwar einen Juden, wie es in seiner Welt üblich war. Was für eine unerträgliche Vorstellung!

Stephaton tat, was ihm früher niemals in den Sinn gekommen wäre, er sprach ein stilles Gebet zum Gott der Juden: *Wenn es stimmt, dass es keinen Gott außer dir gibt, Jahwe, dann hilf du mir! Ich liebe Sara, die an dich glaubt, und Sara liebt mich, das weiß ich, und auch du musst es wissen. Hilf, dass wir wieder vereint werden, und ich will dir tausend Opfergaben bringen: Tauben, Ziegen, Stiere – alles, wonach dir der Sinn steht!*

Nichts lag in seiner Hand, sein Schicksal wurde von anderen bestimmt, aber wenigstens hatte Stephaton jetzt das Gefühl, nicht untätig geblieben zu sein. Dennoch wollte kein Schlaf über ihn kommen.

Leise verließ er das Zelt, um in die helle Nacht hinauszugehen. Die Wachtposten wurden auf ihn aufmerksam, ließen ihn jedoch gewähren. Ob die Römer ihn mit der gleichen Nachsicht behandeln würden? Aber noch war es nicht soweit, noch befanden sie sich auf dem Weg nach Jerusalem und noch durfte Stephaton hoffen, dass alles halb so schlimm werden würde. Wenn sein Gebet den Gott der Juden erreicht hatte, war dieser vielleicht von nun an sein Verbündeter. Vorausgesetzt, er war nicht auch ein Hirngespinst wie Zeus, Ares, Apollo oder ihre römischen Entsprechungen, an die ohnehin kein vernünftiger Mensch mehr glauben wollte.

Etwas zog ihn zum Karren des Täufers. Der mochte ein strenger Asket sein, ein eigenwilliger Mann, aber wer hätte mehr über den Willen Jahwes zu sagen gewusst als er, in dem viele Juden einen Propheten sahen?

Auch der Täufer war schlaflos und starrte dem nächtlichen Besucher aus seinem Käfig entgegen, als habe er auf ihn gewartet. Stephaton spürte sein Herz laut klopfen. Ihm wurde bewusst, dass er diesen Mann, der seinem Gott so nahestand, nicht mit Belanglosigkeiten behelligen durfte. Der Täufer sah ihn auffordernd an, in seinem Blick lag eine Milde, die Stephaton bisher nicht aufgefallen war. Dies ermutigte ihn.

„Heute sprachst du von einem Wasser, das nie wieder durstig macht. Was ist das für ein Wasser?"

„Lebendiges Wasser", erwiderte Johannes.

„Das Wasser des Jordans, mit dem du die Menschen tauftest?"

Der Gefragte schüttelte müde den Kopf.

„Warum sprichst du in Rätseln zu mir, Täufer? Ist es, weil ich nur ein Grieche bin?"

Johannes schien ernsthaft darüber nachzudenken. „Gott kann sogar aus Steinen Kinder Abrahams machen."

„Also auch aus mir?"

„Ein guter Baum bringt gute Früchte hervor, wo immer er steht."

„Ich liebe eine Jüdin, ihr Name ist Sara. Ich würde alles für sie tun." Johannes nickte, als hätte er solches schon tausend Mal gehört. „Bist du ein Prophet?", fragte Stephaton ihn nun geradeheraus.

„Ich bin nur eine Stimme."

„Wessen Stimme?"

„Die Stimme dessen, der nach mir kommt."

„Wer ist der, der nach dir kommt? Wem gehst du voran? Etwa dem, den die Juden als *Maschiach* bezeichnen?"

Der wild wuchernde Bart des Gefangenen ließ eine Deutung kaum zu, doch Stephaton glaubte, dass Johannes schmunzelte.

„Man sagt von den Griechen, dass sie klug sind. Du scheinst das zu bestätigen, Stephaton."

Er hatte sich also seinen Namen gemerkt.

„Der Messias – von wo wird er kommen?"

„Von dort." Johannes wies auf das schlafende Dorf an den Hängen des Berges, an dessen Fuß sie lagerten.

„Du behauptest, ich sei klug, doch trotzdem hältst du mich zum Narren."

„Es war die Antwort auf deine Frage."

Stephaton hielt seinen Blick auf das Dorf gerichtet, ging aber nicht weiter auf die heikle Frage nach dem Messias ein. „Wohin bringen sie dich, Täufer?"

„Dorthin, wo Herodes Antipas meine Stimme nicht mehr zu hören glaubt."

„Und mich bringen sie nach Jerusalem. Wenigstens haben sie mich nicht in Fesseln gelegt."

„Niemand kann dir Fesseln anlegen, wenn du es nicht zulässt. Auch Antipas nicht."

„Wenn das so einfach wäre, wärst du noch an deinem Fluss und tauftest die Leute mit Wasser."

„Die Zeit der Wassertaufe ist vorüber. Bald werden die Menschen mit dem Heiligen Geist getauft sein."

„Und was ist das, der *Heilige Geist*?" Aber Johannes gab ihm keine Antwort, vielleicht war er müde. Stephaton seufzte. „Ich wünschte, ich könnte etwas für dich tun, Täufer. Vor einigen Tagen hörte ich einen Rabbi namens Jesus predigen. Seine Worte hätten wohl auch dir gefallen. Bestimmt hast du von ihm gehört."

„Ich bin es nicht wert, ihm die Schuhe aufzuschnüren", flüsterte Johannes, die Augen fest verschlossen.

„Dieser Jesus sähe das anders, er scheint mir keiner zu sein, der sich gern bedienen lässt. Es ist wahr, ich bin kein Jude, aber er hat mich beeindruckt. Er beließ es nicht bei nebulösen Andeutungen." *So wie du*, lautete der unausgesprochene Vorwurf. Doch Johannes schwieg. Stephatons Versuch, ihn aus der Reserve zu locken, war fehlgeschlagen.

„Wie auch immer, wir sollten versuchen, etwas zu schlafen. Wenn du willst, hole ich dir noch eine Decke."

Weil Johannes immer noch nicht antwortete, zuckte Stephaton mit den Schultern und machte kehrt.

„Sie bringen dich in die Davidstadt?"

Nun hatte er doch seine Sprache wiedergefunden. Stephaton hielt inne. „Ja, nach Jerusalem."

„Komm, sieh mich an!"

Stephaton tat ihm den Gefallen. Entlang der Gitterstäbe verließen die Hände des Täufers ihr Gefängnis und umfassten sein Gesicht. Unheimlich, wie er ihn anblickte, als läse er in seinen Augen wie in einer Schriftrolle. Stephaton wollte sich aus seiner Berührung lösen, doch eine unsichtbare Kraft hielt ihn fest. Ihn beschlich das Gefühl, dass der Täufer – war er ein Prophet oder war er keiner? – Dinge sah, von denen er, Stephaton, lieber nichts wissen wollte. Endlich ließ Johannes von ihm ab und glitt in seinen Käfig zurück. Die Augen hatte er wieder geschlossen, sein Atem ging stoßweise.

„Was hast du gesehen?“, verlangte Stephaton von ihm zu wissen. Die eigene Stimme klang fremd in seinen Ohren.

„Ich sah den Erlöser.“

Stephaton beschloss, ihm keine weiteren Fragen zu stellen, auf die er doch nur kryptische Antworten erhalten würde. Noch einmal hoben sich Johannes' Augenlider.

„Ich sah die, die ihn durchbohrten. Die ihn wie eine Rotte von Bösen umkreisten.“ Er hielt einen zitternden Finger auf ihn gerichtet.

Was redete dieser Mann? Stephaton war übel, Schweiß drang aus all seinen Poren. Hätte er doch wenigstens die Gewissheit gehabt, dass der Täufer im Wahnsinn sprach. Stephaton musste alle Kraft zusammennehmen, um sich abzuwenden, nichts mehr wollte er hören. Aber Johannes' Worte erreichten ihn dennoch: „Wenn du auf *ihn* hörst und umkehrst, Stephaton, kannst du vielleicht noch gerettet werden!“

Die nächsten Tage – die fruchtbaren Ebenen Galiläas lagen hinter ihnen – mied Stephaton den Umgang mit Johannes. Einmal jedoch verlangte Joram von ihm, dass er den Täufer zu einem Teich führte, damit er sich darin waschen könne. Schweigend wartete Stephaton am Ufer. Einer von Jorams Soldaten kam herbei, legte seinen Brustpanzer ab und stieg ins Wasser, bis es ihm zu den Hüften reichte. Dann bat er Johannes um die Taufe. Dieser tauchte seinen Kopf dreimal unter Wasser und sprach ein Gebet in hebräischer Sprache. Stephaton verstand die Worte Reue und Umkehr.

Als er den Täufer später zu seinem Karren zurückbrachte, rang er mit sich, ihn wegen der beängstigenden Prophezeiungen noch einmal anzusprechen. Letztlich unterließ er es aus reinem Unbehagen.

Hinter Sichem verließ ein Teil der Reiter die Reisegruppe, um die Straße Richtung Peräa einzuschlagen. Johannes nahmen sie mit sich. Stephaton, der einem Händler behilflich gewesen war, ein gebrochenes Wagenrad zu richten, bemerkte die Trennung erst, als sie nur noch in der hitzeflirrenden Ferne zu sehen waren.

„Wohin bringen sie ihn?", fragte er Joram.

„Nach Maecherus." Der Hauptmann wirkte in sich gekehrt.

Maecherus! Von dieser einsamen Bergfestung hatte Stephaton gehört. Weitere Fragen erübrigten sich: Der Tetrarch wollte den Täufer der Vergessenheit überantworten! Es war seltsam, aber der Gedanke, ihn nie wiederzusehen, war betrüblich und erleichternd zugleich. Und es schien, als wüsste auch Joram um sein Dilemma.

„Niemand lässt sich gerne auffordern, sein Leben zu ändern. Was denkst du, Grieche?"

„Glaub mir, ich hatte die feste Absicht, mein Leben zu ändern, bevor ich mich auf der Theaterbühne zu törichten Worten hinreißen ließ."

Joram klopfte ihm auf die Schulter. „Übermorgen erreichen wir Jerusalem!"

Dies war alles andere als ein Trost, aber Stephaton war froh, dass die Zeit des Ungewissen bald vorüber sein würde.

12

Schon aus der Ferne bot Jerusalem einen imposanten Anblick: Von Tälern umgeben wuchs die heilige Stadt der Juden aus hellem Fels, ihrerseits überragt von dem gewaltigen, Jahrhunderte alten Tempel, den Herodes, Vater des Tetrachen, vor einem Menschenalter hatte ausbauen und erweitern lassen. Die hektische Betriebsamkeit innerhalb der Mauern war spürbar, noch bevor die Reisenden das Nordtor erreichten. Und über allem spannte sich der blaue Himmel Judäas.

Stephatons Aufregung hatte in den vergangenen Tagen ständig zugenommen. Joram war das nicht entgangen, und jetzt, da sie die römische Burg Antonia fast erreicht hatten, versuchte er ihm Mut zuzusprechen.

„Sie sind keine Unmenschen!"

Stephaton dachte an den Zenturio in Kapernaum.

„Gibt es ein Mädchen, das auf dich wartet?"

Auf diese Frage hätte Stephaton gern verzichtet, denn sie war ein Stich in sein Herz. „Sie heißt Sara", sagte er leise.

„Eine Jüdin?" Joram blies die Wangen auf. „Du überraschst mich."

„Wieso? Auch Juden sind keine Unmenschen."

„Sie sind sogar Gottes auserwähltes Volk."

„Wie gütig, dass du trotzdem mit mir sprichst."

Joram hob mit einem seiner seltenen Lächeln die Schultern. Es wogte in den Straßen von Menschen und Tieren. Ein Knabe, der an ihnen vorbeischlenderte und in einem zerfransten Korb kleine Tonfiguren vor sich her trug, weckte Stephatons Aufmerksamkeit. „He, du! Komm her!"

Hoffnungsvoll gehorchte der Knabe. „Willst du ein Reiseandenken kaufen? Sieh her, das hier ist der Davidsturm. Oder brauchst du etwas für deine Kinder? Einen Esel vielleicht? Oder dieses Turteltaubenpaar? Du kannst sie auch deinen Göttern opfern, das lassen sie gelten. Zumindest die römischen, ein Augur hat es mir versichert."

Stephaton griff in den Korb. „Diese Gazelle, gibst du sie mir?"

„Zwei Asse musst du mir schon zahlen."

„Er hat kein Geld, und ich gebe dir ein As dafür", sagte Joram. Er holte eine Kupfermünze hinter seinem Gürtel hervor und reichte sie dem Halbwüchsigen. Der verneigte sich emsig.

„Und du, Herr? Was darf es für dich sein? Ein Davidstern? An einem Lederband um den Hals getragen, wird er dich immer beschützen."

„Lass es nur gut sein, Junge. Geh und lass uns allein. Mein griechischer Freund will von mir Abschied nehmen."

Der geschäftstüchtige Knabe huschte davon. Mit einem spöttischen Grinsen überreichte Joram Stephaton das aus Ton gefertigte Tier. „Ich habe zwar nicht die leiseste Ahnung, was du damit anfangen willst, aber bitte – vielleicht kannst du es ja dem *Kohortus* zur Begrüßung schenken. Der dürfte sich mächtig freuen, bestimmt sammelt er solche Dinge."

„Tust du mir einen Gefallen, Joram? Überbringe es meiner Sara, sobald du nach Tiberias zurückgekehrt bist. Ihr Vater heißt Ephraim ben Eliu, er betreibt eine Olivenplantage südlich der Stadt."

„Du verlangst allen Ernstes, dass ich einer Jüdin ein Götzenbildnis übergebe? Ist dir bewusst, dass es uns verboten ist, solche Dinge zu besitzen?"

„Es ist eine Spielzeuggazelle, kein Götzenbildnis, das sieht man doch."

Joram betrachtete die Figur zweifelnd von allen Seiten. „Wie alt ist sie denn, deine Freundin?"

„Alt genug, und sei unbesorgt: Sie wird verstehen. Ich würde ihr natürlich lieber einen Goldring oder eine Halskette schenken, aber das ist im Augenblick etwas schwierig."

„Na schön, ganz wie du möchtest. Ich bringe ihr deine Gazelle, versprochen." Er verbarg sie unter seinem Umhang. „Und jetzt komm endlich, junger Freund, bringen wir es hinter uns."

Die Antonia war ein wuchtiger Bau aus grauem Stein. Hohe, vierkantige Türme verstärkten die gewaltige Burg, die wie ein Wachhund unmittelbar neben der noch gewaltigeren Tempelanlage lag. Ein Ort heidnischer Besatzer neben heiliger Stätte – den Juden ein schmerzlicher Stachel im Fleisch.

Hinter einem kleinen Pult saß der Hauptmann vom Dienst und studierte blinzelnd das Schriftstück in seinen Händen. Die Lektüre stellte ihn offensichtlich vor Herausforderungen, denn immer wieder rieb er sich über die Augen. Er war ein Mann weit jenseits der vierzig, altgedient, die Haare grau meliert, das Gesicht gerötet und gegerbt: Den Großteil seiner Dienstjahre hatte er wohl kaum in Amtsstuben verbracht. Und während er mühsam versuchte, das Geschriebene zu entziffern, herrschte drückendes Schweigen im Raum.

Stephaton wünschte sich, Joram wäre noch an seiner Seite, aber der hatte es ziemlich eilig gehabt, diesen Ort nach der Übergabe des Sträflings zu verlassen. Endlich ließ der Zenturio das Schriftstück aufs Pult sinken und nahm sich die Zeit, Stephaton ausgiebig zu mustern. Seine Augen blinzelten, als schauten sie genau in die Sonne.

„Du hast also nicht nur den Seianus in aller Öffentlichkeit beleidigt, sondern den Caesar gleich dazu", sagte er nach einer Weile. Sein Latein klang nicht wie das eines Italiers, die Stimme war rau und stumpf, als quälte ihn ein Hustenreiz.

„Das ist wahr, Zenturio. Ich bereue es zutiefst und bin bereit, meine Strafe auf mich zu nehmen." Der Zenturio verzog keine Miene, sondern starrte ihn weiter an. „Ich meine … ich werde mein Bestes geben, Rom dienen und mein Vergehen sühnen", sagte Stephaton, dem recht unbehaglich war unter dem undeutbaren

Blick des anderen. Zu seiner Überraschung brach der Zenturio plötzlich in Gelächter aus. Ihn zu erheitern war das Letzte, was Stephaton beabsichtigt hatte.

„Wirst du mir verraten“, schnaufte der Zenturio, „wie du den Präfekt von Rom genannt hast? Etwa einen Esel? Oder einen Lump?“

Stephaton schüttelte hastig den Kopf und gab sich zerknirscht. Womöglich wollte ihn dieser Römer nur auf die Probe stellen.

„Und den Caesar, den göttlichen Tiberius – du hast ihn doch hoffentlich nicht einen Lustgreis geschimpft?“

„Herr, ich …“

„Schon gut, schon gut.“ Der Zenturio, nun wieder ernst, winkte ab und widmete sich dem Schriftstück. „Dein Name ist – Stephaton?“

„Ja, Herr.“

„Du kommst mir wie gerufen, denn der *Kohortus* hat mir gerade gestern noch einen Gehilfen zugesichert. Du wirst also *mir* dienen und allen, die unter meinem Kommando stehen, verstanden?“

„Verstanden, Herr.“

„Mein Diener wird dir alles zeigen und erklären. – Zadok!“

Ein kleingewachsener Bursche betrat die Stube. Obwohl noch jung, beinahe noch ein Knabe, zeichnete eine stumpfe Abgeklärtheit sein Gesicht, das zudem von einer ausgeprägten Hasenscharte dominiert war.

„Herr?“

„Unser griechischer Freund hier wird unsere Mannschaft von heute an verstärken. Gib ihm eine saubere Tunika und weise ihn ein. Gleich morgen wird er sich bewähren müssen. Sein Name ist Stephaton.“

„Jawohl, Herr!“

„Deine Kammer wirst du mit ihm teilen! Abtreten!“ Er konzentrierte sich wieder auf seinen Schriftkram.

Zadok machte ein säuerliches Gesicht.

„Möchtest du mir noch etwas sagen, Zadok?“, fragte der Zenturio ohne aufzusehen.

„Nein, Herr!“

„Na also.“ Er wedelte mit einer Hand, sie waren entlassen.

„Bist bestimmt nicht freiwillig hier“, sagte Zadok draußen.

„Und du?“ Stephaton hatte nicht vor, diesem Burschen wie ein Angeklagter Rede und Antwort zu stehen.

„Ich?“ Zadok schien von der Gegenfrage überrascht zu sein, als gäbe es sonst niemanden, der sich für seine Geschichte interessierte. „Ich diene dem Zenturio schon einige Jahre. Er machte mich zu seinem Dienstburschen, nachdem meine Eltern …“ Er fuhr sich mit dem Zeigefinger über den Hals.

Stephaton erschrak über die Kaltblütigkeit dieser Geste. „Du bist ein Jude?“, fragte er vorsichtig.

„Jude oder nicht, warum interessiert dich das?“

„Ich dachte, für einen Juden sei das die alles entscheidende Frage.“

„Nicht für mich.“

„Du siehst dich also nicht als Jude?“, forschte Stephaton nach.

„Es ist besser, wenn man es mit den Römern hält. Ein Grieche bist du? Dann solltest du lieber denken wie ich. Und jetzt genug geschwatzt. Zuerst zeige ich dir die Festung. Wenn wir einem Offizier begegnen, wirst du ihn artig grüßen, verstanden? Und zwar so!“ Er streckte zackig den rechten Arm aus.

Zadok führte ihn herum, und Stephaton begann sich zu fragen, wie lange es dauern würde, bis er sich hier zurechtfand. Vielfältig, verwirrend und auch beängstigend waren seine ersten Eindrücke. Laut Zadok war in der Antonia eine ganze Kohorte einquartiert, sodass die ständige Besatzung aus mindestens fünfhundert Männern bestand. „Zu den jüdischen Festen sind es mehr“, erklärte er, während sie den Innenhof überquerten, in dem wegen der hohen Türme und Mauern Schatten vorherrschte, „dann nämlich treffen die Verstärkungen des Statthalters aus Caesarea ein. Und die sind nötig, das kannst du mir glauben.“

Immerzu mussten sie ausweichen. Legionäre, Knechte und auch Zivilisten schwirrten umher wie Bienen in ihrem Korb, Hornsignale und scharfe Kommandos ertönten. Stephaton hätte sich liebend gern in eine Ecke verdrückt und sich die Ohren zugehalten. Zadok hingegen störte die hektische Betriebsamkeit nicht im Geringsten.

„Und der Statthalter?", fragte Stephaton. „Wie oft kommt er nach Jerusalem?"

„Immer zu den großen Festen, das sagte ich doch. Meistens nimmt er aber nicht in der Antonia Quartier, sondern im alten Königspalast. Neulich, zum Pessachfest, war er noch in der Stadt. Diesmal blieb es erstaunlich ruhig."

„Gibt es sonst oft Ärger?"

„Unter den Pilgern finden sich immer ein paar Verrückte. Einige sind harmlos, andere stiften Unruhe und müssen unter Beobachtung bleiben."

„Was sind das für Leute?"

„Prediger, selbst ernannte Propheten und Messiasse – Verrückte eben. Doch das eigentliche Problem sind die Gewaltbereiten, selbst ernannte Patrioten wie diese Zeloten und andere Räuberbanden. Sie agieren im Untergrund, deshalb ist ihnen nur schwer beizukommen. Inzwischen scheinen sie immerhin begriffen zu haben, dass der Statthalter keinen Spaß versteht."

Stephaton kannte die Geschichte von dem Aquaedukt: Für seine Errichtung, so hieß es, habe Pilatus dem Tempelschatz Geld entnommen. Daraufhin sei es vor dem Praetorium in Jerusalem zu Protesten gekommen, die Pilatus gewaltsam unterdrücken ließ. Es hatte zahlreiche Tote und Verletzte gegeben.

„Rom sitzt am längeren Hebel, vielleicht werden es diese Ochsen eines Tages begreifen." Mochte Zadok auch von Geburt Jude sein, die wenigen Jahre im Dienst der Besatzer hatten allem Anschein nach einen Römer aus ihm gemacht. Die Art und Weise, wie er über seine jüdischen Landsleute sprach, gefiel Stephaton nicht.

„Der Zenturio, dein Herr – behandelt er dich gut?“

Ein Schatten flog über Zadoks Gesicht. Stephaton hätte schwören können, dass es Eifersucht war, die in seinen Augen blitzte. „Sehe ich wie jemand aus, der von seinem Herrn verprügelt wird? Und das hier“, er legte einen Finger auf die lange Scharte, die seine Oberlippe entstellte, „das ist keine Verletzung, damit wurde ich geboren, kapiert?“

„Verzeih mir, ich wollte nicht behaupten …“

„Glaub nicht, du könntest mir den Rang streitig machen. Du magst ein paar Jährchen älter sein, aber ich, *ich* bin sein erster Leibdiener. Er weiß genau, was er an mir hat.“

Es *war* Eifersucht! Stephaton sah sich veranlasst, alle Ruhe, zu der er fähig war, in seine Stimme zu legen. „Keine Sorge, ich habe nicht vor, an deiner Position zu kratzen. In zwei Jahren bist du mich wieder los, Zadok, dann werde ich nach Galiläa zurückkehren. Ich habe dort ein Mädchen, verstehst du? Mir liegt nichts an Beförderungen.“

Zadok sah ihn zweifelnd an. „Na schön“, nickte er endlich. „Zwei Jahre, die werden wir wohl miteinander auskommen. Bleibt zu hoffen, dass sich dein Mädchen in der Zwischenzeit nicht mit einem anderen tröstet.“

Eine Ohrfeige wäre die passende Antwort auf diese Bemerkung gewesen, aber Stephaton nahm sich zusammen. „Sie ist mir treu, darauf kannst du Geld verwetten.“

„Wenn du meinst. Hier entlang, ich zeig dir die Waffenkammern.“

Außerdem bekam Stephaton noch die Quartiere der Soldaten, die Offiziersmesse und die Stallungen zu sehen, auch Bäder und einen kleinen Tempel gab es innerhalb der Festungsmauern. „Alles gut einprägen“, forderte Zadok ihn auf, wofür er einen guten Grund hatte: „Künftig wirst du alle Botengänge für mich übernehmen, hörst du? Ich hasse es, den Boten zu machen.“ Offenbar sah er sich für wichtigere Aufgaben berufen.

Zuletzt führte Zadok ihn zu ihrem gemeinsamen Quartier im

Westflügel der Festung. Weil sie die persönlichen Diener eines Offiziers waren, hatten sie eine eigene, wenn auch winzige Kammer zur Verfügung, die neben der ihres Herrn lag. Zadok deutete auf die einzige freie Stelle am Fußboden. „Du wirst dort schlafen. Ich zeige dir, wo du etwas Stroh auftreiben kannst. Was glotzt du mich an, willst du mir etwa die Pritsche wegnehmen?"

„Natürlich nicht."

„Würde ich dir auch nicht raten."

Stephaton fiel ein, dass er immer noch nicht den Namen des Zenturios kannte. „Bitte erzähl mir von deinem … *unserem* Herrn. Wie ist sein Name?"

„Cassius Longinus."

„Und weiter?"

„Was, *weiter*?"

„Es gibt doch bestimmt noch anderes über ihn zu erzählen. Willst du mich unwissend halten?"

„Er diente der ruhmreichen zehnten Legion als *Primus Pilus*, der beste Zenturio, den diese Legion jemals in ihren Reihen hatte."

„Kann ich mir gut vorstellen."

„Kannst du nicht. Bist doch nur ein verweichlichter Grieche."

Stephaton atmete tief. Auf Dauer würde es schwierig sein, sich mit diesem rotzigen Kerl zu vertragen. „Warum ist er jetzt nicht mehr *Primus Pilus*?"

„Dummkopf, hast du denn nicht bemerkt, dass er ein Augenleiden hat? Seine Sehkraft lässt immer mehr nach, wie könnte er da noch Männer in die Schlacht führen?"

Dies erklärte, warum er eine halbe Ewigkeit für die Lektüre des Schreibens aus Tiberias benötigt hatte.

„Wird er erblinden?"

„Ist nur noch eine Frage der Zeit, sagt der Festungsarzt."

„Dann hat er sich wahrlich eine geruhsame Tätigkeit verdient."

„Geruhsam? Du hast ja keine Ahnung, Grieche."

„Dann sei so gut und kläre mich auf."

„Hat er dir denn nichts erzählt?“

„Worüber?“

„Über unsere vornehmliche Aufgabe.“

Stephaton schüttelte den Kopf. „Bedauere, das hat er dir überlassen.“

„Der Zenturio führt einen Spezialtrupp an. Wir beide dienen den Soldaten als Gehilfen. Verstehst du, wir tragen die Sorge fürs Material. Hört sich einfach an, aber du wirst feststellen, dass man an tausend Dinge denken muss, wenn alles reibungslos verlaufen soll. Und wehe, es läuft etwas schief.“

„Ehrlich gesagt, ich habe keine Ahnung, wovon du eigentlich sprichst.“

„Idiot! Ich rede von einem Hinrichtungstrupp!“

„Wir sind Handlanger bei Hinrichtungen?“

„Bist du dir dafür etwa zu fein?“

Stephaton schwieg. Jede Lust auf weitere Konversation war ihm spätestens jetzt vergangen.

„Unsere Spezialität sind Kreuzigungen“, fuhr Zadok genüsslich fort. Stephaton wurde übel. „Gleich morgen früh machen wir einen kleinen Ausflug nach Golgota.“ Übermütig boxte er Stephaton gegen den Arm. „Mach nicht so ein langes Gesicht, Grieche, ich bin ja bei dir. Vielleicht wird es dir sogar gefallen.“

13

Der Mann, den sie anderentags nach seiner Geißelung zur Richtstätte nach Golgota führten, trug den Namen Yehohanan ben Hagalgal. Vor einigen Tagen hatte er in einem Handgemenge streitender Bauern auf dem Schafmarkt einen römischen Legionär erdolcht, der zur Schlichtung herbeigeeilt war. Das Urteil über den Täter war rasch gefällt worden und entsprach dem üblichen: Tod durch Kreuzigung.

Noch rang die Kühle des Morgens mit der Wärme der aufsteigenden Sonne, als sich der Exekutionstrupp mit dem Delinquenten auf den Weg machte. Zahlreiche Schaulustige säumten den Weg durch die engen Gassen. Yehohanan trug den Querbalken des Kreuzes, an dem er sterben würde, festgeschnallt auf seinen Schultern. Er war ein Mann in der Blüte seiner Jahre, sehnig und stark, doch Schmerz, Todesangst und Kreuzlast beugten ihn so sehr, dass er immer wieder stürzte und von Legionären auf die Beine gezerrt werden musste.

Cassius Longinus, auf einem ruhigen schwarzen Hengst sitzend, folgte ihnen. Der Zenturio trug einen Helm mit Rosshaarbusch, ein roter Umhang breitete sich hinter ihm aus, und neben seinem Schwert führte er ein *Pilum* mit sich. Ihm wiederum folgten die beiden Knechte, Zadok und Stephaton, gemeinsam den zweirädrigen Henkerskarren ziehend, der bepackt war mit Werkzeugen, Stricken und anderen Utensilien. Aus den Reihen der Zuschauer waren Schmährufe zu hören: Diese galten nicht etwa dem Verurteilten, der verwegen genug gewesen war, einen der verhassten Besatzer niederzustrecken, sondern sie galten den Römern. Longinus und seine Leute waren stadtbekannt, die Juden Jerusalems hassten sie kaum weniger als den Statthalter.

Stephaton spürte die Wut, er sah den Hass, die Ohnmacht in ihren Augen – und begann sich vor diesen Menschen zu fürchten. Was geschähe, wenn ihr geballter Zorn in Gewalt umschlug? Doch weder Longinus noch die Legionäre schienen solche Befürchtungen zu hegen, in ihren Gesichtern stand die Abgebrühtheit altgedienter Soldaten geschrieben. Der Zenturio machte sich nicht einmal die Mühe, besonders dreiste Rufer in der Menge ausfindig zu machen oder ihnen wenigstens warnende Blicke zuzuwerfen. Wer den Männern jedoch zu nahe kam, wurde brutal zurückgedrängt.

Yehohanan ben Hagalgal war nur ein einfacher Bauer, kein Zelot, kein Rebell, kein Aufrührer. Für die Soldaten war die Exekution ein Einsatz der harmlosen Art, Alltag, Routine. Ein Kommando, das keine besonderen Schwierigkeiten erwarten ließ, zumal es nur *einen* Delinquenten gab. „Wie gemacht für einen Grünschnabel wie dich“, hatte Zadok seinem neuen Kameraden großspurig versichert, als sei er nicht selbst noch ein flaumbärtiger Jüngling. „Für heute reicht es, wenn du einfach zuschaust und nicht im Weg herumstehst.“

Golgota – Ort der Schädel – war ein Felsenplateau vor den Toren der Stadt, früher hatte dort ein Steinbruch gelegen. Seinen Namen trug Golgota nicht ohne Grund, denn in der Tat glich die Stätte bei näherer Betrachtung einem gigantischen Totenkopf. Eine Reihe senkrecht im Fels verankerter Pfähle spickte ihn, zur Spitze hin gerüstartig durch Querverstrebungen miteinander verbunden. Vier weitere Legionäre warteten hier auf die Ankunft des Trupps.

Der Delinquent war am Ende seiner Kräfte. Zwei der wartenden Legionäre traten ihm entgegen, packten beidseits den Balken und schleiften ihn die letzten Schritte bis zum Richtplatz. Das Pferd des Zenturios bewältigte den Pfad mit Bravour, als sei es ihn schon tausend Mal emporgestiegen. Pollux sei der Name des Tieres, hatte Zadok geplaudert, er sei das Prachtstück in den Ställen der Antonia, jeder würde Longinus um dieses edle Tier, das niemals scheute, beneiden. Seinem halbblinden Reiter ersetze Pollux förmlich das fehlende Augenlicht.

Schwer atmend sank der Verurteilte auf die Knie. Einer riss ihm die Tunika vom Leib, nur noch ein Hüfttuch kleidete ihn. Ein anderer sorgte mit einem gewaltigen Tritt gegen seine Brust dafür, dass er rücklings zu Boden kippte. Zadok und Stephaton erschienen mit ihrem Karren. Stephaton weigerte sich, dem Todgeweihten in die Augen zu sehen.

Fulvius nannten sie den Mann, der für die Annagelung zuständig war. Nach Longinus war er der Älteste der Truppe. Er hatte ein grobknochiges Gesicht mit zerklüfteten Zügen und böswilligen Augen. Mit einem Ächzen kniete er sich hinter den Kopf des Opfers. Zadok reichte ihm Nagel und Hammer in die ausgestreckten Hände.

„Du!“, sagte Fulvius, mit dem Hammer auf Stephaton weisend, „was stehst du da und glotzt? Mach dich nützlich und hilf, ihn festzuhalten, während ich ihn annagle!“

Yehohanan sammelte seine letzten Kräfte und wand sich wie ein Aal – vergeblich: Die Stricke blieben unnachgiebig, und über seinen Beinen knieten Stephaton und Zadok. Fulvius, den Hammer weit ausholend, setzte den Nagel auf Yehohanans Handgelenk an. Drei, vier Schläge nur, dann zwei weitere, um den Nagel zu biegen. Der Verurteilte brüllte, wie Stephaton nie einen Menschen hatte brüllen hören, doch schon nach wenigen Augenblicken ging sein Geschrei in Keuchen und Pusten über.

Eine Blutfontäne war Stephaton ins Gesicht gespritzt. „Nun bist du getauft, Grieche“, frohlockte Zadok.

„Weiter geht's, ihr Taugenichtse“, brummte Longinus von seinem Rappen aus. Hinter ihm versperrten seine Männer den Schaulustigen den Zugang zur Felsenkuppe.

Zadok reichte Fulvius den zweiten Nagel, die Prozedur wiederholte sich. Hatte Stephaton bis hierhin noch alles tapfer ertragen, so hätte er jetzt alles gegeben, um nicht mehr an diesem furchtbaren Ort sein zu müssen. Er hatte geglaubt zu wissen, was ein Gekreuzigter erleiden müsste. Was für ein läppischer Irrtum! Die

Qualen des Laureolus waren, verglichen mit den Martern des Yehohanan, nichts als ein garstiger Kinderstreich gewesen. Und noch hing der Bedauernswerte nicht, noch waren sie damit beschäftigt, die Stricke für die Kreuzerhöhung an dem Balken anzubringen.

An seine erste Hinrichtung sollte sich Stephaton später nur noch schemenhaft erinnern. Das Festnageln des Delinquenten, sein Geschrei, der Geruch von Blut und Urin – all dies ließ seinen Magen rebellieren. Zur Erheiterung Zadoks und der anderen rannte er zum Rand des Plateaus, um sich dort zu übergeben. Wie gelähmt sah er aus der Ferne zu, wie sie Yehohanan mit vereinten Kräften in die Höhe hievten, bis der Querbalken sich mit einem harten Ruck in den Längsbalken fügte. Zwei Männer umklammerten seine angewinkelten Beine, während Fulvius ihm einen ellenlangen Nagel durch beide Knöchel trieb. Gab es eine erbärmlichere Art für einen Menschen zu sterben? Fulvius schimpfte laut: Lieber hätte er die Füße einzeln festgenagelt, aber nur dieser eine Nagel war noch übrig. Zadok wies jede Schuld von sich, dem Neuen habe er ausführlich erklärt, welche Nägel mitzuführen seien. Die Ohrfeige, die sich Stephaton später von Fulvius einfing, war das geringste Übel an diesem schrecklichen Tag.

Abends, als alles vorüber war und die beiden Knechte in ihrer Kammer lagen, gab sich Zadok weniger herablassend. „Zugegeben, nach meiner ersten Hinrichtung habe auch ich gekotzt wie eine schwangere Hure. Aber glaub mir, man hat sich schnell daran gewöhnt."

Elend kauerte Stephaton auf seinem Strohlager und stierte in die Dunkelheit. Ihm war immer noch hundeübel, aber dieser verdammte Bursche hatte recht: Wollte man zwei Jahre im Dienst dieser mörderischen Truppe überstehen, durfte man nicht dünnhäutig sein. Dennoch murmelte er: „Man hätte ihm einen schnelleren Tod gewähren können."

Zadok lachte hohl. „Machst du Witze? Er hat einen römischen

Soldaten in den Hades geschickt. Und hätte der Zenturio nicht das *crurifragium* angeordnet, würde er noch tagelang dort hängen. Du siehst, diesem dreckigen Bauern ist mehr Gnade widerfahren, als er es verdiente."

„Du sprichst von einem Mann *deines* Volkes, Zadok!", zeigte sich Stephaton befremdet.

„Habe ich dir nicht gesagt, dass ich mich nicht um das Judentum schere?", fauchte Zadok. „Nenne mich nie wieder einen Juden, verstanden?"

Die Welt, von der der Rabbi Jesus gepredigt hatte, war so weit weg wie der Mond und die Sterne. Auch Sara würde wohl eines Tages zu dieser Einsicht gelangen.

Eine gute Woche später machte sich Sara auf den Weg nach Kapernaum. Noch vor dem Morgengrauen zog sie los und ließ das elterliche Haus hinter sich. Jeder Schritt weckte Wehmut in ihr, denn noch vor Kurzem war sie denselben Weg entlang des Sees an der Seite ihres Liebsten gegangen. In der Kühle des Morgens glaubte sie seine Hand noch immer in der ihren zu spüren.

In der Nacht zuvor war sie aufgewacht, weil sie glaubte, eine Stimme habe sie gerufen. Seit sie Jesus hatte predigen hören, war sie von einer tiefen Sehnsucht erfüllt, der Sehnsucht nach einer Welt, in der die Menschen das Salz der Erde waren. Auch Stephaton, den sie liebte, würde diese Sehnsucht eines Tages in sich tragen, davon war sie überzeugt. Agriope hatte ihr gesagt, dass er zwei Jahre lang fort sein würde. Dies war ihr wie ein Fingerzeig erschienen: *Sie musste Jesus folgen!*

Zur neunten Stunde erreichte sie Kapernaum, wo sie nach Jesus fragte. Man wies ihr den Weg zum Haus des Fischers Simon, wo der Rabbi häufig anzutreffen sei. Dort angelangt, sah sie vor der Haustür drei Frauen sitzen, die Ausbesserungsarbeiten an einem riesigen Fischernetz durchführten. Sara grüßte sie und äußerte den Wunsch, mit Jesus sprechen zu dürfen.

Die Frau in der Mitte – Sara erinnerte sich, sie am Hügel der Predigt gesehen zu haben – ließ ihre Arbeit ruhen. „Er ist unterwegs", erklärte sie freundlich. „Mit einigen seiner Jünger ist er gestern hinüber auf die andere Seite des Sees gefahren."

„Wann kommt er wieder?"

„Heute, morgen, übermorgen – wir wissen es nicht." Sie schmunzelte. „Es hängt vom Boden ab, auf den seine Saat fällt."

„Du bist seine Jüngerin, nicht wahr?"

„Jüngerin? Ja, so könnte man mich wohl nennen. Ich bin Maria aus Magdala. Und diese hier", sie deutete auf die Frauen neben sich, „sind die Mutter und die Frau des Simon Petrus, des ersten Jüngers des Meisters."

„Und wer bist du, mein Kind?", fragte die Mutter.

Sara nannte ihren Namen.

„Sei uns willkommen", sagte die Frau des Petrus. Es klang ehrlich.

„Auch ich möchte seine Jüngerin sein", erklärte Sara beinahe schamhaft, denn plötzlich fühlte sie sich wie ein Kind, das eine unsinnige Forderung stellt. „Ich hörte ihn reden, drüben auf dem Hügel", fügte sie hastig hinzu, als hätten die Frauen sie nach einer Begründung gefragt. „Seine Worte haben mich ... verwandelt."

Maria erhob sich und trat auf sie zu. Fältchen in ihren Augenwinkeln verrieten, dass sie wohl älter war, als sie auf den ersten Blick wirkte, doch ihr Gesicht trug noch viele Spuren von Schönheit. Ein herrlicher Balsamduft ging von ihr aus. „Begleitest du mich, Sara? Ich will mir die Füße vertreten."

Bis zum See war es ein Katzensprung, so standen sie bald am Ufer und schauten auf das glitzernde Wasser hinaus.

„Hast du einen Mann? Oder einen Verlobten?"

Die Frage überraschte Sara, aber es gab keinen Grund, nicht darauf zu antworten.

„Nein."

Ihr kurzes Zögern war Maria nicht entgangen.

„Einen Liebsten, der dich verlassen hat?"

Diesmal wollte ihr keine Antwort über die Lippen kommen.

„Sara!" Maria griff sanft nach ihren Händen. „Jesus bringt uns allen Heil, daran glaube ich fest. Die Botschaft, die er verkündet, ist eine frohe. Aber zugleich ist sie eine ernste Sache und mehr als eine Tröstung für junge Mädchen, die Liebeskummer haben."

Es sollte nicht wie ein Tadel klingen, aber dennoch schmerzten ihre Worte.

„Es ist nicht so, wie du denkst. Ich bin fest entschlossen, ihm nachzufolgen."

„Aber wie kannst du dir sicher sein, dass dir dieser Weg bestimmt ist? Der Meister wählt sich seine Jünger selbst aus."

„In einem Traum hat er mich gerufen!" Gegen den kindlichen Trotz in ihrer Stimme konnte sie nichts ausrichten. Auch nicht gegen die pralle Träne, die über ihre Wange rollte.

Maria umarmte sie. „Und deine Eltern?", fragte sie flüsternd. „Wissen auch sie, dass du seine Jüngerin werden möchtest?"

„Niemals würde mein Vater zustimmen. Also habe ich mich davongeschlichen." Ängstlich fragte sie: „Wird der Rabbi mich wieder fortschicken?"

„Wer mir nachfolgen will, der verleugne sich selbst, nehme täglich sein Joch auf sich und folge mir nach! Niemand, der zurückblickt, taugt für das Reich Gottes! Und jeder, der um meines Namens willen Vater und Mutter verlassen hat, wird dafür das Hundertfache erhalten."

Sara blickte verwirrt.

„*Seine* Worte", erklärte Maria lächelnd.

Entschlossen hob Sara ihr Kinn. „Ich bin bereit! Jedes Opfer will ich bringen."

„Wir werden sehen. Du kannst bei uns Frauen bleiben, bis sie wieder da sind."

„Danke." Am liebsten hätte Sara sie geküsst. Und sie spürte genau, dass auch Maria sie mochte. Deshalb wagte sie die Frage zu stellen, die ihr in den Sinn kam.

„Bist du seine Frau?“

Maria sah sie mit großen Augen an, dann lachte sie. „Jesus hat keine Frau, Sara. Er kann sich keine leisten. Wie könnte er sonst seine Werke vollbringen?“

Sara kam sich töricht vor, blieb aber neugierig. „Seit wann folgst du ihm nach?“

Maria sah auf den See hinaus. „Seitdem er mich geheilt hat“, antwortete sie leise.

„Du warst krank?“

„An Leib und Seele.“

Sara schwieg. Wenn Maria den Wunsch hatte, ihr mehr zu erzählen, würde sie es wohl tun. Tatsächlich fuhr sie nach einer Weile fort.

„Er trieb die Dämonen, die mich peinigten, aus mir heraus, einen nach dem anderen.“

„Dämonen?“ Sara gab sich Mühe, ihre Stimme nicht allzu entsetzt klingen zu lassen.

„Weißt du, Sara, wir alle lassen uns nur zu gern von Dämonen beherrschen. Unsere Lüste, unsere Triebe, unsere Gier – all dies hält uns ab vom Reich Gottes. Das Böse verfolgt uns auf Schritt und Tritt, es lauert überall. Die einen lassen es nicht zu, dass Dämonen sie in Besitz nehmen, andere wehren sich mit allen Kräften gegen sie, wieder andere laden sie geradezu ein, sich in ihnen häuslich niederzulassen.“ Sie tippte sich gegen die Brust. „Noch vor kurzer Zeit gehörte ich zu den Letztgenannten! Aber der Meister befreite mich, er machte aus mir einen neuen Menschen. Ihm nachzufolgen war die einzige Konsequenz daraus. Ich liebe ihn, Sara – wie könnte ich meinen Retter nicht lieben? Wer ihn nicht liebt, ist seiner nicht würdig. Wer seinen Retter nicht liebt, muss sich nicht wundern, wenn die Dämonen zurückkehren.“

Auch wenn Marias geheimnisvolle Worte viele Fragen offenließen, bestärkten sie Sara in ihrer Überzeugung, das Richtige getan zu haben. „Maria“, sagte sie flehentlich, „mich dürstet nach all diesen Dingen. Wirst du bei Jesus ein gutes Wort für mich einlegen?“

„Das wird nicht nötig sein, Sara. Er kann tief in deine Seele blicken.“ Sie wies hinaus auf den See, wo mittlerweile ein schaukelndes Fischerboot zu sehen war, das sich dem Ufer näherte. „Es scheint, als kämen sie bereits zurück.“

Sara spürte ihr aufgeregtes Herz pochen. Sie tastete nach der kleinen Figur unter ihrem Umhang. Ein Soldat des Antipas hatte ihr die tönerne Gazelle tags zuvor überbracht.

Stephaton, Liebster, ich werde für uns beten!

Dass Jesus sie wieder fortschicken könnte, erschien ihr plötzlich völlig abwegig. Wozu hätte er sie sonst im Traum gerufen?

Zweiter Teil

STEPHATON

Zwei Jahre später

Er sagte zu ihnen: Seht ihr das alles?
Kein Stein wird hier auf dem anderen bleiben;
alles wird niedergerissen werden.
Matthäus 24,2

14

Gaius Mellus, Kommandant der Festung Antonia in Jerusalem, war ein wuchtiger Mann mit ergrautem Haar. Es wurde behauptet, sein Posten sei Folge einer Strafversetzung. Aber das sagte man auch vielen anderen römischen Offizieren nach, die in Judäa ihren Dienst versahen. Mellus selbst schwieg sich über seine Vergangenheit aus. Gebärdete er sich seinen Untergebenen gegenüber meist umgänglich, so spürte man jedoch seine Anspannung, wenn hoher Besuch anstand.

Sechs Tage waren es noch bis zum Pessachfest, an dem die Juden ihrer Befreiung aus ägyptischer Sklaverei gedachten. Jederzeit war mit der Ankunft des Statthalters und einer weiteren Kohorte zu rechnen. Wenn es in den vergangenen Jahren während des Festes auch ruhig geblieben war, so musste das beileibe nicht so bleiben. Waren die Römer nicht die neuen Ägypter? Ein winziger Funke konnte genügen, um aus der religiös aufgeheizten Stimmung in der Stadt einen Brand zu entfachen. Allein aus diesem Grund war die militärische Präsenz des Statthalters vonnöten, denn von Pilatus wussten die Juden nur zu gut, dass er ohne jedes Zögern hart durchgriff, wenn er den Frieden oder vielmehr die Autorität Roms gefährdet sah.

Zu Gaius Mellus' Bestürzung, die er allerdings hinter einer Fassade routinierter Gleichgültigkeit verbarg, kündigte man ihm noch vor Pilatus' Ankunft zwei andere Gäste aus Rom an. Mellus empfing sie im Innenhof der Festung mit allen Ehren. Der eine, Senator Sextus Salvius, ein enger Vertrauter des Kaisers, war ihm kein Unbekannter. Nicht zum ersten Mal tauchte er in Jerusalem auf, um ihm und vor allem dem Statthalter auf die Finger zu schauen. Salvius war offensichtlich noch fetter geworden, die Mühen der Reise hatten ihn kurzatmig gemacht, obwohl man ihn das letzte

Wegstück in einer Sänfte getragen hatte. Der zweite Ankömmling war ein junger Tribun in blitzender Rüstung. Sein Gesicht trug weiche, gleichwohl arrogante Züge zur Schau. Das Kinn und die Brauen hielt er ständig erhoben, als fordere er Erklärungen, wofür auch immer.

„Ich freue mich, dass ihr die weite Reise gut überstanden habt", versicherte Mellus seinen Gästen.

„Vor Zypern hätte ein fürchterlicher Sturm unser Schiff beinahe auf den Grund des Meeres versenkt", erzählte der Senator, sein Doppelkinn waberte dabei, als sei es immer noch heftigsten Winden ausgesetzt. „Ich hätte keinen Denar mehr auf unser Leben gesetzt."

„Glücklicherweise lassen sich manche Götter leicht besänftigen, wenn man ihnen etwas Kostbares verspricht", fügte der Tribun hinzu und meinte das offenbar völlig ernst.

Mellus kannte diese Sorte Jüngling aus reichen patrizischen Familien, die sich selbst den Göttern überlegen fühlten. Vermutlich hatte das verwöhnte Bürschchen noch nie ein Schlachtfeld betreten. Salvius stellte ihn als Lucius Seius Tubero vor, er sei ein Neffe des Präfekten Seianus, der große Stücke auf ihn halte.

Ein neuer Günstling des edlen Seianus und sein Neffe obendrein! Mellus wusste Bescheid. Zwar vermochte er nicht zu sagen, was hinter den Kulissen der Macht wirklich vor sich ging – er war schließlich nur ein Festungskommandant –, doch unbestreitbar war, dass niemand mehr dem anderen traute. Traute der alte Caesar Tiberius auf Capri etwa noch seinem Stellvertreter Seianus? Traute Seianus noch dem Statthalter von Judäa, den er einst selbst auf diesen Posten gehievt hatte? Traute Seianus noch dem Tetrarchen Herodes Antipas, den man ebenfalls zum Pessachfest in Jerusalem erwartete? Mochte Tubero auch noch so anmaßend daherkommen, man durfte ihn nicht unterschätzen. Ob Salvius über seinen Begleiter erfreut war, ließ sich nicht sagen. Wenn der Senator auch ein Vertrauter des Tiberius war, bedeutete dies nicht zwangsläufig, dass er auch Seianus' Gunst besaß. Seianus wiederum bekam in Rom zunehmend Gegenwind, wie Mellus wusste. Zu selbstherrlich empfanden viele seine Regentschaft, mittlerweile trugen sogar Münzen den Namen des Präfekten.

Mellus schlug den beiden vor, als Erstes den Genuss eines Bades in Anspruch zu nehmen, um sich den Staub der Reise abzuwaschen. Im Anschluss erwarte er sie zum Mahl.

„Nicht so eilig, Kohortus", sagte Tubero gedehnt, „willst du uns nicht zuerst einen ausführlichen Lagebericht geben?"

Mellus bemühte sich, nicht mit den Augen zu rollen. „Jawohl, Tribun. Obwohl täglich neue Pilger in der Stadt eintreffen, ist es weithin ruhig und friedlich. Keine Unruhen, keine nennenswerten Streitigkeiten. Bis auf die üblichen, versteht sich."

„Und was wären solche üblichen Streitigkeiten, Kohortus?"

„Zank um die Quartiere. Die Qualität der Opfertiere. Überteuerte Preise."

„Es befinden sich also keine Rebellen in der Stadt?"

„Nein, Tribun."

„Bist du dir vollkommen sicher?"

„Bei allem Respekt, Tribun: Sicher kann man nie sein. Meine Verbindungsmänner werden mir Verdächtige unverzüglich melden."

„Verbindungsmänner? Juden, nehme ich an."

„Ja, Tribun."

„Und du traust ihnen?"

„Sie haben sich immer als zuverlässig erwiesen. Es ist ja nicht so, dass uns alle Juden zum Hades wünschen. Mit dem Sanhedrin arbeiten wir vorzüglich zusammen. Sie erkennen die Vorteile der römischen Ordnung. Sie respektieren uns und wir respektieren sie."

„So?"

Dieses Bürschchen wusste *nichts*. Und Salvius hatte sich offenbar nicht die Mühe gemacht, ihn zu unterrichten. Aus Kalkül?

„Weißt du von einem Rabbi, der heute in die Stadt gekommen ist?“, verlangte Tubero nun zu wissen.

„Wie gesagt, es treffen stündlich neue Pilger ein.“

„Ist es etwa üblich, dass jemand auf einem Esel reitet und sich vom Pöbel feiern lässt? Jedenfalls wurden der Senator und ich vorhin Zeugen einer solch merkwürdigen Prozession. Die Leute jubelten diesem Rabbi zu, als sei er Caesar. Viele breiteten ihre Kleider vor ihm aus, andere streuten Zweige auf den Weg.“

„Sie riefen *Hosanna* und nannten ihn den König Israels“, ergänzte Salvius, um dem Jüngeren nicht allein das Wort zu überlassen.

„König von Israel!“, bestätigte Tubero, jedes Wort betonend.

Mellus breitete die Arme aus. „Verrückte sind immer darunter. Die meisten von ihnen sind harmlos wie Stubenfliegen.“

„Harmlos?“ Tubero kräuselte die Lippen. „Findest du es harmlos, wenn der jüdische Pöbel einen Mann wie einen König feiert? Am Ende wird er sich noch als der …“, er blickte Salvius fragend an.

„Messias“, sagte dieser.

„… als der Messias ausgeben. Auf den warten diese Leute doch, nicht wahr? Auf ihren Befreier, der die Besatzer aus dem Land treibt.“

„Nicht einmal ihre Schriftgelehrten sind sich darüber einig, was es mit dem Messias auf sich hat, Tribun. Und wollte sich jemand als solcher ausgeben, so würde er, wie ich annehme, kaum auf einem Esel in Jerusalem einziehen.“

„Als ich von dir wissen wollte, ob sich etwas Besonderes zugetragen habe, hast du nichts von diesem Rabbi gewusst. Haben dir deine jüdischen Verbindungsleute seine Ankunft verschwiegen?“

Mellus rang um Beherrschung. Aber es half nichts, dieses hochmütige Großmaul von Tribun saß am längeren Hebel. „Wäre die Angelegenheit von Wichtigkeit, hätte man mich sicher benachrichtigt.“

Tubero ging nicht darauf ein. „Er stammt aus Nazareth, einem Dorf in Galiläa. Bis vor einiger Zeit lebte er dort als Zimmermann, bis er zum Wanderprediger wurde. Wahre Wunder soll er vollbringen, wie zum Beispiel einen Toten zum Leben erwecken. Wie du siehst, Kohortus, haben wir uns kundig gemacht. Und du? Hast auch du deine Pflicht getan? Hast du diesen Namen jemals gehört: *Jeschua ben Joseph*?"

Mellus dachte nach, zumindest gab er sich so. Man hörte ja ständig von umherziehenden Predigern; Wunder vollbrachten sie angeblich alle. Solange sie nicht Aufruhr predigten, gab es keinen Grund, gegen sie vorzugehen. „Möglich, aber …"

„Vor zwei Jahren hörte ich erstmals von diesem Mann", fiel Salvius ihm ungeduldig ins Wort. Wahrscheinlich hatte er Hunger und wollte die Sache beschleunigen. „Damals predigte er am See von Galiläa und hatte eine Handvoll Jünger um sich geschart. Jetzt, wo sein Gefolge größer geworden ist, gefällt es ihm plötzlich, nach Jerusalem zu pilgern. Du wirst ein wachsames Auge auf ihn haben, Kohortus Mellus. Jüdische Wundertäter soll man nicht auf die leichte Schulter nehmen, man weiß nie, ob sie durch ihre Reden nicht das Volk aufwiegeln. Ob der Wunderrabbi harmlos ist oder nicht, wirst du nicht von deinem Bauchgefühl abhängig machen."

„Verstanden, Senator."

„Nein!", warf Tubero ein. „Die Überwachung des Nazareners übernehme ich selbst."

„Bitte, ganz wie du möchtest", sagte Salvius nachsichtig.

„Unser Kohortus scheint überfordert zu sein. Daher werde ich ihn entlasten."

Mellus wusste nicht, ob er ihn lieber ausgelacht oder windelweich geprügelt hätte. Später würde sich dieser Dummkopf womöglich noch damit brüsten, die Ordnung während des Pessachfestes durch seine Umsicht aufrechterhalten zu haben, weil er einen harmlosen Wanderprediger in Schach gehalten hatte.

„Wenn ich Männer brauche, wirst du sie mir zur Verfügung stellen, Kohortus."

„So viele du brauchst, Tribun."

Salvius klatschte erschöpft in die Hände. „Somit wäre das also geklärt. Was ist mit dem Bad und dem Essen?"

Eine Stunde später lagen die drei Männer gemeinsam zu Tisch. Mellus hätte sie gern sich selbst überlassen, aber der junge Tribun bestand auf seiner Gegenwart und stellte ihm eine Frage nach der anderen: über die Stärke seiner Truppen, die Dienstzeiten, den Rhythmus der Wachablösung, die Anzahl der Hilfstruppen. Mellus antwortete ihm mit steinerner Miene, er konnte diesen Kerl kaum noch ertragen. Als Tubero sich über den Wein beklagte, der nach Essig schmecke, meinte Mellus süffisant: „In der Provinz, Tribun, lässt es sich nicht so prächtig leben wie in Rom."

„Wie wahr", warf Salvius ein. Ihm ging das großspurige Gerede des jungen Tribunen wohl ebenfalls auf die Nerven. „In Caesarea hat man wenigstens einen ordentlichen Circus und gute Theater."

„In der Garnison gibt es einen Mimen, der ist ein vortrefflicher Alleinunterhalter. Wenn du nach der langen Reise ein wenig Zerstreuung suchst, Senator, lasse ich ihn rufen."

Salvius nickte. „Warum nicht? Er soll uns etwas vorspielen, während wir essen." Es war wohl seine Art und Weise, den Tribun endlich zum Schweigen zu bringen.

„Ein Mime?", fragte dieser aufhorchend.

„Er wird dir gefallen, er ist wirklich begabt", antwortete Mellus.

„Begabter hoffentlich als dieser Rohling im Bad, der mich massierte!"

Mellus winkte einem Sklaven. „Geh und hol Stephaton. Beeilung!"

Wenig später betrat Stephaton den Raum. Um Kinn und Oberlippe trug er einen sorgsam gestutzten Bart. Sein Anblick ließ Salvius beim Kauen innehalten. „Sieh an!", rief er mit vollem Mund und wies mit einem Hühnerbein, das er in der Hand hielt, auf den

Ankömmling. „Ist das nicht der griechische Mime, der den Präfekten und den göttlichen Tiberius auf offener Theaterbühne verhöhnte? Beim Jupiter, er ist es. In Tiberias war's, und Antipas hätte sich vor Scham am liebsten in ein Loch verkrochen."

Die Erinnerung ließ ihn so sehr lachen, dass er sich verschluckte und heftig husten musste. Mellus schwante, dass es keine gute Idee gewesen war, nach Stephaton zu schicken. „Er … äh, ist gleichwohl ein hervorragender Mime. Ihr solltet ihn sehen, er spielt sämtliche Rollen in einer Person, eine ganze Garnison bringt er zum Lachen. Ihr hättet ihn sehen sollen, als er den *Kameltreiber von Jericho* spielte."

„Wir verurteilten ihn zu zwei Jahren Militärdienst", erklärte Salvius immer noch amüsiert.

„Eine geringe Strafe für Majestätsbeleidigung, wie mir scheint", mäkelte Tubero.

„Tja, was soll ich dir sagen, Tribun: Für diese Gnade gab es gute Gründe."

„Stephaton, warum spielst du nicht den *Eingeweideschauer* für uns?" Mit gequältem Lächeln wandte sich Mellus an seine beiden Gäste. „Ein herrlich witziges Stück!"

„Zwei Jahre", wiederholte Salvius, sich jetzt direkt an Stephaton wendend. „Du hast deine Strafe also noch nicht abgedient, Grieche?"

„In drei Wochen ist meine Dienstzeit abgelaufen."

„Ist das wahr? Und hat der Dienst unter den Schwingen des Adlers dich zur Vernunft gebracht?" Salvius kicherte und streckte seinen Becher zum Nachfüllen vor.

Mellus gab nicht auf. „Der *Eingeweideschauer* ist ein Stück von Terenz. Kennt ihr es?"

„Dein Mime erweckt nicht gerade den Eindruck, als sei er ein Sträfling, Kohortus. Was hat er sonst noch Nützliches getan, außer deine Männer mit Albernheiten zu beglücken?"

„Er dient dem Zenturio Cassius Longinus, einem meiner besten

Offiziere. – Stephaton, du darfst wieder gehen. Den edlen Herren ist heute nicht nach einem Mimenspiel zumute."

Stephaton verneigte sich und suchte das Weite.

Tubero starrte ihm kopfschüttelnd nach. „Da geht jemand hin, der unseren Kaiser öffentlich beleidigt hat. Anstatt an ihm ein Exempel zu statuieren, wurde ihm vielmehr die Ehre zuteil, Rom zu dienen. Ich frage mich, ob das dem Präfekten gefallen würde."

„Warum probierst du nicht eines dieser köstlichen Hühnerschenkel, Tribun", seufzte Salvius. „Und was diesen Mimen angeht, so gräme dich nicht. Du wirst noch Gelegenheiten genug bekommen, ihn dir zur Brust zu nehmen."

Tubero nippte an seinem Kelch. „Darauf kannst du dich verlassen, Senator."

15

Abends nahmen sie in dem Dorf Betanien Quartier, nicht mehr als fünfzehn Stadien von der Antonia und vom Tempel entfernt. Jesus hatte dort einige Gönner und Wohltäter, die ihn und seine Anhänger freudig bei sich aufnahmen. Einer trug den Namen Lazarus. Mit zwei Schwestern lebte er in einem Haus an der Straße nach Jerusalem. Betanien war nur ein Ort von vielen, wo Sara Zeugin ungeheuerlicher Ereignisse geworden war. An diesem in Schwermut getränkten Abend jedoch, als sie mit vier weiteren Frauen aus dem Gefolge vor dem Herd beisammensaß, während sich Jesus mit seinem Gastgeber und den Jüngern zum Gebet zurückgezogen hatte, erschienen ihr die Tage der Wunder wie eine Geschichte, die zu herrlich war, um wirklich wahr zu sein.

Grund für die Melancholie der Frauen waren die düsteren Prophezeiungen, die der Meister zuletzt immer wieder geäußert hatte: Man werde ihn in Jerusalem seinen Widersachern ausliefern, ihn gefangen nehmen und hinrichten. Zwar hatte er solche Worte nur gegenüber seinen zwölf engsten Jüngern geäußert, doch Maria war es gelungen, dem verstörten Simon Petrus Näheres zu entlocken.

Marta, die ältere der beiden Schwestern des Lazarus, sprach aus, was allen Frauen in diesem Augenblick durch den Kopf ging. „Wenn er glaubt, dass ihm in Jerusalem Gefahr droht, warum um alles in der Welt begibt er sich dann dorthin?"

Das Schweigen, das folgte, war wiederum Zeugnis ihrer Ratlosigkeit. Nach einer Weile versuchte sich Susanna, eine junge Witwe, die sich ihnen erst vor wenigen Wochen angeschlossen hatte, in einer Erklärung.

„Wo sonst sollte ein Frommer Pessach feiern?"

„Vielleicht hat Petrus ihn wieder einmal falsch verstanden", schlug Marta hinter vorgehaltener Hand vor. Was zwar eine taugliche Erklärung gewesen wäre, letztlich aber niemandem einleuchten wollte, am wenigsten Maria.

„Petrus ist mit dem Mund schneller als mit dem Kopf, das ist wahr, aber er ist kein Dummkopf." Sie rieb sich müde die Schläfen. „Außerdem haben Johannes und Jakob es mir bestätigt. Der Meister scheint überzeugt zu sein, dass ihm in Jerusalem Unheil droht. Den Petrus soll er aufgefordert haben, sich fortzuscheren, als er versuchte, ihn von dieser Meinung abzubringen."

Alle sahen sie an. „Maria!", sagte Martas Schwester – auch sie hieß Maria –, „du kennst ihn besser als wir alle. Der Meister liebt und schätzt dich wie seine engsten Jünger. Warum hast du ihn nicht selbst darauf angesprochen?"

„Du hast recht, Maria. Vermutlich schwieg ich aus Furcht. Ich würde es nicht ertragen, wenn er über seinen Tod spricht." Sie presste die Lippen zusammen. „Ach, wäre doch seine Mutter bei uns, sie würde uns sicher etwas Tröstendes sagen."

„Sie ist aber leider nicht hier", lautete die altkluge Antwort der jüngeren Maria. „Nun gut, was spricht eigentlich dagegen, wenn ich ihn selbst frage?"

„Das wäre anmaßend", schalt sie ihre Schwester.

„Anmaßend? Warum denkst du das?"

„Glaubst du nicht, er würde mit uns darüber sprechen, wenn er das für erforderlich hielte?"

„Unser Bruder war tot, Marta, und der Meister hat ihn wieder zum Leben erweckt. Er ist mehr als ein Prophet, das wissen wir längst. Wenn er denkt, es drohe ihm Gefahr, haben wir ein Recht darauf, es zu erfahren. Wir schulden ihm etwas, vor allem unser Vertrauen. Erinnerst du dich denn nicht, wie er mich damals lobte, als ich ihm allerlei Fragen stellte?"

„Ja. Während ich alleine damit beschäftigt war, ihn zu bewirten."

„Du machst mir das immer noch zum Vorwurf? Dann hast du nichts begriffen."

„Streitet nicht!“, sagte Maria mahnend. Die Schwestern senkten beschämt den Kopf, denn Marias Wort hatte Gewicht.

„Als er von seinem Ende sprach, war dies womöglich nur eines seiner Gleichnisse“, grübelte Susanna. „Überlegt doch, er zieht durch ganz Israel, bis nach Sidon und Samarien sogar, und er predigt den Menschen das Reich Gottes. Hätte es irgendeinen Sinn, wenn er blindlings in sein Verderben liefe? Sagt mir, was würde das bewirken? Alles wäre verloren, und alles was er getan hat, wäre vergebens. Das weiß er so gut wie wir, er ist doch kein Narr!“

„Nicht nur in alter Zeit wurden Propheten getötet“, murmelte Marta schaudernd. „Erinnert ihr euch denn schon nicht mehr an den Täufer?“

Abermals trat lastende Stille ein. Vor Jahresfrist hatte der Tetrarch Herodes Antipas den Wüstenprediger nach langer Kerkerhaft hinrichten lassen. Der Meister trauerte um ihn, nachdem er davon erfahren hatte. War es wirklich denkbar, dass ihm letztlich ein ähnliches Schicksal drohte?

Susanna wurde das Schweigen unerträglich. „Aber sprach der Meister nicht auch von seiner Auferstehung?“

Auf den Lippen der Maria von Magdala deutete sich ein trauriges, nachsichtiges Lächeln an. „Wir alle werden nach unserem Tod einst auferstehen, Susanna. Mögen die Sadduzäer es auch abstreiten, der Meister hat ihnen heftig widersprochen, ihr habt es mit eigenen Ohren gehört. Und natürlich wird auch der Meister nach seinem Tod einmal auferstehen. Noch vor uns allen, die wir hier sitzen, noch vor unseren Ahnen wird er Gottes Herrlichkeit schauen.“

„Warum sollte er überhaupt sterben, wenn er der Messias ist?“, fragte die jüngere Maria mit neuem, ungeduldigem Trotz.

Darauf kannte auch die Magdalanerin keine rechte Antwort. „Sara“, sagte sie seufzend zu der einzigen in der Runde, die bislang geschwiegen hatte, „du kennst ihn nun auch schon seit zwei Jahren, du hörtest, wie er predigte, sahst, wie er Wunder vollbrachte. Auch du zweifelst nicht daran, dass Jahwe ihn gesandt hat. Was denkst du, wieso versetzt er uns in Unruhe?"

Wie aus einem Fiebertraum erwacht, sah Sara sie an. Mit all den Gedanken, die an diesem trübsinnigen Abend durch ihren Kopf schwirrten, fühlte sie sich maßlos überfordert. „Ich weiß es ebenso wenig wie ihr", sagte sie zaghaft, „aber ich will gestehen, dass er mir heute sehr fremd war."

Vier fragende Augenpaare waren auf sie gerichtet. Sara bereute, nicht geschwiegen zu haben, denn nun forderten sie eine Erklärung von ihr.

„Bis zum heutigen Tag hat er nie viel Aufhebens um seine Person gemacht, im Gegenteil, oft genug hieß er die Menschen, die er heilte, darüber zu schweigen. Seine Demut imponierte mir so sehr wie seine Worte und Taten. Als wir uns aber heute der Stadt näherten – ihr habt es ja selbst erlebt –, da sandte er zwei Jünger aus mit dem Auftrag, ihm einen Esel zu beschaffen. Auf dem ritt er dann in die Stadt ein."

„Umjubelt von vielen Menschen", warf die jüngere Maria ein, als würde dies alles erklären.

„Ja, umjubelt. Als hätte er jemals Wert darauf gelegt. Sagte er nicht selbst, dass die Letzten die Ersten und die Ersten die Letzten sein werden? Ging es ihm bisher nicht immer nur um das Reich Gottes? Heute aber schien es mir, als würde er sich an den Huldigungen der Menschen laben."

„Und wenn schon", wehrte die jüngere Maria ab, „er verdient Huldigung. Ist das verwerflich?"

„Nein", erwiderte Sara ruhig und ohne auf ihren scharfen Ton einzugehen, „aber dennoch mutete es mir ungewöhnlich an. Seine Gegner hat er immer nur mit Worten herausgefordert, nicht einer konnte ihm das Wasser reichen. Warum fordert er sie jetzt heraus, indem er sich wie ein Herrscher feiern lässt? Ihm muss doch bewusst sein, dass sein triumphaler Einzug in Jerusalem den Argwohn der Tempeloberen wecken könnte. Beinahe scheint es mir, als suchte er die Gefahr."

Ihre Worte lösten eine Debatte unter den Frauen aus. Maria von Magdala flüsterte Sara zu: „Aber nicht das allein hat dich nachdenklich gemacht."

Wie wahr. Mit jedem Tag, den sie Jerusalem näher gekommen waren, hatte Saras Anspannung zugenommen. Immer noch musste sich Stephaton in dieser Stadt befinden. Die Vorstellung, ihm zu begegnen, war wundervoll und grausam zugleich. Würde er verstehen können, warum sie Jesus gefolgt war? Wäre er imstande zu begreifen, dass ein Leben, wie sie es sich früher einmal ausgemalt hatten, in dieser Form für sie nicht mehr möglich war?

Heute war sie ihm freilich noch nicht begegnet. Was bei den Menschenmassen auch eher Zufall gewesen wäre. Der Meister hatte sich den Tempel angeschaut. Seinem ernsten, ja finsteren Gesicht nach zu urteilen hatte ihm nicht gefallen, was er dort gesehen hatte. Verflogen war da plötzlich sein Lächeln, das er noch eine Stunde zuvor, auf dem Rücken des Esels sitzend, zur Schau getragen hatte.

„Maria, wie kann es sein, dass mir das Herz so schwer geworden ist?", hauchte sie, ihre Verzweiflung nicht länger tarnend.

Sanft nahm die Magdalanerin ihre Hand. „Wir verstehen vieles nicht, Sara, und wie könnten wir auch? Wir sind nur einfache Menschen. Aber ich beschwöre dich, beim Gott unserer Väter, hör niemals damit auf, *ihm* zu vertrauen!"

Sara nickte tapfer. „Bis heute fiel mir das nicht schwer. Ich will dir versprechen, mich auch weiter zu bemühen."

Zur selben Stunde hatten sich Stephaton und Zadok bereits in ihre Kammer zurückgezogen. Zwischen ihnen war eine Art lockerer Freundschaft entstanden. Rasch hatte Stephaton begriffen, dass es zweckmäßiger war, sich dem jüngeren Zadok unterzuordnen. Was ihm nicht schwerfiel, denn der Gedanke, dass sein Dienst in der

Burg Antonia nicht ewig währte, machte alles erträglicher, sogar Zadoks Marotten.

Zadok war zu einem kräftigen jungen Mann gereift, der ihn mittlerweile um einen halben Kopf überragte – ein weiterer Grund, sich nicht mit ihm anzulegen. Und – es ließ sich nicht leugnen – Zadok war ihm ein nützlicher Lehrmeister gewesen. Ihm verdankte er, dass er sich in dieser rauen Welt kaum noch etwas zu Herzen nahm, vor allem nicht die rohe Erbarmungslosigkeit der Exekutionen, derer es wöchentlich mindestens eine gab. Der Umstand, dass es selten möglich war, sich Zadoks Gedankenwelt zu entziehen, hatte dazu geführt, dass Stephaton vieles davon verinnerlicht hatte. Zudem erfreute er sich in der Garnison großer Beliebtheit wegen seiner schauspielerischen Fähigkeiten, was ihm das Leben zusätzlich erleichterte. Kohortus Mellus erlaubte regelmäßige Theateraufführungen. Um auf der Bühne alleine agieren zu können, ersann Stephaton viele neue Stücke, die dem Wunsch der Legionäre nach derben Zoten und albernen Possen gerecht wurden. Doch er hütete sich, reale Personen, seien es Griechen, Juden oder Römer, in seinen Stücken zu beleidigen. Seinen Vorsatz, nie wieder eine Theaterbühne zu betreten, hatte er notgedrungen fallen lassen müssen, doch der Tag war ja nicht mehr fern, an dem sich alles ändern würde.

„Wozu ließ dich der Kohortus rufen?“, wollte Zadok von ihm wissen. Von ihren Bettlagern starrten sie in die Dunkelheit der Kammer. Sein Strohlager hatte Stephaton längst gegen eine Pritsche eintauschen dürfen. Auf Zadoks Frage hatte er bereits gewartet, denn nichts hasste dieser mehr, als ahnungslos zu sein. Stephaton wollte ihn nicht zappeln lassen, umso eher würde er zum Schlafen kommen.

„Ach, diese beiden Römer, die heute eintrafen – der Kohortus bat mich, ihnen etwas vorzuspielen.“

„Was du nicht sagst. Er will sie wohl bei Laune halten, damit sie bei Pilatus nicht schlecht über ihn sprechen.“

„Wenn das seine Absicht war, dann ist ihm das gründlich misslungen. Der Tribun hatte nämlich gar keine Lust auf ein Theaterstück. Als er hörte, warum ich in der Antonia Dienst tue, hätte er mich am liebsten auf der Stelle einen Kopf kürzer gemacht."

„Mellus hat es ihm verraten?"

„Der Senator! Er war sozusagen mein Richter damals."

„Du verdankst dein Hiersein diesem Fettwanst?"

„Für ihn war es eine Art Begnadigung."

„Gefällt mir überhaupt nicht, dass dieser Tribun nun darüber Bescheid weiß." Zadok klang ernsthaft besorgt, er rieb sich das Kinn. „Irgendetwas an diesem verweichlichten Bürschchen ist merkwürdig. Wenn ich nur wüsste, was genau."

„Und wenn schon. Was kann er mir schon anhaben?"

„Mehr als du denkst. Er ist Seianus' Neffe, du dummer Esel."

„Na und? Meine Dienstzeit ist bald vorüber. Dann gehe ich zurück nach Tiberias, lasse mich zum Baumeister schulen und heirate mein Mädchen."

„Der nächste Trugschluss: Wie kannst du ernsthaft glauben, dass der Vater deiner kleinen Jüdin sie dir zur Frau geben wird? Nicht die Weiber haben das zu entscheiden. Ein Jude würde seine Tochter eher von der Klippe stoßen als sie mit einem Griechen oder Römer zu vermählen. Vermutlich ist sie inzwischen die Frau eines Verwandten geworden. Sie achten darauf, dass die Mitgift hübsch in der Familie bleibt. Steht alles in ihren heiligen Schriften."

„Ausnahmen gibt es immer, du bist dafür ein lebendiges Beispiel, Zadok. Und jetzt lass mich schlafen, sie werden uns morgen mächtig scheuchen, wenn der Statthalter kommt."

Wenn er es auch nicht zugegeben hätte, so waren ihm Zadoks Bedenken selbst schon hundertfach durch den Kopf gegangen. Vor etwa einem Jahr hatte ihn ein Brief Agriopes erreicht. Darin hatte sie mit liebenden Worten von daheim erzählt und vom Vater, der ihm, wie sie fest behauptete, sicherlich alles verzeihen würde. Aber mit keinem Wort hatte sie Sara erwähnt, obwohl sie sich doch vorstellen konnte, wie sehr er nach ihr schmachtete.

Hatte Joram Wort gehalten und ihr die kleine Tonfigur überbracht? Auch das ungewisse Schicksal seiner Gefährten brannte ihm unter den Nägeln. Hatten sie ihre Haft verbüßt? Verrotteten sie im Kerker? Oder hatte Antipas sie dem Henker übergeben?

Dieser Gedanke war furchtbar, aber es war keineswegs auszuschließen, denn letztlich hatte er ja auch den Täufer in der fernen Festung Machaerus umbringen lassen. Es wurde behauptet, sein Weib Herodias habe ihn dazu gedrängt. Manche glaubten sogar den Grund für seine Nachgiebigkeit zu kennen: Bei einem Bankett habe die verführerische Salome ihren Stiefvater mit einem sinnlichen Tanz so sehr betört, dass er ihr vor allen Gästen einen Wunsch freistellte: Nach Rücksprache mit der Mutter habe Salome daraufhin den Kopf des Täufers Johannes auf einer silbernen Schale gefordert.

In der Antonia hatte die Geschichte für Erheiterung gesorgt. Stephaton aber hatte getrauert um den Täufer, um diesen merkwürdigen und auch unheimlichen Menschen, der sich nie um sein eigenes Wohlergehen geschert hatte. Der Täufer, von der baldigen Ankunft des Messias überzeugt, hatte das gelebt, woran er fest glaubte, er hatte die Menschen seines Glaubens retten wollen und dabei kein Blatt vor den Mund genommen.

„Lass dir noch einen guten Rat geben“, sagte Zadok gähnend. „Sieh zu, dass du diesem Tribun nicht wieder unter die Augen trittst. Es gefällt mir nicht, dass er über deine Geschichte Bescheid weiß.“

„Ja, das sagtest du bereits. Und jetzt gute Nacht, Quälgeist.“

„Gute Nacht, Unglücksrabe.“

16

Zur achten Stunde traf Statthalter Pontius Pilatus mit zwei Kohorten in der Antonia ein. An der Spitze des Zuges prangte der kaiserliche Adler auf einer Standarte. Augenblicklich verwandelte sich die Festung in einen Bienenstaat. Stephaton und Zadok kümmerten sich gemeinsam mit den Stallknechten um die Pferde der eingetroffenen Offiziere. So kam es, dass Stephaton den Statthalter diesmal ganz aus der Nähe zu sehen bekam. Pilatus war nicht sonderlich groß gewachsen. Unter seinem Federbuschhelm trug er ein bleiches, knochiges Gesicht mit scharf blickenden Augen zur Schau. Seine Nase war leicht höckrig, wodurch sich Stephaton an einen Raubvogel erinnert fühlte.

Trotz seiner mindestens fünfzig Lebensjahre schwang er sich mit erstaunlicher Leichtigkeit vom Pferd, den Burschen, der ihm behilflich sein wollte, barsch zurückweisend. In Begleitung zweier Männer seines Stabes verschwand er im Inneren der Festung. Den ihm entgegenschreitenden Gaius Mellus hielt er mit einer unwirschen Geste auf Abstand. „Lagebesprechung! Ruf deine Offiziere zusammen, Kohortus!", hörte Stephaton ihn mit schneidender Stimme sagen.

Zadok pfiff leise durch die Zähne. „Etwas ist ihm über die Leber gelaufen. Nicht, dass ich ihn oft hätte lachen sehen, aber heute scheint er besonders übel gelaunt zu sein. Schade, dass wir bei der Lagebesprechung nicht Mäuschen spielen dürfen. – He, sieh mal dort, sie bringen Gefangene mit!" Er wies auf ein paar Legionäre, die drei verwahrloste, gefesselte Männer vor sich her stießen. „Sieht nach Arbeit für uns aus."

Die Laune des Statthalters und die Gefangenen waren Stephaton egal. Seine Gedanken kreisten nur noch um das Ende seiner Dienstzeit und das Leben danach.

„Was für eine Schlamperei!“ Pilatus nahm den Helm ab, unter dem ein gänzlich kahler Kopf zum Vorschein kam. Ein Sklave war ihm behilflich, den Brustpanzer abzuschnallen.

„Eine unsagbare Schlamperei!“ Die wütende Stimme des Statthalters hallte durch den Raum.

Der Gesichtsausdruck der etwa zwanzig vor ihm versammelten Männer reichte von Unbewegtheit bis hin zu Verwirrung und Unterwürfigkeit. Mellus zählte zu denen, die nicht die geringste Ahnung hatten, was den Statthalter so empörte. Aber er sollte es gleich erfahren.

„Kohortus Mellus!“

Der Angesprochene stand stramm. „Prokurator?“

„Ist es richtig, dass die Stadt Lydda unter die Zuständigkeit deiner Garnison fällt?“

„Ja, Prokurator.“

„Dann muss ich mich wundern, dass in jener Gegend eine Bande von Räubern völlig unbehelligt ihr Unwesen treiben kann!“

„Prokurator, ich brauche derzeit jeden Mann hier. Sobald das Pessachfest vorüber ist, werde ich mich dieser Banditen annehmen.“

„Das wird nicht nötig sein, denn ich habe die Sache bereits selbst erledigt. Was übrigens der Grund für meine Verspätung ist. Und wie du weißt, hasse ich Verspätungen.“

Etwas Demütigenderes hätte Mellus vor versammelter Mannschaft kaum widerfahren können und die Stimme des Pilatus ließ keinen Zweifel daran, dass er dies genauso sah.

„Man sollte denken, Mellus, du hättest aus den Fehlern der Vergangenheit gelernt. Anscheinend ist das Gegenteil der Fall.“

Ungefragt meldete sich der anwesende Tribun Tubero zu Wort. „Mir und dem Senator Salvius berichtete er von einer ruhigen Lage in der Stadt. Was ganz und gar nicht unserem eigenen Eindruck entsprach.“

Pilatus’ stechender Blick heftete sich auf den Tribun, der es gewagt hatte, ohne Aufforderung zu sprechen. Eine Zurechtweisung blieb Tubero jedoch erspart. Da dieser hochmütige Jüngling nun einmal der Neffe des Präfekten war, hielt sich der Statthalter von Judäa bedeckt.

„Ich höre, Tribun."

„Wir beobachteten einen Rabbi aus Galiläa, der in die Stadt einritt und sich von seinen Anhängern feiern ließ. Sie riefen ihn König. Findest du nicht auch, dass dies nach Rebellion riecht?"

Pilatus hatte wohl eher einen Bericht über ein Scharmützel in den Gassen der Unterstadt erwartet. „Der alte jüdische Königstraum. Waren diese Menschen bewaffnet?"

„Nein, aber was bedeutet das schon?"

„Hm", machte Pilatus.

„Damit nicht genug", fuhr Tubero selbstsicher fort, „dieser Galiläer sorgte heute Morgen im Tempel für Aufruhr."

Das ließ Pilatus nun doch aufhorchen. „Was ist geschehen?"

„Zeugen berichten einhellig, dass er wutschäumend die Tische der Geldwechsler und die Stände der Taubenhändler umstieß."

„Das hat er getan? Warum?"

„Weil er der Ansicht ist, der Tempel sei das Haus ihres Gottes und keine Räuberhöhle. Viele applaudierten ihm."

Beinahe hätte man denken können, dass sich Pilatus' Mundwinkel zu einem Lächeln hoben. „Da irrt sich dieser Rabbi aus Nazareth aber gewaltig: Der Tempel der Juden *ist* eine Räuberhöhle!"

Die Offiziere seines Stabes lachten.

„Ich finde das wenig amüsant", sagte Tubero säuerlich. „Einige der Priester haben sich über ihn beschwert. Sie fürchten um die Ordnung in ihrem verfluchten Tempel."

Pilatus sah nun Mellus fragend an – immerhin ein Zeichen, dass er trotz allem Zorn noch Wert auf seine Meinung legte.

„Wozu haben sie eine Tempelwache, wozu den Hohen Rat?", sagte der Kohortus achselzuckend. „Meiner Meinung nach ein harmloser Vorfall."

Tubero gab ein gehässiges Grunzen von sich. „Seiner Meinung

nach stellten auch die Banditen bei Lydda keine Gefahr dar. Die Tempelpriester jedenfalls behaupten, dass der Mann aus Nazareth sogar eine Gefahr für Rom darstellt."

Pilatus winkte ab. „Vor allem ist er eine Gefahr für sie selbst. Diese Priester lieben den Streit wie Hunde Schlachterabfälle. Sie misstrauen jedem, der ihnen keinen Honig ums Maul schmiert. Jeder weiß, dass ich mit aller Härte durchgreife, wenn es nötig ist. Aber das ist eine jüdische Angelegenheit, da werden wir uns nicht einmischen, Tribun."

„Das sehe ich anders, Prokurator. Wenn die Tempelwache sich nicht traut, gegen diesen wild gewordenen Rabbi einzuschreiten, weil er eine große Schar von Anhängern hinter sich weiß, dann liegt mehr als ein harmloser Streit in der Luft. Es könnte ein unruhiges Pessachfest werden."

Der Zenturio Cassius Longinus konnte es nicht länger ertragen, diesem eitlen Gecken zuzuhören. Und anders als Mellus oder der sonst kaum zimperliche Statthalter fürchtete er sich weder vor Seianus, der im fernen Rom weilte, noch sorgte er sich um seinen Posten. Er war alt, halbblind und würde ohnehin nicht mehr lange seinen Dienst verrichten können.

„Wie oft warst du schon in Jerusalem, Tribun?", rief er laut.

„Hast du gerade etwas zu mir gesagt, Zenturio?", fragte Tubero nach einem Moment allgemeiner Stille.

„Du hast mich gehört, Tribun. Vermutlich bist du zum ersten Mal hier, nicht wahr? Du warst noch nie in Palästina. Wie alt bist du? Neunzehn? Zwanzig? Weißt du eigentlich, was die Juden feiern, wenn sie Pessach begehen? Hast du dich jemals mit diesem Volk beschäftigt? Verstehst du, was sie bewegt?"

Longinus erhielt flüsternde Zustimmung von einigen, die in seiner Nähe standen. Salvius, der es vorzog, abseits all dieser rüden Soldaten zu stehen, glitt sogar ein Lächeln übers Gesicht. Dem Tribun blieb indessen der Mund offen stehen. Wie um Unterstützung nachsuchend wandte er sich an den Statthalter. Der aber sah ihn mit erhobenen Brauen an, als würde auch er gern Antworten auf all diese Fragen hören.

„Ist es hierzulande üblich, dass ein gewöhnlicher Zenturio einem Tribun unverschämte Fragen stellt?"

„Alte Schlachtrösser wie er schätzen ein klares Wort, das ist überall so", entgegnete der Statthalter ungerührt.

„Dieser Mann aus Galiläa wird für sein unfriedliches Verhalten also nicht zur Rechenschaft gezogen", konstatierte Tubero wie ein Richter, der einen unbelehrbaren Angeklagten vor sich hat.

Pilatus war an der Grenze seiner Geduld angelangt. Hatte Seianus wirklich keine helleren Köpfe mehr aufzubieten? Dann musste es in der Tat schlecht um ihn bestellt sein. Dieser Tribun wirkte nicht einmal besonders männlich. Und doch durfte er ihn nicht vor den Kopf stoßen. Man wusste ja nie, wie sich die Dinge entwickelten. Er machte einen tiefen Atemzug, um sich zu sammeln. Dann trat er Tubero entgegen und legte ihm eine Hand auf die Schulter. „Dieser Rabbi aus Nazareth – wie ist sein Name, mein Freund?"

„Sie nennen ihn Jesus."

„Ich möchte dich bitten, ihn gut im Auge zu behalten, damit es nicht zu Unruhen kommt."

„Das tue ich bereits."

„Ah, wie vorausschauend!"

„Der Kohortus sah sich dazu nicht in der Lage."

„Wie gut, dass es mutige Kerle wie ihn gibt", zischte Mellus spöttisch.

„Du hättest allen Grund, den Mund zu halten, Kohortus!", blaffte Pilatus ihn an. „Zwei meiner Männer wurden verletzt im Kampf gegen diese Wegelagerer, die du längst hättest eliminieren müssen."

Mellus senkte den Kopf und verbiss sich die Bemerkung, dass es solche Banden auch in der Umgebung von Caesarea gab, wo sie die Alte Straße Richtung Süden unsicher machten und nicht nur Pilger, sondern auch römische Steuereintreiber überfielen. Als ob sich

Gesindel, seien es Banditen oder rebellische Zeloten, jemals ausrotten ließ.

Pilatus rieb sich die Nasenwurzel, er wirkte jetzt müde. „Sie aufzustöbern nahm uns einen ganzen Tag. Wir haben sie getötet, bis auf drei. Wer leitet in diesem Schweinestall die Hinrichtungen?"

Longinus trat vor. „Das mache immer noch ich, Prokurator."

„Ha!", rief Tubero. „Der kluge Zenturio, der sich so gut mit Juden auskennt. Und am liebsten schlägt er sie ans Kreuz."

Pilatus ging nicht darauf ein. „Ich will diese Schurken kurz vor dem Fest gekreuzigt sehen, Zenturio. Das wird die Juden im Zaum halten. Keine kleinen Gnadenakte – du weißt, was ich meine."

„Verstanden, Prokurator."

„Deine Leute könnten in diesen aufgeregten Tagen sicherlich zwei tatkräftige Hände gebrauchen." Er wandte sich Mellus zu. „Ein Lagerkommandant sollte sich für solche Aufgaben nicht zu schade ein. Mit gutem Beispiel vorangehen, nicht wahr? Oder siehst du das etwa anders, Kohortus?"

„Nein, Prokurator."

„Du degradierst ihn?", fragte Tubero schadenfroh.

„Ich gebe ihm Gelegenheit zur Bewährung." Pilatus war für seine ungewöhnlichen Strafmaßnahmen bekannt. Für die Angeklagten, die vor seinem Richterstuhl standen, bedeuteten sie in der Regel Grausamkeit – im Interesse Roms, wie er zu sagen pflegte. Untergebene, die in seinen Augen versagt hatten, mussten sich Bloßstellung und Erniedrigung gefallen lassen. Insofern war Mellus nicht überrascht über Pilatus' gehässigen Einfall. Zumal der Statthalter als einer der Wenigen über seine Vergangenheit Bescheid wusste.

„Meinen Amtssitz werde ich wieder im Alten Königspalast nehmen", teilte Pilatus den Versammelten mit. „Meine Gemahlin wird morgen mit ihrem Gefolge in Jerusalem eintreffen. Senator Salvius, Tribun Tubero – selbstverständlich seid ihr meine Gäste."

„Mit Vergnügen", freute sich Salvius. Im Palast Herodes' des

Großen erwarteten ihn mehr Annehmlichkeiten als in der düsteren Festung.

„Hab Dank für die großzügige Einladung, Prokurator", entgegnete hingegen Tubero, „aber wenn du nichts dagegen hast, bleibe ich in der Antonia, damit ich meinen Pflichten gewissenhaft nachkommen kann."

„Wie du willst, Tribun." Pilatus nickte ernst, aber wer ihn kannte, sah ihm die Erleichterung an. Mellus, Longinus und die anderen Offiziere würden sich damit abfinden müssen, dass Seianus' Neffe ihnen noch ein Weilchen auf die Nerven fiel.

Im Haus des Lazarus herrschte am Abend große Aufregung: Die Mutter von Jesus, die das Pessachfest in Jerusalem verbringen wollte und sich einer Pilgergruppe aus Nazareth angeschlossen hatte, war unvermutet in Betanien erschienen. Zum ersten Mal seit Tagen sah Sara den Meister wieder lächeln.

Am Abend, als die Frauen unter sich waren und die Mutter ihres Meisters ehrfurchtsvoll ansahen, als sei sie die Erzmutter Israels, war es Maria von Magdala, die das Wort ergriff. „Noch gestern sprachen wir von dir und wünschten, du wärest unter uns, Maria. Wir sind erhört worden."

Sara fand es ungehörig, die Mutter von Jesus anzustarren, vermochte aber selbst nichts dagegen zu tun. Maria war eine völlig unscheinbare Frau, nicht wesentlich älter als die Magdalanerin. Ihr Schleier umrahmte ein feines Gesicht, darin ein Paar gefasster, blauer Augen. Es war merkwürdig: Obwohl sie alles tat, um kein Aufsehen zu erregen, erreichte sie das Gegenteil. Vielleicht war es ja auch nur das Wissen, dass sie die Mutter eines außergewöhnlichen Menschen war, das der Leute Aufmerksamkeit auf sie lenkte.

Einmal, kurz nachdem Jesus sie zur Jüngerin erklärt hatte, war Sara Zeugin einer denkwürdigen Begebenheit geworden. Damals, sie zogen durch die Dörfer Galiläas, war sie der Mutter des Meisters zum ersten Mal begegnet. Wie immer, wenn Jesus predigte, war er von einer großen Menschenmenge umringt gewesen, und seine Mutter sowie zwei seiner Brüder hatten nicht zu ihm durchdringen können. Jemand hatte Jesus benachrichtigt, seine Mutter und seine Brüder wollten ihn sehen. Und Jesus hatte erwidert: „Wer ist meine Mutter, wer sind meine Brüder? Wer den Willen meines himmlischen Vaters erfüllt, ist für mich Bruder und Schwester und Mutter!“ Natürlich hatte er später doch mit ihnen gesprochen, aber Sara hatte sich einmal mehr bestätigt gefühlt: Es war richtig gewesen, die Eltern zu verlassen und *ihm* nachzufolgen.

Hatte Maria zu jener Zeit womöglich noch Vorbehalte gegen die Sendung ihres Sohnes gehabt, so war davon heute nichts mehr zu spüren. Die reine, unverfälschte Herzlichkeit, mit der sich Mutter und Sohn begegnet waren, hatte Sara tief bewegt. Ja, es war gut, dass diese Frau nun bei ihnen war.

Lazarus' Schwester Maria vermochte die Fragen, die allen brennend auf der Seele lagen, nicht länger zurückzuhalten. „Wir denken darüber nach, warum dein Sohn in letzter Zeit alles so finster sieht“, sagte sie leidenschaftlich, das unwillige Stirnrunzeln ihrer Schwester Marta ignorierend.

„Jawohl, seine Prophezeiungen irritieren uns manchmal“, fügte Maria von Magdala bestätigend hinzu.

Jesu Mutter sah sie der Reihe nach an. „Was hat er denn gesagt?“ In ihrer milden Stimme glaubte Sara einen beunruhigenden Ton wahrzunehmen.

Die meisten senkten den Blick vor ihr. Welche Mutter wollte schon hören, dass ihr Sohn Todesahnungen äußerte? Deshalb ging es die Magdalanerin anders an.

„Du weißt selbst, dass die Worte deines Sohn nicht überall auf Gegenliebe stoßen. Manche Pharisäer und Schriftgelehrte würden ihn gern mundtot machen. Nicht nur einmal hat man uns vertrieben, und obwohl er in Jerusalem viele Anhänger hat, ist auch die Zahl seiner Gegner dort beträchtlich. Heute sind noch einige dazugekommen: Er war mit uns im Tempel, doch was er sah, gefiel ihm nicht, denn es ging dort zu wie auf einem Basar. Da wurde er zornig, beschimpfte die Geschäftemacher und stieß die Tische der Geldwechsler um. Nie haben wir ihn so aufbrausend erlebt. Wir machen uns Sorgen, weil er das Missfallen der Tempeloberen erregt hat, auch wenn seine Worte hundertmal wahr sind."

Jesu Mutter wirkte nachdenklich, doch eine Erklärung für das Verhalten des Sohnes schien auch sie nicht zu haben, jedenfalls kommentierte sie es nicht.

Sara fiel ein, dass sich Jesus schon am Morgen unterwegs in die Stadt seltsam verhalten hatte. Sie waren an einem Feigenbaum vorbeigekommen, von dem Jesus einige Früchte pflücken wollte. Aber er hatte nur Blätter gefunden. Daraufhin hatte er gesagt: „Nie wieder soll jemand eine Frucht von dir essen!" Was hatte er erwartet? Zu dieser Jahreszeit gab es keine Feigen, das wusste er so gut wie jeder andere.

„Sara, warum erzählst du ihr nicht, was dich vorgestern so befremdet hat?", sagte Susanna. Sie meinte es vermutlich gut, denn auch sie wollte tröstende Antworten hören, doch Sara wäre es lieber gewesen, sie hätte geschwiegen.

„Nun ja, als wir nach Jerusalem kamen, gefiel es ihm, auf einem Esel in die Stadt einzureiten. An den Straßen standen die Menschen und jubelten ihm zu. Es war das erste Mal, dass er den Einzug in eine Stadt auf solche Weise inszenierte."

Schon bereute Sara, die Sache erwähnt zu haben, denn Maria sah sie lange an, bis endlich ein Strahlen über ihr Gesicht flog.

„Sagt der Tochter Zion: Siehe, dein König kommt zu dir. Er ist sanftmütig und reitet auf einer Eselin", zitierte sie in ruhigem Ton aus der Heiligen Schrift. Und dann, leiser, als offenbarte sie den Anwesenden ein lange gehütetes Geheimnis: „Ihr treuen Frauen, sorgt euch nicht: Er ist gekommen, um alles neu zu machen!"

17

In aller Frühe brach Jesus mit seinen Jüngern erneut von Betanien nach Jerusalem auf. Sara hatte Mut geschöpft. Alles was Jesus sagte oder tat, musste einen tieferen Sinn haben, wenn dieser auch nicht immer gleich ersichtlich war. Er war der Messias! Wer von denen, die ihn begleiteten, wollte daran noch zweifeln? Seine Mutter Maria hatte es vermutlich schon vor seiner Geburt gewusst. Jesus war der Messias, den die alten Propheten angekündigt hatten, wie sollte ihm da Unheil widerfahren? Sara hatte gesehen, wie er Aussätzige heilte, Lahme gehend und Blinde sehend machte; sie war dabei gewesen, wie er Lazarus zum Leben erweckte, obwohl dieser schon vier Tage in seinem Grab gelegen hatte – was konnte man einem solchen Menschen schon anhaben?

Maria von Magdala, an deren Seite Sara schritt, war ähnlich hochgestimmt. Lachend erinnerten sich die beiden Frauen an Begebenheiten der vergangenen Monate, an manches konsternierte Gesicht von Synagogenvorstehern und Schriftgelehrten, die Jesus grobes Fehlverhalten vorwarfen und erfahren mussten, dass der Getadelte die Heiligen Schriften weit besser kannte als sie.

Eine Gruppe von Jüngern war am Wegrand stehen geblieben und offensichtlich in eine ernste Debatte vertieft. Jesus, seine Mutter und einige andere waren schon vorausgegangen.

„Nun, Matitjahu, schmerzen euch etwa schon die Füße?“, fragte Maria einen der Männer.

Der Angesprochene kratzte sich ratlos den Kopf.

„Was ist?“, drängte sie mit nervöser Neugier.

„Er ist verdorrt, bis zu den Wurzeln“, kam es heiser zurück.

„Wovon sprichst du?“

Ein anderer Jünger, Judas Iskariot, wies auf den Feigenbaum, der nur wenige Schritte abseits des Weges im Feld wuchs. „Erinnert ihr euch denn nicht? Der Meister hat ihn gestern verflucht."

Maria und Sara erkannten, dass der Baum nur noch morsches Holz und welkes Laub war.

Zenturio Cassius Longinus hatte es sich zur Gewohnheit gemacht, alle Delinquenten persönlich in Augenschein zu nehmen. So suchte er an diesem Morgen mit seinen beiden Gehilfen Zadok und Stephaton die drei von Pilatus dingfest gemachten Banditen auf, die nicht wie ihre Kumpane das Glück gehabt hatten, unter den Schwerthieben der Römer einen vergleichsweise raschen Tod zu finden.

Piso, der Kerkermeister – man nannte ihn nur Aleator, weil er ein Meister des Würfelspiels war –, hielt eine Fackel. Er führte die Ankömmlinge in ein enges Verlies, wo die Todgeweihten mit schmerzhaft nach hinten gestreckten Armen an die Mauer gekettet waren, vorn überhängend wie Blätter einer Dattelpalme. Immer, wenn Stephaton dieses Loch betrat, kehrten die Erinnerungen an die grausigen Tage in Antipas' Kerker zurück. Doch er hatte gelernt, sich jedes Mitleid mit den Verurteilten zu verbieten.

Longinus ließ sich die Fackel reichen und leuchtete den Gefangenen der Reihe nach in die Gesichter. Es waren junge Kerle, nicht besonders kräftig, vermutlich hatten sie ihr Leben lang unter Entbehrungen gelitten.

„Gibt es einen Anführer unter euch Halunken?", fragte Longinus seufzend.

„Und falls ja, was dann?", ächzte der allem Anschein nach Älteste der drei. „Bekommt der ein besonders schönes Kreuz?"

Unbeeindruckt musterte Longinus sein bärtiges, hohlwangiges Gesicht. „Ah, ich verstehe: *Du* bist der Anführer dieser jämmerlichen Truppe. Wie heißt du?"

Der Gefragte schwieg. Zadok versetzte ihm eine heftige Backpfeife. „Der Zenturio hat dich etwas gefragt!"

„Was nützt es, wenn ich meinen Namen nenne?"

Zadok beugte sich herab, sodass ihre Gesichter sich beinahe berührten. „Manchmal gefällt es dem Statthalter, Namensschilder an die Kreuze anzubringen. Da müssen wir doch wissen, was darauf geschrieben stehen muss, oder etwa nicht?"

„Wenn das so ist. Ich heiße … Bar Abbas!"

Longinus schnalzte missbilligend. „Wir sind nicht so dumm wie du glaubst, *Bar Abbas, Sohn des Vaters*: Das ist kein Name! Sogar ein Römer weiß das."

„Mir gefällt er aber."

„Wie du meinst, dann heißt du eben Bar Abbas." Longinus ging zum Nächsten und packte ihn am Kinn. „Du! Dein Name!"

Ein unverständliches Röcheln war die Antwort.

„Wir können dich nicht verstehen!", bellte Zadok ihn an.

„Er heißt Dismas", sagte Bar Abbas.

„Und der andere?"

„Gestas."

„Bar Abbas, Dismas und Gestas – eure Mütter können wirklich stolz auf euch sein." Zadok fühlte sich sichtlich wohl, das war die Rolle, die ihm gefiel.

„Was man von deiner Mutter kaum behaupten kann", knirschte Bar Abbas. „Ein Jude als Henkersknecht der Römer – sie sollten dich mit uns zusammen kreuzigen!"

Selbst im Zwielicht des Verlieses sah Stephaton, wie sein Kamerad zornesrot anlief. Ein Jude erkannte seinesgleichen, ob Zadok das gefiel oder nicht. Dieser hob die Hand, um ihn abermals zu schlagen, aber Longinus untersagte es ihm mit einer barschen Handbewegung.

„Es reicht, Zadok!" Er wandte sich an den Wächter. „Ihre Schultern sind schon aus den Gelenken gerissen", stellte er vorwurfsvoll fest.

Piso Aleator breitete die Hände aus. „Auf Befehl des Tribunen habe ich sie auf diese Weise angekettet."

„Dieser Tubero treibt mich noch in den Wahnsinn“, stöhnte Longinus.

„Sei unbesorgt, das habe ich nicht gehört, Zenturio“, scherzte Piso.

„Du wirst ihnen die Ketten wieder auf die übliche Weise anlegen, verstanden?“

„Und wenn der Tribun etwas dagegen hat?“

„Befehl des Prokurators: Keine Gnadenakte für die Verurteilten! Wenn sie mit ausgekugelten Schultern am Kreuz hängen, wäre das wie *crurifragium*.“

„Ja, das leuchtet ein“, nickte Piso.

„Zugehört!“, wandte sich Longinus von Neuem an die Gefangenen, „der Statthalter zieht es vor, Übeltäter eurer Sorte auf härteste Weise zu bestrafen. Mit Barmherzigkeit dürft ihr nicht rechnen. Wenn ihr aber keine Scherereien macht, wenn ihr niemanden beschimpft, beleidigt oder verflucht auf dem Weg zur Richtstätte, wenn ihr brav euer *Patibulum* tragt und euch nicht windet wie Aale, sobald ihr ans Kreuz müsst, wenn ihr eure Strafe auf euch nehmt wie Männer, dann verspreche ich, dass wir euch keinen Moment länger leiden lassen als nötig. Ich habe schon genug Menschen am Kreuz sterben sehen, es gibt nichts, womit ihr mir das Leben schwermachen könntet. Doch es gibt einiges, was ich tun kann, um euer Leben am Holz zu verlängern, und glaubt mir, das wollt ihr nicht. Ich will es auch nicht, aber letztlich liegt es allein bei euch!“

„Verlockendes Angebot“, höhnte Bar Abbas.

„Jetzt magst du den Mund noch voll nehmen, *Sohn des Vaters*, aber wenn es so weit ist, bist du besser klug und hältst dich an das, was ich gerade gesagt habe.“ Er nickte seinen beiden Dienern zu. „Seid so gut und helft unserem Freund Aleator, die Gefangenen in eine andere Lage zu bringen.“

„Mit Vergnügen“, murmelte Zadok.

„Du krümmst ihnen kein Haar, verstanden?“

„Ja, Herr.“

Longinus machte sich davon. Mit vorgestülpter Unterlippe blickte der Wächter ihm nach. „Sieht er denn überhaupt noch, wohin er geht?“, fragte er leise.

„Keine Sorge, er kennt die Antonia besser als ein Säugling seine Wiege“, versicherte ihm Stephaton.

„Und Golgota ist praktisch seine zweite Heimat“, fügte Zadok hinzu. „Dorthin trägt ihn ja immer noch der gute Pollux.“ Vor Bar Abbas, den er zum Erzfeind erkoren hatte, ging er in die Hocke. „Lass mich noch einen Blick auf deine Handgelenke werfen, Großmaul, damit ich weiß, welche Nägel ich für dich aussuchen muss. Hier, genau hier werden sie dir ins Fleisch getrieben. Ich denke, ich werde die besonders großen nehmen. Wir wollen schließlich nicht, dass du vom Kreuz herabsteigst, nicht wahr?“

„Du wärst der Erste, den ich dann umbringe, Hurensohn.“

„Lass ihn!“, sagte Stephaton mahnend, weil Zadok erneut die Fäuste ballte. „Was ihn erwartet, ist mehr als genug, um ihn für alle Frechheiten, die er jemals beging, zu bestrafen.“

„Was mich erwartet“, keuchte Bar Abbas, „liegt nicht in eurer, sondern in Gottes Hand.“

Piso lachte. „Hört, hört! Fromme Straßenräuber wie dich haben wir noch selten gekreuzigt.“

Zadok spuckte aus. „Schon bald wirst du schreiend wie ein gebärendes Weib am Kreuz hängen, *Bar Abbas,* und dein Gott wird völlig machtlos sein.“

„Genug geschwatzt.“ Piso zückte den Schlüsselbund. „Ihr habt gehört, was der Zenturio gesagt hat!“

Als Stephaton und Zadok wenig später den Innenhof der Antonia überquerten, eilte ein Legionär zielstrebig auf sie zu. „Tribun Tubero will dich sehen!“, sagte er zu Stephaton.

„Mich? Wozu?“

„Hat er nicht gesagt. Vielleicht will er ja, dass du ihm etwas vorspielst.“ Er grinste und zwinkerte mit einem Auge.

„Wohl kaum“, sagte Stephaton düster.

Zadok runzelte die Stirn. „Sagte ich dir nicht, dass du ihn meiden sollst?“

„Genau das habe ich getan. Was will er von mir?“

„Du wirst es gleich erfahren. Zeig dich unterwürfig und sei nicht schnippisch. Gib ihm keinen Grund, dich zu bestrafen.“

„Solche Ratschläge aus *deinem* Mund, Zadok. Man sollte es nicht für möglich halten.“

„An deiner Stelle würde ich ihn nicht zu lange warten lassen“, empfahl der Bote.

Stephaton machte sich auf den Weg. Unweit der Offiziersmensa hatte sich der Tribun eine Dienststube einrichten lassen. Der Wachmann ließ Stephaton eintreten. Wie thronend saß Tubero hinter einem Pult und sah dem Ankömmling mit vorgeschobenem Kinn entgegen.

„Mir scheint“, begann er mit gefährlich leiser Stimme, „du hattest es nicht sonderlich eilig, meiner Aufforderung nachzukommen.“

„Ich kam, so schnell ich konnte“, versicherte ihm Stephaton ruhig.

Tubero lehnte sich in seinem Stuhl zurück und verschränkte die Arme vor der Brust. Goldene Armbänder umspannten seine Handgelenke. Er musterte Stephaton von oben bis unten, als hielte er auf dem Sklavenmarkt Ausschau nach einem neuen Hausdiener.

„Deine Zeit in der Antonia läuft bald ab!“

Stephaton nickte knapp.

„Ich kann dich nicht hören, Grieche.“

„Ja, Tribun. Meine Dienstzeit ist bald vorbei.“

„*Dienstzeit.*“ Das Wort missfiel dem Tribun. „Jedenfalls hoffe ich, dass du geläutert bist. Den Kaiser zu beleidigen, ist keine Bagatelle. Du kannst von Glück sagen, dass du einflussreiche Fürsprecher hattest. Mein Onkel, der Präfekt, hätte dich vermutlich nicht so glatt davonkommen lassen.“ Er beugte sich leicht vor und senkte die Stimme. „Aber zum Glück weiß er ja nichts von der Sache, nicht wahr?“

Das war unzweifelhaft eine Art Drohung. Stephaton schwieg.

„Gleichwohl habe ich entschieden, deine Loyalität ein letztes Mal auf die Probe zu stellen. Du wirst mir in den nächsten Tagen zu Diensten sein, verstanden?“

„Ich diene dem Zenturio Longinus, Tribun.“

„Von jetzt an dienst du mir. Der Statthalter gab mir die Vollmacht, mich des Personals nach meinem Belieben zu bedienen.“

„Wenn das so ist, stehe ich dir natürlich zur Verfügung, Tribun.“ Zadok hatte recht behalten mit seinem Argwohn. Was immer dieser Tribun auch im Schilde führte, Stephaton würde ihm keine Angriffsfläche bieten.

„Du sprichst die schreckliche Sprache dieser Juden?“

„Ja, Tribun.“

„Ich habe einen kleinen Trupp zusammengestellt, um die Lage in der Stadt und rund um den Tempel auszukundschaften. Du wirst mich begleiten, als mein persönlicher Diener. Zivile, griechische Kleidung, keine Waffen! Du wirst dir den Bart abscheren, damit man dich nicht gleich erkennt! Finde dich in einer Stunde hier ein – wegtreten!“

Tuberos Trupp bestand genau genommen nur aus ihm selbst und dem frisch rasierten Stephaton. Seine militärische Uniform hatte der Tribun gegen eine einfache, blaue Tunika getauscht, auch die Armbänder hatte er abgelegt. Dass er sich derart unprätentiös und zudem waffenlos zeigte, überraschte Stephaton. Tubero wollte keine Aufmerksamkeit erregen, was ihm in der Gewandung eines Tribuns kaum gelungen wäre.

Ohne Eskorte verließen sie die Antonia und schritten schweigend die Westseite des Tempels entlang. Der Tag war heiß und drückend, doch die gewaltigen Mauern zu ihrer Linken warfen kühlenden Schatten. Immer wieder mussten sie sich durch Menschenmassen pflügen.

„He, du – bist du nicht einer von diesen römischen Henkersknechten?", wurde Stephaton von einem alten Wasserverkäufer gefragt. Soeben hatten sie das Tor der alten Mauer, die an die westliche Tempelmauer grenzte, durchschritten. „Nein", antwortete er mit einem Zischen, „und wenn du deine letzten Zähne noch ein wenig behalten willst, dann hältst du besser den Mund."

„Was hat der Alte gesagt?", forschte Tubero, indem sie ihren Weg fortsetzten.

„Er bat um ein Almosen."

Tubero schüttelte seufzend den Kopf. „Almosen – die ganze Welt will immer nur Almosen."

Sie gelangten zu den Tempeltreppen an der Südseite des Gebäudes. Tubero blieb stehen und fasste Stephaton am Arm. „Hör mir zu: Ein galiläischer Rabbi namens Jesus hat gestern im Tempel heftigen Wirbel verursacht, die Tische der Händler umgestoßen und herumgebrüllt wie ein Opferstier. Ich will wissen, ob dieser Mann auch heute wieder den Tempel besucht. Eine Schar von Anhängern begleitet ihn, wir aber wollen uns unauffällig verhalten und ihn nur beobachten. Wie weit darf man in den Tempel hineingehen?"

„Da wir keine Juden sind – bis zum Vorhof der Heiden. Sagtest du, dass dieser Jesus aus Galiläa kommt?"

„Kennst du ihn etwa?"

Stephaton zögerte. „Nein, ich glaube nicht."

„Also, vorwärts!"

Der Vorhof der Heiden, den sie durch ein hohes Doppeltor betraten, war ein weiter Platz, umgeben von prachtvollen Säulenhallen. Es wimmelte von Menschen, sodass es Stephaton schwerfiel sich vorzustellen, wie ein einzelner Mann hier Aufsehen erregt hatte.

Tubero sah sich um. Die Dimensionen des Baues schienen ihn zu beeindrucken, selbst in Rom gab es nicht solche Tempel. Stephaton erkundigte sich bei einem der Geldwechsler nach dem Rabbi Jesus. Statt einer Antwort verzog dieser sein Gesicht, als habe er in einen sauren Granatapfel gebissen. Mit dem Kinn wies er auf eine Menschentraube, die sich vor den Säulen am Rand des Hofes gebildet hatte.

„Er ist dort“, beschied Stephaton dem Tribun.

„Komm mit!“, befahl Tubero.

Zwei weißbärtige Männer, deren Gewänder sie als Tempelpriester auswiesen, schälten sich soeben mit steinernen Mienen aus der Menge. Ein dritter, der ihnen folgte, gestikulierte lebhaft mit seinen Händen. „Es war töricht, mit ihm vor all diesen Leuten über den Täufer zu sprechen. Ihr solltet ihn nur fragen, wer ihm seine Vollmacht gegeben hat.“

„Nicht wir fragten ihn nach dem Täufer, sondern er uns“, antwortete ihm einer der Gescholtenen verdrießlich. Was immer sie über den Täufer gehört und gesprochen hatten, war ihnen übel aufgestoßen. Rasch nutzten Stephaton und Tubero die Gelegenheit, in die entstandene Schneise vorzudringen, bis sie den Rabbi endlich zu Gesicht bekamen. Für einen Moment blieb Stephaton das Herz stehen: Ohne Zweifel war dieser Mann jener Jesus, den er vor gut zwei Jahren auf dem grünen Hügel bei Kapernaum hatte predigen hören. Der ihn mehr beeindruckt hatte, als er das je von einem jüdischen Prediger, nein von einem Menschen für möglich gehalten hätte. Nach wie vor umgab ihn das Charisma erfrischender Autorität, wenn seine Züge auch ernster, härter, bekümmerter geworden waren und die Augen tiefer in ihren Höhlen zu liegen schienen. Jetzt, nach dem Abgang der drei Priester, war es eine Gruppe von vier, fünf Pharisäern, die ihn für sich einnahm. Einer hob die Hand, damit ringsherum Ruhe einkehrte und jeder die Worte, die er an Jesus richten wollte, verstand.

„*Jeschua ben Joseph*, du bist ein weiser und kluger Mann, niemand kann das in Abrede stellen“, begann er salbungsvoll. „Du hältst dich stets an das Wort Gottes und nimmst dabei keine Rücksicht auf falsche Befindlichkeiten, weil dir die Wahrheit wichtiger ist. Wir möchten dir gern eine Frage stellen, die uns auf dem Herzen liegt, weil die Meinungen hierüber geteilt sind. Eine

Antwort aus deinem Mund könnte diese Verwirrung hoffentlich beenden."

„Sprich!", forderte Jesus ihn auf.

Der Mann und seine pharisäischen Mitstreiter wechselten noch einige schnelle Blicke. Man musste blind oder dumm sein, dachte Stephaton bei sich, um nicht zu erkennen, dass sie Arges im Schilde führten.

„Sag uns, Rabbi", hob der Pharisäer an, und die Frage kam wie ein Pfeilschuss, „ist es uns erlaubt, dem Kaiser Steuern zu zahlen, oder nicht?"

Unter den Umstehenden entstand Geraune. Die Brisanz der Frage war selbst dem Nichtjuden Stephaton bewusst. Antwortete er mit ja, würde er viele seiner Anhänger verprellen, antwortete er mit nein, so konnte ihm das als Aufruf zur Rebellion ausgelegt werden.

„Was hat der Pharisäer gefragt?", flüsterte Tubero.

„Ob es den Juden erlaubt ist, dem Kaiser Steuern zu zahlen."

Falls Jesus durch die Frage verunsichert war, so zeigte er es nicht. „Zeigt mir einen Denar", sagte er völlig ruhig.

„Was sagt er?", verlangte Tubero zu wissen.

„Er will einen Denar sehen!"

„Hat einer von euch einen Denar?", rief der Wortführer der Pharisäer.

Tubero reichte Stephaton eine Münze. „Ein Denar, bring ihm den! Ich bin schon sehr gespannt auf seine Antwort."

Stephaton sträubte sich und hoffte, dass jemand anderer ihm zuvorkäme. Aber keiner schien einen Denar bei sich zu tragen. „Los, mach schon", mahnte ihn der Tribun.

Als die Leute merkten, dass er Jesus die Münze bringen wollte, machten sie ihm bereitwillig eine Gasse frei. Jesus sah ihm tief in die Augen, als er den Denar in die Hand nahm. Stephaton wurde abwechselnd heiß und kalt. Schon einmal hatte der Rabbi ihn auf diese Weise angesehen. Erkannte er ihn etwa wieder?

Ihr seid das Salz der Erde!

Stephaton hatte schon lange nicht mehr an diese Worte gedacht, doch urplötzlich kamen sie ihm wieder in den Sinn. Jesus stellte ihm eine Frage. „Kannst du mir sagen, wessen Bild und Aufschrift auf dieser Münze geprägt ist?" Er hatte sie sich noch nicht einmal genau angesehen.

Stephaton räusperte sich. „Die des Kaisers."

„Danke." Mit einem Lächeln reichte Jesus ihm das Geldstück zurück. „Der Denar trägt die Aufschrift des Kaisers!", belehrte er den Fragesteller, als sei dieser ein Schüler. Und zu allen, laut: „Also sollt ihr dem Kaiser geben, was dem Kaiser gehört! Gott aber sollt ihr geben, was Gott gehört!"

Die Mienen der Pharisäer glichen jetzt denen der Priester, die vorhin fluchtartig verschwunden waren. Einige Zuhörer lachten, andere klatschten beifällig, wieder andere winkten ab, weil ihnen die Antwort nicht gefiel. Die meisten aber schienen in Ehrfurcht erstarrt zu sein, als sei ihnen einer der alten Propheten persönlich begegnet. Auch Stephaton sehnte sich nach Stille, doch der unsägliche Tubero erwartete ihn bereits. Wie benommen ging er zu ihm, nicht ahnend, dass jemand aus der Schar der Jünger den Blick nicht von ihm abwenden konnte.

„Was ist?" Tuberos ungeduldiges Flüstern war so unangenehm wie ein Mückenschwarm. „Hat er dazu aufgerufen, dem Kaiser keine Steuern zu zahlen?"

„Ganz im Gegenteil", brummte Stephaton.

„Im Gegenteil? Was bedeutet das?"

„Er forderte die Leute auf, brav ihre Steuern zu entrichten und das Beten nicht zu vergessen."

„Beten? Wieso beten?"

„Sie sind Juden. Was willst du hören? Bist du enttäuscht, dass du keinen Rebellen entlarven kannst?"

„Vergiss nicht, mit wem du sprichst, Grieche."

Stephaton biss sich auf die Lippen, hatte er sich doch fest vorgenommen, den eitlen Tribun nicht herauszufordern? Von hinten legte sich eine Hand auf seine Schulter. Sie war zart, warm, sanft und vertraut. Stephaton riss den Kopf herum und glaubte sich einer Ohnmacht nahe.

„Tabita“, kam es kaum hörbar von seinen Lippen.

18

Sie führte ihn aus der Menge. Ihr Herz hämmerte vor Aufregung und Glück – wie oft hatte sie diesen Moment des Wiedersehens in ihren Gedanken erlebt? Ausgerechnet im Jerusalemer Tempel geschah es jetzt. Sie hielten auf ein Plätzchen hinter den Säulen zu, wo sie halbwegs ungestört sprechen konnten. Als sie sich gegenüberstanden, hätte Sara alles darum gegeben, dass er sie in die Arme nahm. Doch Stephaton war sichtlich verwirrt, als wähnte er sich in einem Traum. Zudem war der Tempel kein geeigneter Ort für ein leidenschaftliches Wiedersehen, die Tempelwachen würden es nicht dulden, wenn sie sich um den Hals fielen.

„Tabita", hauchte Stephaton ein weiteres Mal.

„Ich bin kein Geist", sagte sie lächelnd.

„Aber … was machst du in Jerusalem?"

„Das Pessachfest", sagte sie nur.

Er ließ den Blick umherschweifen. „Wo sind deine Eltern?"

Sie nahm seine Hände. „Freust du dich denn nicht, mich wiederzusehen?"

„Was sagst du da? Es ist der schönste Augenblick seit Langem für mich." Endlich traute er sich, ihr einen sanften Wangenkuss zu geben. Sie schloss die Augen und spürte, wie sehr es ihn danach verlangte, seine von Verunsicherung geprägte Zurückhaltung aufzugeben.

„Stephaton, Liebster! Du bist hager geworden."

„Und würden sie mich mästen und mit Gold überschütten – es wäre unerträglich, solange ich fern von dir bin." Er sah sie eindringlich an. „Tabita! Schon bald werde ich nach Tiberias zurückkehren."

Sie wich seinem Blick aus. Ein silbergrauer Schleier umrahmte ihr Gesicht, das zu sehen er sich so sehr gesehnt hatte. Stephaton durchfuhr ein eisiger Schreck: dass im Tempel alle Frauen einen Schleier trugen, war ihm in diesem Moment nicht bewusst.

„Haben sie dich … verheiratet?“

„Nein, Stephaton. Sie haben mich nicht verheiratet.“ Die Art und Weise, wie sie es aussprach, trug nicht zu seiner Beruhigung bei.

„Was ist mit dir, Sara? Bist du dir deiner Liebe nicht mehr sicher? Sag es mir frei und offen. Ich könnte es gut verstehen.“ Wenn auch kaum ertragen, fügte er in Gedanken hinzu.

„Glaubst du etwa, ich würde *dies* seit zwei Jahren bei mir tragen, wenn du mir gleichgültig geworden wärst?“ Aus einer Tasche ihres Kleides hatte sie die tönerne Gazelle hervorgeholt. Was Stephaton nun doch erleichterte.

„Hauptmann Joram hat also Wort gehalten. In manchen Träumen sah ich dich schon mit ihm zusammen an unserem Platz am See. Er ist ein stattlicher Mann, nicht wahr? Und ein Jude obendrein.“

„Ein wenig mehr Vertrauen hättest du mir schon schenken können“, erwiderte sie mit belegter Stimme.

„Vergib mir. Von heute an will ich nie wieder argwöhnisch sein.“ Erneut sah er sich um. „Wer begleitet dich, Tabita? Dein Vater – ich kann ihn nirgends sehen.“

Sara stöhnte innerlich. Schon oft hatte sie im Geiste die Worte erwogen, die nun ausgesprochen werden mussten. „Stephaton, ich bin eine Jüngerin Jesu.“

Er öffnete den Mund, um etwas zu sagen, aber kein Laut wollte ihm über die Lippen kommen.

„Ich sah ihn Dinge tun, die nie ein Mensch zuvor vollbrachte.“

Stephaton fand seine Sprache wieder, doch seine Antwort klang kühl und distanziert. „Ah, Jesus, der große Magier.“

„Kein Magier! Er ist der Messias, Stephaton! Er ist der, von dem unsere heiligen Schriften berichten.

„Wenn das so ist, freue ich mich für dich und für alle Juden.“

„Ich glaube fest, dass er der Messias aller Menschen ist.“

„So? Auch der Messias der Römer? Von wem wird er sie wohl erlösen? Von sich selbst?"

„Es geht ihm nicht um irdische Reiche. Gewalt ist ihm ein Gräuel."

Stephaton fühlte sich, als habe ihm jemand in die Magengrube geboxt. Offenbar hatte Sara *nicht* zwei Jahre lang mit Sehnsucht im Herzen auf ihn gewartet. „Gewalt ist ihm ein Gräuel? Das muss er wohl vergessen haben, als er gestern hier einen Tumult auslöste."

Sara legte ihm eine Hand auf die Wange. Er aber sah zur Seite.

„Sagtest nicht vorhin, du würdest nie wieder argwöhnisch sein?" Wenn er doch endlich seinen Trotz überwinden könnte.

„Ja. Als ich noch nicht wusste, dass du mit diesem Rabbi umherziehst."

„Er ist nicht mein Geliebter. Wie kannst du solches auch nur denken?"

„Wie kann ich wissen, was ich denken soll? Ich weiß nur, dass seit zwei Jahren keine Stunde vergangen ist, in der ich nicht an dich gedacht hätte. Alles, was unerträglich war, ertrug ich dennoch mit dem Gedanken an meine Rückkehr nach Tiberias. Eine Zukunft ohne dich war für mich unvorstellbar. Warum hast du mir keine Nachricht zukommen lassen? Dann hätte ich wenigstens Zeit gehabt, mich damit abzufinden."

Über ihre Wange rollte eine Träne. „Meine Entscheidung für ihn ist keine gegen dich."

„Gut. Geh nach dem Pessachfest nach Tiberias zurück, und schon bald werde ich dir folgen. Dann will ich zu deinem Vater gehen und um deine Hand anhalten. Ich will ein guter Jude werden, glaub mir, ich will alles dafür tun, dass du meine Frau werden kannst. Du wärst nicht die erste Jüdin, die einen Griechen heiratet."

„Ich bin seine Jüngerin, Stephaton. Ich kann ihn nicht einfach im Stich lassen. Wer ihm nachfolgt, trifft eine Entscheidung für sein ganzes Leben."

Er schluckte heftig. „Also ist es doch eine Entscheidung gegen mich!“ Schon wollte er sich abwenden, zu gewaltig war der Sturm der Enttäuschung, der in ihm tobte. Doch Sara hielt ihn fest.

„Nein! Auch du kannst ihm nachfolgen, Stephaton“, behauptete sie. Nicht nur von Tränen glänzten ihre Augen.

„Ich soll ihm nachfolgen, damit ich dich nicht verliere?“ Er schüttelte fassungslos den Kopf.

„Du hast ihn doch damals gehört, an jenem Hügel bei Kapernaum. Erinnerst du dich an diesen wunderbaren Tag?“

„Ja. Vor allem erinnere ich mich, dass ich unendlich glücklich war, weil du an meiner Seite saßest.“

„Es war mehr als glückliche Zweisamkeit, Stephaton. Auch du warst von seiner Rede beeindruckt, leugne es nicht.“

„Muss ich deshalb mein ganzes Leben nach ihm ausrichten? Der Rabbi mag ein bemerkenswerter Mensch sein, weise und klug, aber er hat kein Recht, dich mir wegzunehmen.“

„Er nimmt niemandem etwas weg, Stephaton. Im Gegenteil, er gibt den Menschen, die sich auf ihn einlassen, alles. Ich will mit ihm reden, er würde dich nicht fortschicken. Er schaut bis auf den Grund der Seele eines Menschen – und deine Seele ist gut und rein, das weiß ich genau.“

„Nichts weißt du, Sara“, erwiderte er mit enger Kehle. „Seit ich in dieser verfluchten Stadt bin, habe ich Dinge getan, die mir früher das Blut in den Adern hätten gefrieren lassen. Dein Jesus würde mich eher verfluchen.“

„Das ist nicht wahr. *Nicht die Gerechten brauchen den Arzt!*, sagte er. Selbst Steuereintreiber und Dirnen finden bei ihm Gehör.“

„Beruhigend zu hören, mit welchen Leuten er sich abgibt. Ja, jetzt hast du mich wahrlich überzeugt.“ Wieder wollte er sie stehen lassen.

Sara gab nicht auf. „Wenn du mich wirklich liebtest, würdest du das Wagnis eingehen.“

„Ich soll mit der Frau, die ich liebe, an der Seite eines Predigers durchs Land ziehen? Wie stellst du dir das vor, Sara? Was ist mit unserer Zukunft? Wollten wir nicht ein Heim und viele Kinder haben? Die Welt des Jesus mag eine lobenswerte sein, aber sie ist nicht meine. Entscheide dich zwischen ihm und mir – aber das hast du ja bereits getan."

„Stephaton, Liebster …"

„Und im Übrigen", er senkte die Stimme, „im Übrigen gibt es Menschen, Juden wie Römer, die deinem Rabbi nicht wohlgesonnen sind. Sobald man einen Grund findet, ihn festzunehmen, wird das auch für seine Jünger gefährlich."

„Der Messias steht unter Gottes Schutz. Er tut nichts Böses, Stephaton, nur Gutes. Er predigt auch keinen Aufruhr, du hast es doch vorhin selbst gehört. Als du ihm die Münze reichtest, da war ich selig vor Freude. Nicht nur, weil ich dich endlich wiedersah, ich dachte, es sei unmöglich, dass der göttlicher Funke, der ihm innewohnt, nicht auf dich überspringen könnte."

„Eine bauernschlaue Antwort macht aus einem Menschen keinen Halbgott, Sara."

„Wer ist sie?", fragte da eine lauernde Stimme.

Tubero hatte ihn also gefunden.

„Eine Person aus meinem früheren Leben", antwortete Stephaton.

„Was du nicht sagst. Habe ich dir etwa erlaubt fortzugehen?"

Grußlos wandte sich Stephaton von Sara ab und folgte dem Tribun.

„Die kleine Jüdin sah aber nicht sehr glücklich aus."

„Sind wir hier fertig, Tribun?"

„Strapaziere meine Geduld nicht, Grieche. Der Rabbi hat noch vieles gesagt, nur konnte ich leider nichts verstehen, weil du es ja vorgezogen hast, dich mit diesem Weibsbild zu amüsieren. Vorwärts, noch ist der Rabbi an Ort und Stelle und wird von den Leuten regelrecht belagert."

Stephaton versuchte sich auf die Predigt zu konzentrieren. Jene Fragesteller, die ihm Schlingen legen wollten, hatte Jesus bereits in die Flucht geschlagen. Als er zum Ende kam und mit seinen Jüngern den Tempel verließ, beschloss auch Tubero, zur Antonia zurückzukehren. Unterwegs ließ er sich von Stephaton einen zusammenfassenden Bericht über die Worte des Rabbi geben.

Den Rest des Tages plagte sich der zerrissene Stephaton mit Selbstvorwürfen. Wenigstens ließ der Tribun ihn vorläufig in Ruhe. Da auch Zenturio Longinus keine besondere Beschäftigung für ihn hatte, ging er in das Gerätelager, wo ihm niemand auf die Nerven fallen konnte. Während er die Bestände prüfte – es standen ja bald wieder Hinrichtungen an –, fragte er sich unentwegt, welcher Ungeist ihn beherrscht haben mochte, als er Saras fromme Schwärmereien mit beißendem Spott kommentierte. Denn eines war sicher, er liebte sie immer noch.

Eine Person aus meinem früheren Leben! Er hätte schreien, sich ohrfeigen, alles um sich herum zerschlagen können, weil er dies gesagt hatte. Sara war sein Leben, daran änderte auch ein Jesus nichts. Womöglich kam sie ja zur Besinnung, wenn der Spuk um ihren Meister ein Ende fand. Diese Pharisäer, Sadduzäer, Tempelpriester, Ratsmitglieder, Schriftgelehrten – sie alle mussten doch ihre Gründe haben, wenn Jesus ihr Missfallen erregte, vielleicht hatte sogar Tubero einen Grund, der über reine Profilierungssucht hinausging. Er, Stephaton, verstand nichts von alldem, er war weder ein Jude noch ein religiöser Mensch. Was er aber wusste, war, dass es Wölfe im Schafspelz gab. Wie hätte er sicher sein können, dass Jesus nicht genau zu dieser Sorte Mensch zählte?

Später, als er mit den anderen Knechten beim Abendessen in der Kantine saß, bemühte er sich, seine Missstimmung nicht zur Schau zu stellen. Dennoch merkte er, wie Zadok, der neben ihm hockte und an einem Stück Ziegenkäse nagte, ihn aus den Augenwinkeln beobachtete, bis er seine Neugier nicht länger bezähmen konnte.

„Wie war denn deine Patrouille mit dem edlen Tribun?"

Stephaton winkte ab. „Auf diesen Jesus hat er sein Messer

geschliffen. Man könnte meinen, der Rabbi habe ihm die Frau abspenstig gemacht."

„Unwahrscheinlich", sagte Zadok geheimnistuerisch. Weil Stephaton nicht nachhakte, lieferte er die Erklärung unaufgefordert. „Der Tribun hat keine Frau. Und wenn er eine hätte, wär's ihm vermutlich völlig gleich, wenn sie ihm jemand abspenstig machte."

„Wie meinst du das?"

Zadok gab seinem Tischnachbarn, einem jungen Küchensklaven, der lange Ohren bekam, einen Schlag auf den Hinterkopf. „Was gibt's da zu lauschen? Los, verzieh dich, Kleiner, sonst kannst du was erleben."

Nachdem der Bedrohte hurtig das Weite gesucht hatte, nahm Zadok den Faden wieder auf. „Hab mich ein wenig unter den Legionären des Pilatus umgehört", flüsterte er hinter vorgehaltener Hand. „Die ganze Zeit schon hatte ich überlegt, was mit dem Tribun los ist, und jetzt frage ich mich, wieso ich nicht selbst darauf gekommen bin."

„Und was wäre das wohl?"

„Er mag keine Weiber. Ihn gelüstet nach Männern – zumindest, wenn sie gut gebaut und hübsch sind."

„Na und? Da ist er nicht der Einzige."

„Idiot! Er hat es auf *dich* abgesehen. Dass du seinen Onkel oder den göttlichen Tiberius beleidigt hast, hat ihn sicher eher belustigt denn verärgert. Er will dich gefügig machen, zur Not mit Drohungen. Für ihn bist du ein willkommenes Appetithäppchen hier in Jerusalem, wo die Auswahl an Lustknaben deutlich geringer ist als in Rom. Tja, mein Freund, mit einem stattlichen Griechen wie dir lässt es sich eben gut prahlen."

Das klang einleuchtend und erklärte manches, aber Stephaton war nicht willens, es hinzunehmen. „Die Sonne hat dir heute zu lange auf den Kopf gebrannt, Zadok."

„Hat sie nicht. Und du weißt, dass ich recht habe." Breit grinsend stieß er ihn mit dem Ellenbogen an. „Besser, du bist fügsam, dann wird er dir keine Schwierigkeiten machen. Du wirst es überleben, und deiner kleinen Jüdin brauchst du nichts zu erzählen. Sofern sie überhaupt noch auf dich wartet, aber darüber sprachen wir ja schon."

Dieser Tag war für Stephaton noch trostloser als jener vor zwei Jahren, an dem sie den Mörder Yehohanan ben Hagalgal ans Kreuz geschlagen hatten.

Als der Horizont den Sonnenball verschluckte und im Westen eine violette Dämmerung über dem nahen Jerusalem aufzog, verließ Sara das Haus des Lazarus, um mit ihrem Kummer allein zu sein. Von der Tageshitze war nichts geblieben, aber Sara nahm die Kühle nicht zur Kenntnis. Die Felder abseits des Dorfes versprachen ihr Einsamkeit. Sie hatte den Tag über viel geweint, jetzt aber waren ihre Tränen versiegt, eine große Leere nahm sie ein. Auf einem runden Felsstein, der so tot war wie ihr Inneres, ließ sie sich nieder, um dem Tag beim Sterben zuzusehen. Nach einer Weile sah sie die Konturen einer näherkommenden Gestalt und wusste sogleich, dass es Maria von Magdala war. Von allen Menschen zählte Maria zu den wenigen, die imstande waren, ihr in solchen Augenblicken Trost zu spenden.

Die Magdalanerin hatte einen wollenen Umhang mitgebracht, den sie Sara fürsorglich um die Schultern legte, bevor sie sich zu ihr setzte. Stumm lauschten sie den Lauten des Abends: ein streunender Schakal auf der Suche nach Nahrung, eine Amsel, die ein sanftmütiges Lied sang, ein bellender Hund im Dorf. Der Duft blühender Sträucher lag in der Luft.

„Es war dumm zu glauben, er würde uns nachfolgen", sagte Sara schließlich leidenschaftslos, den starren Blick in die Ferne gerichtet.

„Es war deine Hoffnung, keine Dummheit", widersprach Maria, ihre Stimme war so ruhig wie ein plätschernder Bach. „Und es war gut von dir, zu hoffen. Ihr seid zwei Liebende, und wenn Gott es will, wird sich alles zum Guten wenden."

„Aber Stephaton liebt mich nicht mehr. Ich sah es in seinen Augen."

„Glaub mir, er liebt dich immer noch. Nicht die Seele spricht aus den Augen eines Enttäuschten." Sie legte den Kopf in den Nacken und atmete tief die Abendluft ein.

„Und du, Maria?" Sara nahm all ihren Mut zusammen. „Hast du jemals einen Mann geliebt – ich meine, wie eine Frau ihren Geliebten?" Schon glaubte sie, ihre Frage sei zu indiskret, denn Maria zeigte keinerlei Regung.

„Verzeih mir, Maria. Ich wollte dich nicht …"

„Ich war verheiratet, Sara."

Nun war es Maria, die gedankenverloren in die Dämmerung blickte, ohne etwas zu sehen. „Als blutjunges Mädchen wurde ich mit einem sehr viel älteren Mann vermählt, einem Beamten im Dienst des Tetrarchen. Mein Gemahl behandelte mich schlecht, schalt mich unentwegt und schlug mich, wann immer es ihm gefiel. Nichts konnte ich ihm recht machen. Vielleicht wäre alles besser geworden, wenn ich ihm den ersehnten Sohn geschenkt hätte – doch Jahre vergingen, ohne dass ich schwanger wurde. Dann verliebte ich mich in einen jungen Mann aus der Nachbarschaft. So oft es uns möglich war, trafen wir uns heimlich, und – du ahnst es? – eines Tages trug ich sein Kind unter dem Herzen. Natürlich glaubte mein Gemahl, er sei der Vater und wurde umgänglicher. Doch als das Kind zur Welt kam – ohnehin war es zu seinem Leidwesen ein Mädchen – starb es binnen weniger Tage. Du weißt, es ist leicht für einen Mann, seine Frau aus der Ehe zu entlassen, sobald er ihrer überdrüssig ist. Genau das tat er. Aber auch mein Geliebter wollte nichts mehr von mir wissen. Er verbot mir, ihn jemals wieder aufzusuchen, denn inzwischen hatte er geheiratet. So war ich von einem Tag zum nächsten mittellos und ohne Obdach."

Sara war ergriffen. „Und dann begegnetest du dem Meister."

„Es waren jene Tage, als er am See von Galiläa seine ersten Jünger berief. Er sah mich verloren am Wegrand sitzen und lud mich ein, ihm zu folgen. Ich spürte, was für ein frommer Mann er war, und ich muss dir ja nicht sagen, welche Wirkung er auf die Menschen erzielt. Ich erwiderte ihm, ich sei nicht würdig, ihm zu folgen. Außerdem begleiteten ihn nur Männer – kannst du dir das grimmige Gesicht des Petrus vorstellen?"

„Nur zu gut."

„Ich dachte bei mir: Wenn er ein Prophet wäre, müsste er wissen, dass ich eine Sünderin bin! Mein Los zu beklagen, hätte ich als heuchlerisch empfunden, denn ich war eine Ehebrecherin, aus freiem Willen hatte ich gegen ein Gebot des Mose verstoßen. Und wenn Gott mich auch mit dem Tod des Kindes betraft hatte, so ließ sich die begangene Sünde nicht wieder rückgängig machen. Ja, wenn dieser Rabbi ein Prophet wäre, würde er mich durchschauen. Er aber trat auf mich zu und reichte mir eine Hand, um mir auf die Beine zu helfen. Ich ergriff sie, und als wir uns von Angesicht zu Angesicht gegenüberstanden, flüsterte er mir etwas ins Ohr."

„Was hat er gesagt?"

„Er sagte, dass er mich nicht verurteile. Von jetzt an solle ich nicht mehr sündigen und ihm folgen. In diesen Augenblick spürte ich, wie alle Dämonen, die meine Sünden verkörperten, aus mir wichen. Ich glaubte sogar, ihr Wutgeschrei zu hören, denn der Mann, der sie austrieb, handelte mit göttlicher Vollmacht. Ich war ein neuer Mensch, frei von aller Furcht, von aller Sorge. Und ich folgte ihm, denn er war zweifellos der, von dem der Täufer Johannes behauptet hatte, er würde mich retten." Ein versonnenes Lächeln umspielte ihre Lippen. „Nach drei Tagen hatte auch Petrus keine Einwände mehr gegen meine Anwesenheit."

Die Amsel sang noch immer ihr Lied.

„Danke, dass du mir deine Geschichte erzählt hast", sagte Sara leise.

„Ich habe sie mir bis heute aufgespart, weil ich ahnte, dass dich der Liebeskummer eines Tages einholen würde. Vielleicht kannst du Kraft daraus schöpfen, denn so wie ich meine Bestimmung fand, so wirst du deine finden. Meine Bestimmung aber ist nicht die Ehe, das weiß ich längst, deine womöglich schon, und wenn es so ist, wird sich alles richten. Ich glaube, du würdest eine wunderbare Ehefrau abgeben, Sara."

Die Worte der Magdalanerin waren mehr als bloßer Trost, sie hatten selbst etwas von einer Prophethie. Und doch gab es da noch diese Worte, die Jesus heute ausgesprochen hatte und Sara von Neuem beunruhigten.

„Warum sprach er vom Ende der Welt, Maria? Warum sprach er von kommenden Kriegen, von Hungersnöten, von der Zerstörung des Tempels und ganz Jerusalems? Seine Worte waren so finster."

„Spürst du es nicht?" Maria hob das Kinn und schloss die Augen, als blickte sie auf diese Weise in die Zukunft. „Die Welt wird eine völlig andere sein. Das Ende der Welt, wie wir sie kennen, ist nicht mehr fern. Du musst dich nicht fürchten, Sara. Nie wieder musst du dich fürchten. Seine Mutter Maria wusste es schon lange vor uns: *Er ist gekommen, um alles neu zu machen*!"

Ja, Jesus machte alles neu! Und er hatte sie, Sara, auserwählt, alles aus der Nähe zu erleben. Was hatte sie je getan, um ihm ihren tiefen Dank zu zeigen?

„Ach, Maria! Wie soll ich ihn nur ehren? Ich weiß ja, dass er von den Menschen nichts fordert außer der Liebe zu Gott und zum Nächsten." Nach all der Traurigkeit erfasste sie ein heiliger Eifer. „Und doch wünschte ich, ich könnte ein Zeichen setzen. Für alle, die zerrissen sind wie ich. Ein Zeichen für die Ewigkeit."

Lange dachte Maria von Magdala über ihr Ansinnen nach. „Ich verstehe dich gut, Sara", sagte sie dann und griff nach ihrer Hand. „Und vielleicht kann ich dir helfen."

19

Am nächsten Morgen beschloss Stephaton, die Antonia ohne Erlaubnis zu verlassen, um sich auf die Suche nach Sara zu machen, denn seine Sehnsucht war übermächtig. Er hatte keine Ahnung, was er ihr sagen würde, falls er sie fand, er wusste nur, dass er sie sehen musste. Womöglich hatte sie ja eingesehen, dass das Leben, wie sie es sich vorstellte, nichts anderes war als eine Schwärmerei, ein Hirngespinst. Sie hatte einen Fehler begangen, genau wie er. Es war an der Zeit, dass das Glück endlich zu ihnen zurückkehrte.

Die Präsenz römischer Patrouillen in der Unterstadt hatte zugenommen, ebenso die Zahl der Pilger, von denen viele in Zelten vor der Stadt kampierten. Jerusalem drohte zu zerbersten. Mühsam drang er bis zu den Treppen der Tempelsüdseite vor.

Zu seiner Enttäuschung traf er im Vorhof der Heiden weder Jesus, noch einen von dessen Jüngern an, von Sara ganz zu schweigen. Niemand vermochte ihm zu sagen, wo der Rabbi zu finden sei. Einer glaubte zu wissen, er habe Quartier in einem der Vororte Jerusalems genommen, was die Suche aber nicht einfacher machte.

Stephaton beschloss, die Gassen der vornehmen Oberstadt sowie der ärmlichen Unterstadt zu durchstreifen, hoffend, auf eine Spur des Rabbis zu stoßen. Dies geschah tatsächlich, wenn auch nicht in der gewünschten Weise: Vor einem der Eingangstore zum Hippodrom, das einst Herodes der Große zum Entsetzen jüdischer Strenggläubiger hatte errichten lassen, lieferten sich zwei junge Mimen, umringt von Schaulustigen, ein lautes Wortgefecht. Sie waren Lateiner, und ihr Talent hielt sich in Grenzen, wie Stephaton sogleich feststellte, denn weder ihre Mimik noch Gestik entsprachen dem, was ein guter griechischer Mime dargeboten hätte. Gleichwohl brachten sie die Leute zum Lachen.

„Weh dir, du Heuchler!“, rief der eine mit erhobenem Zeigefinger, er war weiß gewandet wie Jesus. „Becher und Schüsseln hältst du außen sauber, innen aber sind sie voll Raub und Gier.“

Der andere trug einen alten Mantel mit langen Quasten, die einen Pharisäer aus ihm machen sollten. Wie beleidigt erwiderte dieser: „Meine Frau ist es, die das Geschirr abwäscht, also beschwer dich gefälligst bei ihr!“

„Weh dir, du Heuchler“, fuhr der Erste fort, nachdem das Gelächter des Publikums wieder verklungen war, „du bist wie ein Grab: außen weiß getüncht, doch innen voller Verwesung!“

„Was kann ich für meine Blähungen? Außerdem bist du es doch, der sich vor dem Essen nicht die Hände wäscht.“

„Weh dir, du Heuchler …“

„Halt mal die Luft an, Rabbi: Warum beschimpfst du mich, mit welchem Recht tust du das alles?“

Der falsche Jesus verschränkte die Arme vor seiner Brust. „Sag ich dir nicht“, antwortete er trotzig und streckte dem vermeintlichen Pharisäer die Zunge heraus.

Stephaton setzte seinen Weg fort. Man konnte über Jesus sagen, was man wollte, aber er hatte es geschafft, dass nicht nur die Juden über ihn sprachen. Von Gelon stammte der Spruch, dass ein Mensch erst dann zu einer Berühmtheit geworden sei, wenn sich die Mimen und Possenreißer seiner annähmen. Daran war etwas Wahres.

Möglich, dass sich Jesus absichtlich von der Stadt fernhielt, weil er es zu sehr auf die Spitze getrieben hatte. Stephatons Suche blieb jedenfalls erfolglos. Als er zur Antonia zurückkehrte, erwartete ihn zu seiner eigenen Überraschung kein Strafgericht. Bis auf Zadok schien niemand seine Abwesenheit überhaupt zur Kenntnis genommen zu haben.

„Bei den Zitzen der Minerva, wo bist du gewesen, Grieche?“

„Geht dich nichts an.“

„Ich hör wohl nicht richtig.“

„Musst du denn wirklich alles wissen?“

„Warst wohl wieder im Auftrag deines Freundes unterwegs, wie?"

„Der Tribun ist nicht mein Freund. Hat er nach mir gefragt?"

„Nicht, dass ich wüsste. Auch er hat die Festung bei Tagesanbruch verlassen und ist seitdem nicht zurückgekehrt." Er legte den Kopf schief und musterte ihn grinsend. „Ich vermute mal, dass ihr beiden euch an einem gemütlichen Ort getroffen habt, was? Warum gibst du es nicht zu?"

„Denk von mir aus, was du willst."

„Denk du lieber an meinen Rat: Sei ihm gefügig, sonst verbringst du die nächsten Jahre auch noch hier. Oder, schlimmer noch, man steckt dich in ein Bergwerk, dann siehst du das Tageslicht nie wieder."

Zum ersten Mal seit langer Zeit kam Stephaton wieder der Gedanke, den Gott der Juden um Hilfe anzuflehen. Aber weil Jahwe ihn schon damals nicht gehört hatte, ließ er es bleiben.

Als Sara den Saal betrat, verstummten die Gespräche der Männer, und alle Blicke richteten sich verwundert auf sie. In ihren Händen hielt sie das mit Nardenöl gefüllte Alabastergefäß, welches Maria ihr überlassen hatte.

Das Herz klopfte ihr bis zum Hals. Ein Pharisäer namens Simon hatte den Meister und seine zwölf engsten Jünger zum Abendmahl geladen. Jesus hatte diesen Mann unlängst von einem Hautausschlag geheilt. Das Mahl hatten sie bereits beendet, doch noch lagen sie zu Tisch, um den Abend mit Gesprächen ausklingen zu lassen. Am liebsten hätte Sara auf der Stelle kehrtgemacht, denn die geballte Aufmerksamkeit war ihr peinlich, zumal sich auf der Stirn des Gastgebers eine steile Falte bildete. Auch die Jünger schienen über ihre Anwesenheit nicht gerade erfreut zu sein.

Gleichwohl, es gab kein Zurück! Das Gefühl, es tun zu *müssen*, war übergroß, und Maria hatte sie darin bestärkt. Mit gesenktem Blick trat sie von hinten an Jesus heran und goss das Öl vorsichtig über sein Haar.

„Was machst du da?“, fragte Simon Petrus entgeistert.

„Das siehst du doch“, sagte Johannes, der jüngste unter den Jüngern. „Sie salbt sein Haupt mit Öl.“

Judas Iskariot schüttelte fassungslos den Kopf. „Nardenöl! Ein Pfund davon kostet dreihundert Denare! Wir hätten es verkaufen und den Erlös den Armen geben können.“

Andere pflichteten ihm bei. „Was für eine Verschwendung“, polterte Jakob, der ältere Bruder des Johannes.

Simon Petrus versuchte es auf die väterliche Art. „Sara, Mädchen, was hast du dir nur dabei gedacht?“

„Nichts!“, antwortete Judas an ihrer Stelle. „Was soll sich eine wie sie schon denken?“

„Lasst sie in Ruhe!“ Das Machtwort von Jesus ließ sie verstummen. „Warum kränkt ihr sie? Die Armen habt ihr immer bei euch, mich aber habt ihr nicht immer. Sie hat ein gutes Werk an mir getan. Als sie das Öl über mich goss, hat sie meinen Leib für das Begräbnis gesalbt.“

Simon, der Gastgeber, lachte gequält auf. „Begräbnis?“ Makabre Scherze aus dem Mund des Meisters waren etwas Neues für ihn. Doch niemand gab ihm eine Antwort, alle starrten betreten vor sich nieder. Auch Sara hielt den Kopf gesenkt.

„Überall auf der Welt“, fuhr Jesus fort, „wird man sich an sie erinnern und erzählen, was sie getan hat.“

Über Saras Wangen rannen Tränen, einige tropften auf Jesu Füße.

20

Pilatus – seine militärische Uniform hatte er inzwischen gegen eine weiße Toga mit purpurnen Streifen getauscht – wollte sich mit seiner Gemahlin für ein leichtes Morgenmahl zu Tisch begeben, als ihm einer seiner Adjutanten die Ankunft des Lucius Seius Tubero meldete: Der Tribun wünsche dem Statthalter Bericht zu erstatten. Pilatus verschluckte einen Fluch. „In den Audienzsaal mit ihm, ich will ihn sogleich empfangen."

Der Offizier salutierte und entfernte sich.

„Tubero? Wer ist das?" Pilatus' Gemahlin Claudia fand es ungewöhnlich, dass er wegen einer Audienz das Frühstück verschob.

„Ein Neffe des Seianus. Verwöhntes Bürschchen, noch grün hinter den Ohren, weiß trotzdem alles besser und ist so ehrgeizig wie sein Onkel. In der Antonia hat er zum Leidwesen der Besatzung schon mächtigen Wirbel verursacht. Es ist besser, wenn ich ihn nicht warten lasse."

Claudia schaute nachdenklich drein. Sie war eine von Melancholie geplagte Frau jenseits der vierzig. Seit Jahren hatte sie niemand mehr lachen gesehen. „Lass dir von diesem Tribun nicht auf der Nase herumtanzen", sagte sie, es klang besorgt.

Pilatus, bereits auf dem Weg zur Tür, hielt inne. „Hat man mir je auf der Nase herumgetanzt?", fragte er mit erhobenen Brauen.

„Er mag der Neffe des Seianus sein – aber du bist der Statthalter von Judäa ..."

„... und beabsichtige es auch zu bleiben, Claudia. Was ist mit dir? Hast du wieder schlecht geträumt?"

Hierzu schwieg sie, was wohl einer Bejahung gleichkam. Pilatus machte sich auf den Weg. Als er den Audienzsaal betrat, stand Tubero vor einer Büste Herodes' des Großen, die er gründlich betrachtete.

„Ihm verdanken wir diesen prächtigen Palast. Da wäre es unschicklich, wenn ich die Büste entfernen ließe. Sei gegrüßt, Tribun." Pilatus bemühte sich um ein Lächeln.

„Du musst dich nicht rechtfertigen, Prokurator. Der alte Herodes war ein treuer Diener Roms. Er hatte deutlich mehr Format als sein Sohn Antipas, der, wie ich erfuhr, ebenfalls in Jerusalem eingetroffen ist. Hoffentlich habe ich dich nicht beim Frühstück gestört."

Pilatus kochte innerlich. Sich vor diesem Schnösel zu rechtfertigen, wäre ihm schwerlich in den Sinn gekommen. „Ich habe bereits gefrühstückt, Tribun. Es sind arbeitsreiche Tage, da bleibt einem nicht viel Zeit fürs Essen. Was führt dich so früh zu mir?"

Endlich nahm Tubero eine halbwegs respektvolle Haltung vor ihm ein. „Prokurator, ich hielt es für angebracht, dir Bericht zu erstatten!"

„Dann hast du sicher gute Gründe dafür. Geht es um die Offiziere der Antonia? Hast du weitere Nachlässigkeiten festgestellt?"

„Diesmal nicht. Du erinnerst dich an den Rabbi aus Galiläa, von dem ich dir erzählte?"

„Jesus, nicht wahr?"

„Ja, Prokurator. Der, den sie *König* riefen. Der im Tempel für Unruhe sorgte und viele jüdische Obere gegen sich aufbrachte."

„Weißt du etwas Neues über ihn?"

„Inzwischen hat er auch den Hohenpriester Kaiphas verärgert."

„Das ist mir weder neu, noch wundert es mich. Der gute Kaiphas und sein Schwiegervater Hannas, der auch sein Vorgänger ist, waren bei mir vorstellig, da kamen wir auf den Rabbi zu sprechen."

„Dann weißt du auch, dass der Hohepriester ihn für einen Gotteslästerer hält."

„Leider kann ich nichts für ihn tun. Unter uns gesagt, ich finde es amüsant, wenn die Juden ihren eigenen Gott lästern. Ihre Angelegenheit, nicht unsere. Du warst also bei Kaiphas?"

„Das war hoffentlich in deinem Sinn. Du hattest mich schließlich gebeten, in der Sache Jesus weiter nachzuforschen. Und wenn du erlaubst, möchte ich dir widersprechen. Es ist nicht allein eine jüdische Angelegenheit. Der Rabbi Jesus verkündete, dass er den Tempel zerstören werde. Es gibt zwanzig, dreißig Zeugen für diese Aussage. Seine Anhänger glauben ihm, sie glauben jedes einzelne Wort, das von seinen Lippen kommt. Für mich aber klingt das wie ein Aufruf zur Rebellion."

„Wie viele Katapulte hat er denn mitgebracht?"

„Es ist eine Frage der Gesinnung, Prokurator, nicht der Katapulte."

Pilatus wischte sich mit dem Handrücken über die feuchte Stirn. War es wirklich notwendig, den Neffen des Seianus, der ihm nur Zeit stahl und sich aufführte, als sei er selbst der Präfekt von Rom, weiter mit Langmut zu behandeln? Vielleicht verlor Seianus gerade in dieser Sekunde die Gunst des Kaisers. Entsprechende Gerüchte kursierten bereits seit Längerem. Wenn Seianus in Ungnade fiel, dann waren auch für seinen Neffen die guten Tage vorüber. Wozu also die Zurückhaltung, weshalb maßregelte er Tubero nicht wie jeden anderen, der den Mund zu voll nahm? Andererseits war es nicht ausgeschlossen, dass es Seianus gelang, sich des Kaisers Gunst zu erhalten, mehr noch, dass er eines Tages selbst die Kaiserkrone trug. Außerdem hatte er immer noch seine Prätorianergarde hinter sich. Also beschloss Pilatus zähneknirschend, sich auch weiterhin zurückzunehmen.

„Tribun", sagte er nach einem tiefen Atemzug, „wenn ein Großmaul wie dieser galiläische Rabbi behauptet, er wolle den jüdischen Tempel niederreißen, dann sollte man das nicht auf die leichte Schulter nehmen, das räume ich ein. Doch ich sehe keine Handhabe, ihn für seine Worte zur Rechenschaft zu ziehen. Bedenke, er hat viele Anhänger, und am Ende könnte seine Verhaftung erst recht zu Unruhen führen. Hast du mir einen Vorschlag zu machen?"

Darauf war der Besuch des Tribunen hinausgelaufen. „Gestern Abend hat der Sanhedrin in aller Heimlichkeit beschlossen, den Rabbi Jesus festzunehmen."

„In aller Heimlichkeit, wie? Ich bin erstaunt, wie gut du informiert bist."

„Einige Diener des Kaiphas sprechen passables Latein. Und römisches Geld schätzen sie auch."

„Wenn sie ihn festnehmen wollen, sollen sie es tun. Dennoch ist und bleibt es eine jüdische Angelegenheit. Meinetwegen können sie über den Gotteslästerer zu Gericht sitzen, bis ihnen die Bärte zum Boden wachsen."

„Prokurator, sie bitten dich, ihre Tempelwache durch einen Trupp römischer Soldaten zu verstärken, wenn sie ihn gefangen nehmen."

„Wer bat darum?"

„Der Schwiegervater des Hohenpriesters."

„Der Alte kann es nicht lassen, seine Fäden zu spinnen. Warum liegt ihm denn so viel daran?"

„Er denkt, dass eine gewisse römische Präsenz die Anhänger von Jesus davon abhält, ihm zu Hilfe zu eilen."

„Ha! Das glaube ich ihm aufs Wort." Pilatus hielt seine Wut im Zaum. Nicht nur, dass Tubero ihm gehörig auf die Nerven ging, nun wollten Hannas, Kaiphas und der ganze verdammte Sanhedrin ihn auch noch zu ihrem Instrument machen. Diese Hunde wussten genau, dass er es sich nicht leisten konnte, die bisher gute Zusammenarbeit mit ihnen aufzukündigen. Wenn sie ihn wenigstens selbst um Hilfe gebeten hätten. Stattdessen schickten sie diesen von Ehrgeiz zerfressenen Tribun, dessen Profilierungssucht ihnen gut in die Karten spielte.

„Wann beabsichtigen sie den Rabbi zu verhaften?"

„Nach Sonnenuntergang, wenn nur noch seine engsten Jünger bei ihm sind. Glücklicherweise hat sich einer von ihnen bereit erklärt, seinen Aufenthaltsort preiszugeben. Die Tempelkasse ist deshalb um ein paar Silbermünzen leichter geworden, aber sie werden es wohl verschmerzen. Die Gefangennahme kann ohne öffentliches Aufsehen erfolgen."

„Hört sich nach einer großen Heldentat an."

Tubero spreizte die Hände. „Juden", sagte er mit einem schiefen Lächeln.

„Du hasst sie, nicht wahr?"

„Mit Verlaub, aber du stehst auch nicht in dem Ruf, sie zu lieben."

Wieder so eine dreiste Unverschämtheit. „Liebt ein Hirt seine Schafe? Wie viele unserer Soldaten benötigen sie?"

„Zwanzig."

„Sie bekommen zehn. Und du wirst sie anführen, Tribun! Nimm dir Männer aus der Antonia."

„Zu Befehl, Prokurator!"

„Hinterher erwarte ich deinen Bericht. Da fällt mir ein: Die drei Banditen müssen morgen ans Kreuz, sonst kommt das Pessachfest uns dazwischen. Auch dieses Kommando will ich dir anvertrauen."

Tubero wirkte überrascht, aber er nickte knapp.

„Richtigerweise hast du ja selbst festgestellt, dass die Offiziere der Antonia überfordert sind. Sieh es ihnen nach, denn dieses unberechenbare Land hat noch jeden zermürbt, der hier lange Dienst tat. Du bist jung und unverbraucht, an dir können sie sich noch einmal ein leuchtendes Beispiel nehmen."

„Danke für dein Vertrauen. Ich werde den Auftrag zu deiner größten Zufriedenheit erledigen."

Pilatus verbarg seine Genugtuung. Tubero hatte es nicht einmal gemerkt, dass er gerade Opfer seiner persönlichen Vergeltung geworden war. Eine Hinrichtung unmittelbar vor dem Pessachfest: Er würde sich noch gewaltig wundern.

„Entschuldige mich nun, Tribun! Ich habe zu tun!"

„Auf ein letztes Wort noch, Prokurator!"

Es war wirklich nicht zu fassen. Womit wollte er ihn denn noch behelligen? Heute würde er wohl ohne Frühstück auskommen müssen. „Ja, Tribun?"

„Es gibt da noch etwas, worum ich dich bitten möchte."

Eine Bitte! Das hörte sich immerhin nicht nach einer neuen Dreistigkeit an.

„Sprich!"

„In der Antonia arbeitet ein junger Knecht, ein Grieche, früher stand er als Mime auf der Theaterbühne. Vor zwei Jahren wurde er verurteilt, in römische Dienste zu treten, seitdem untersteht er dem Zenturio Longinus."

„Was hat er denn verbrochen, dass man ihn so unmenschlich bestrafte?"

„Ein schwerer Fall von Majestätsbeleidigung. Öffentlich, vor Hunderten von Zuschauern, mitten auf einer Bühne in Tiberias, verhöhnte er den göttlichen Tiberius und meinen Onkel."

„Dann, so scheint mir, ist er mit seiner Strafe noch glimpflich davongekommen."

„Das sehe ich genauso. Sein Strafdienst soll bald ein Ende haben, doch nach meiner persönlichen Einschätzung ist er keineswegs geläutert. Er ist frech und ungehorsam, er verweigert seinen Vorgesetzten den Respekt und niemand tadelt ihn für sein Verhalten. Vielmehr wollen sich die Herren Offiziere noch von ihm unterhalten lassen."

„Was kann ich für dich tun, Tribun?"

„Dieser Grieche muss lernen, dass es Konsequenzen hat, wenn er die römische Obrigkeit beleidigt. In der Antonia wurden ihm solche Lehren nicht zuteil. Demnächst kehrt er in seine Heimat zurück und lacht sich ins Fäustchen, weil seine römischen Dienstherren ihn derart hofierten. Gestatte mir, ihn mit nach Rom zu nehmen, wo er zwei weitere Jahre in *meinem* Dienst verbringen soll. Da will ich ihm schon beibringen, wie er sich gebührlich zu betragen hat."

Pilatus musste sich vergewissern, dass er es richtig verstanden hatte. „Du willst den Griechen mit nach Rom nehmen?"

„Die richterliche Gewalt liegt bei dir. Niemand kann etwas gegen die Entscheidung des Statthalters unternehmen."

Und Pilatus begriff: Tubero wollte diesen Jüngling *für sich*. Er bekam immer, wonach er verlangte. Nicht nach einer schönen Sklavin stand ihm der Sinn. Einen Moment lang war Pilatus versucht, laut zu lachen. Andererseits stand zu hoffen, dass Tubero ihn künftig in Ruhe ließ, wenn er seinen Wunsch erfüllt sah. Ein griechischer Mime! War der die Lösung? Nichts sprach dagegen, ihn für seinen Ungehorsam ein weiteres Mal zu bestrafen. Und Tubero wäre ihm etwas schuldig.

„Einverstanden, Tribun. Ich werde beizeiten ein Schreiben aufsetzen, das deine Ansprüche bestätigt."

„Danke, Prokurator." Tubero salutierte und blickte dem Statthalter zufrieden hinterher.

In Betanien warteten die Frauen auf die Rückkehr von Jesus und seinen Jüngern.

Bereits am Morgen hatte Jesus zwei Jünger in die Stadt geschickt, um einen Raum zu mieten und ein Mahl vorzubereiten. Alle hatten gespürt, wie viel dem Meister daran lag, dieses Mahl mit seinen engsten Jüngern einzunehmen. Merkwürdigerweise hatte er von einem Pessachmahl gesprochen, das erst am darauf folgenden Abend begangen werden sollte. Andererseits hatten sie längst erkannt, dass sich Jesus aller Frömmigkeit zum Trotz nicht immer um Traditionen scherte.

Die wartenden Frauen schwelgten in Erinnerungen und sprachen über manches Wunder, das sie Jesus hatten vollbringen sehen. Seine Mutter Maria hörte ihnen schweigend zu. Manchmal umspielte ein wehmütiges Lächeln ihre Lippen. Bis die junge Maria beherzt das Wort an sie richtete.

„Willst du uns nicht erzählen, wie Jesus als Kind war? Wir kennen ihn nur als den, der er jetzt ist, und wir können uns kaum vorstellen, dass er auch ein Lausbub gewesen sein mag."

Sogar Marta, die ihre Schwester für ihre Forschheit üblicherweise zu tadeln pflegte, richtete den Blick erwartungsvoll auf die Mutter des Meisters.

„Sag uns, war er ein fröhlicher oder ein nachdenklicher Knabe?", zeigte sich auch Susanna neugierig.

„Manchmal war er beides zugleich", dachte die Gefragte laut nach. „Als er älter wurde, zog er sich gern in die Einsamkeit zurück. Wenn ich ihn fragte, was er all die Stunden auf den Feldern gemacht habe, sagte er nur: *Ich habe gebetet!* Seinem Vater half er gern in der Werkstatt, eine rechte Hand war er ihm, und doch machte er nie einen Hehl daraus, dass er das Handwerk des Zimmermanns nicht als seine Lebensaufgabe betrachtete. Und ja, ein Lausbub konnte er auch sein!"

„Wir sind sehr gespannt", schmunzelte Maria von Magdala.

„Er muss zwölf Jahre alt gewesen sein. Zum Pessachfest nahmen wir ihn zum ersten Mal mit nach Jerusalem. Als wir uns nach den Feiertagen wieder auf den Heimweg nach Nazareth machten, wähnten wir den Jungen bei Bekannten in der Pilgergruppe. Erst am Abend, als wir rasteten, stellten wir fest, dass er nirgends zu finden war. Was blieb uns besorgten Eltern übrig, als anderentags zurückzukehren, denn offenbar war Jesus in der Stadt geblieben. Dort angelangt, fanden wir ihn …"

„Im Tempel", sagte Sara leise und erschrak, weil ihr Flüstern so vernehmlich durch den Raum klang. Aber Maria nickte ihr freundlich zu.

„Im Tempel", bekräftigte sie. „Dort saß er mitten unter den Lehrern, hörte zu, stellte Fragen und beteiligte sich eifrig an deren Debatten. Ich machte ihm Vorwürfe. Sein Vater und ich waren krank vor Sorge gewesen, weil wir nicht gewusst hatten, wo er steckte. *Ihr habt mich gesucht?*, wunderte er sich. *Wusstet ihr denn nicht, dass ich in dem sein muss, was meinem Vater gehört?* Von diesem Tag an machte ich ihm nie wieder Vorhaltungen."

Die Frauen hatten an ihren Lippen gehangen. – *Mein Haus soll ein Haus des Gebetes sein. Ihr aber macht eine Räuberhöhle daraus!* – War es verwunderlich, dass der Meister die Fassung verloren hatte, als er sah, was aus dem Tempel seiner Kindheit geworden war?

Der Abend war schon weit vorangeschritten. Noch immer war von Jesus und den Jüngern nichts zu sehen. Zunehmend beschlich die Frauen ein missliches Gefühl. Immer wieder richteten sich ihre sorgenvollen Blicke zur Tür, durch die aber niemand kam. Keine sprach aus, was sie alle ahnten: Irgendetwas musste passiert sein!

21

Nachdem Tubero ihn mehr als einen Tag lang in Ruhe gelassen hatte, war Stephaton der Meinung gewesen, der Tribun habe das Interesse an ihm verloren. Dass dem nicht so war, stellte sich am Mittag heraus: Tubero zitierte ihn in seine Dienststube.

„Ich führe einen Trupp an, der der jüdischen Tempelwache heute Abend bei einer Festnahme behilflich sein wird. *Du* wirst mich begleiten – als mein Diener!"

Stephaton war völlig übermüdet, er hatte die letzten Nächte vor allem mit Grübeln verbracht. Ein nächtlicher Feldzug würde ihn abermals um den Schlaf bringen. Und gleich morgen früh stand eine mühselige Hinrichtung an.

„Darf ich fragen, wen wir festnehmen?", fragte er mit spröder Stimme.

„Den Rabbi aus Galiläa."

Tubero hatte aus seiner nicht zu erklärenden Abneigung gegen Jesus nie einen Hehl gemacht. Vielleicht hatte er den gestrigen Tag genutzt, um an entsprechender Stelle weiter Front gegen den Rabbi zu machen.

Plötzlich war Stephaton hellwach. Sara! Womöglich würde er sie im Gefolge dieses Jesus antreffen, nachdem er sie bislang vergeblich gesucht hatte. Wenn dieser Jesus erst einmal entzaubert in einem Verlies schmachtete, gäbe es keinen Grund mehr, seine Jüngerin zu sein. Zugegeben, es war schade für den Mann. Er besaß Charakter und Mut, aber er hätte eben wissen müssen, dass er sich in Jerusalem auf gefährlichem Boden bewegte.

Die schwüle Nacht war nicht mehr jung, als sie im Fackelschein ihr Ziel erreichten. Angeführt von Judas Iskariot, einem der Jünger Jesu, betrat ein Trupp aus etwa vierzig Männern den Garten Gethsemane, einen Olivenhain östlich der Stadt zwischen dem Kidrontal und dem Ölberg. Judas gab die Richtung vor. Die levitischen Tempelwächter trugen leichte Bewaffnung, hochgerüstet waren dagegen die zehn römischen Legionäre losgezogen. Tubero, auf seinem Kopf ein Helm mit rotem Federbusch, folgte dem Jünger Judas auf dem Fuß, ihm zur Seite schritt Malchus, ein Diener des Hohenpriesters. Stellvertretend für seinen Herrn Kaiphas hatte Malchus dafür zu sorgen, dass alles ordnungsgemäß vonstattenging.

Stephaton durfte ein Kurzschwert am Gürtel tragen, man wusste ja nie, was geschehen würde. Er verspürte Lampenfieber wie einst vor einer Vorstellung. Ein ernsthafter Kampf war aber nicht zu erwarten, denn Judas hatte behauptet, dass nur wenige Getreue den Rabbi begleiten würden. Ob Sara zu ihnen gehörte? Wenn es hart auf hart kam, würde er mit aller Entschlossenheit dafür sorgen, dass man ihr kein Haar krümmte.

Von Weitem sahen sie die Silhouette einer hochgewachsenen, schlanken Gestalt unter den silbrig glänzenden Blättern eines Olivenbaumes. Stephaton wusste sofort, dieser Mann war Jesus. Jeder, der ihm einmal begegnet war, musste ihn erkennen. Neben Jesus standen weitere Männer, Jünger vermutlich, mit denen er in ein Gespräch vertieft schien. Judas steuerte, wenn auch erst nach kurzem Zögern, geradewegs auf sie zu. Die kleine Armee der Tempelwächter und Römer folgte ihm mit schweren Schritten. Spätestens von diesem Augenblick an wäre jeder Fluchtversuch zum Scheitern verurteilt gewesen.

Aber Jesus dachte nicht an Flucht, selbst als er die Herannahenden bemerkt hatte. Vollkommen gelassen sah er ihnen entgegen, und Stephaton kam nicht umhin, ihn wiederum zu bewundern. Die anwesenden Jünger indessen – ein knappes Dutzend zählte Stephaton, Frauen waren nicht darunter – wurden sichtlich unruhig. Wenige Schritte vor ihnen kam der Trupp zum Stehen.

Es war gespenstisch. Eine Weile herrschte Schweigen, nur die Zikaden und das Knistern der von Motten umflatterten Fackeln waren zu hören. Endlich trat Judas vor, blieb vor seinem Meister stehen, legte ihm eine Hand auf die Schulter und küsste ihn auf die Wange. Jesus schien darüber verblüfft zu sein. „Freund, dazu bist du gekommen?“, hörte man ihn sagen.

Malchus, der Diener des Kaiphas, gab seinen Männern ein Zeichen. „Das ist er! Packt ihn und bindet ihm die Hände!“

Keiner wagte sich zu rühren. Stephaton las Furcht in ihren Augen. Vielleicht hielten auch sie Jesus für einen Propheten.

„Worauf wartet ihr?“, schnarrte Malchus.

Tubero zeigte sich amüsiert. „Deine Leute wollen nicht? Jetzt verstehe ich, warum der Hohepriester euch die Sache nicht überlassen wollte.“

Malchus funkelte ihn wütend an, zog sein Schwert, trat auf Jesus zu und setzte ihm die Spitze direkt auf die Brust. „Im Namen des Hohen Rates, hiermit nehme ich dich fest, *Jeschua ben Joseph*!“

Dann ging alles blitzschnell. Eine weitere Klinge funkelte auf, das Schwert fiel dem aufschreienden Malchus aus der Hand. Tubero bellte einen Befehl, und nur wenige Augenblicke später hatten seine Legionäre Jesus und dessen Jünger mit gezückten Waffen umringt.

Der, der sich Simon Petrus nannte, war es gewesen, der Malchus mit einem alten, rostigen Schwert angegriffen hatte. Malchus kniete mit schmerzverzerrtem Gesicht am Boden und presste eine Hand auf sein rechtes Ohr, aus dem ein roter Sturzbach quoll.

„Steck das Schwert weg“, tadelte Jesus seinen streitlustigen Jünger. „Wer zum Schwert greift, wird durch das Schwert umkommen. Oder glaubst du nicht, mein Vater würde mir mehr als zwölf Legionen Engel schicken, wenn ich ihn darum bitte? Doch wie sollte sich dann die Schrift erfüllen?“

Tubero sah Stephaton fragend an, denn Jesus hatte Aramäisch gesprochen. Flüsternd übersetzte er ihm die Worte. Tubero lachte. „Sag ihm, er möge seinen ehrenwerten Vater darum bitten, ihm diese Truppen zu entsenden – mir zum Gefallen. Zwölf Legionen Engel, das wäre ein Anblick!“

Die Worte blieben ihm im Hals stecken, als er sah, dass Jesus sich zu dem Verletzten hinabgebeugt und seine Wunde berührt hatte. Von einer Blutung war nichts mehr zu erkennen. Vorsichtig betastete Malchus sein Ohr, um dann ungläubig seine Fingerspitzen zu betrachten.

Jesus wandte sich wieder den Soldaten und Tempelwächtern zu. „Wie gegen einen Räuber seid ihr mit Schwertern und Knüppeln gegen mich ausgezogen. Als ich im Tempel lehrte, habt ihr mich nicht verhaftet. Nun ist eure Stunde da, nun hat die Finsternis die Macht." Er sah Judas an, der ihn verraten hatte. Der wich seinem Blick aus.

„Fesseln und abführen, sonst stehen wir morgen noch hier", sagte Tubero zu seinen Legionären. Aber auch die zögerten. „Macht schon, ihr Idioten! Oder lasst auch ihr euch von seinen Zaubertricks blenden? Den Wüterich mit dem Schwert nehmt gleich mit fest!"

Auf der Stelle nahm Simon Petrus Reißaus, was für die anderen Jünger wie ein Fanal war, denn auch sie flohen in alle Richtungen.

„Ich kriege ihn!", rief Stephaton. Obwohl man ihm nichts dergleichen befohlen hatte, heftete er sich Simon Petrus an die Fersen. Weil er die jüngeren Beine hatte, holte er ihn gleich hinter dem Hain ein und stürzte sich auf ihn. Allerdings war Simon Petrus beileibe kein Schwächling und nahm den Zweikampf an, stolperte aber über eine Wurzel und fiel der Länge nach hin. Stephaton sah sich genötigt, sein Schwert zu ziehen und dem schnaufenden Jünger die Klinge an den Hals zu setzen.

„Eine der Jüngerinnen deines Meisters heißt Sara! Wo finde ich sie?"

Zum Zeichen, dass er nicht die Absicht hatte, diese Frage zu beantworten, presste Simon Petrus die Lippen fest zusammen. Zornige Verzweiflung stand in seinen Augen.

„Sprich, sonst durchbohre ich dich!"

„Warum lässt du ihn nicht in Frieden?", sagte da eine Stimme zur

Rechten. Ein weiterer Jünger stand dort, ihm war nicht entgangen, dass Simon Petrus in Gefahr schwebte. Stephaton erkannte ihn. Damals, am Hügel der Predigt, hatte er Jesus als *Fleisch gewordenes Wort* bezeichnet.

„Schon gut, Johannes“, keuchte Simon Petrus, „der Herr hat mich schließlich gewarnt, ich habe es wohl verdient: *Wer zum Schwert greift …*“

Stephaton zögerte, dann ließ er die Waffe sinken. „Wo finde ich die Jüngerin Sara?“, verlangte er von den beiden Jüngern zu wissen, jedes Wort eindringlich betonend.

Simon Petrus rappelte sich hoch, sein Gefährte reichte ihm eine Hand. „Bitte, sagt es mir!“, flehte Stephaton. Doch die Jünger hatten es eilig, diesen Ort zu verlassen. Eine Antwort waren sie ihm schuldig geblieben, als das Dunkel der Nacht sie verschluckte.

Trotz seiner Enttäuschung konnte Stephaton sie verstehen: Weshalb hätten sie einem der Häscher ihres Meisters den Aufenthaltsort einer Jüngerin preisgeben sollen? Als er in den Garten zurückkam, hatten die Legionäre und Tempelwächter ihren Respekt vor Jesus bereits verloren. Spottend trieben sie den Gefesselten voran, um ihn zum Haus des Hohenpriesters zu führen.

„Entwischt?“, fragte Tubero.

„Ja, Tribun“, entgegnete Stephaton zerknirscht.

Lange nach Mitternacht kehrten die ersten Jünger verstört und ohne ihren Meister nach Betanien zurück. Auch Simon Petrus war nicht unter ihnen. Der junge Johannes erbarmte sich der von bösen Ahnungen erfüllten Frauen und erstattete ihnen Bericht.

Am Abend, so erzählte er mit gepresster Stimme, seien sie in ein Haus eingekehrt, um dort, wie es der Meister gewünscht hatte, das Mahl zu halten. Den ganzen Abend über habe der Meister ernst und nachdenklich gewirkt, von Abschied und von Tod habe er gesprochen. Mit einem Mahl wie dem heutigen sollten sie künftig seiner gedenken. Das Brot habe er als seinen Leib, den Wein als sein Blut bezeichnet. Und schließlich habe er von Verrat gesprochen: Einer aus dem Kreis würde ihn seinen Widersachern ausliefern. Später seien sie in den Garten Gethsemane gegangen, wo der Meister eine lange Zeit für sich gebetet habe. Dann sei, angeführt von Judas Iskariot, ein Verhaftungskommando aus Tempelwächtern und Römern erschienen und habe ihn festgenommen.

„Judas", zischte Susanna empört. Von den Frauen war sie die Erste, die ihre Stimme wiederfand. „Ich habe nie verstanden, warum der Meister ihn zum Jünger machte."

Erschöpft massierte sich Johannes die Stirn. „Wir haben ihn alle im Stich gelassen." Tonlos kam ihm die Klage über die Lippen. „Weggerannt sind wir … wie die Hasen."

„Was hättet ihr denn tun können?", sagte Maria, doch es war ein aussichtloser Versuch, ihn zu trösten.

„*Du* wärst nicht davongerannt, Maria! Du nicht, das weiß ich genau."

Johannes' Behauptung hätte Sara nicht widersprochen. Die Magdalanerin besaß vermutlich mehr Mut als sie alle zusammen. „Was werden sie jetzt mit ihm anstellen?", fragte sie den Jünger beklommen.

Johannes schien sich der Gegenwart Saras erst jetzt bewusst zu werden. Er sah sie an, als löse ihr Anblick eine Erinnerung aus, und er brauchte einen Moment, um ihre Frage zu erfassen. „Das hängt davon ab, was man ihm vorwirft. Ich nehme an, der Hohe Rat wird sich mit ihm beschäftigen." Immer noch sah er sie an, als läge ihm etwas auf der Zunge, aber er schwieg.

„Dir aber wird ein Schwert durch die Seele dringen!"

Alle Blicke richteten sich auf die Mutter von Jesus, die Johannes' Bericht wie erstarrt gelauscht hatte. Die Frauen waren beschämt, weil es keiner eingefallen war, sich nach der schockierenden Nachricht um sie zu kümmern.

„Was können sie ihm denn schon anhaben?", rief Maria, die Schwester des Hausherrn, inbrünstig. „Er ist der Messias!"

22

Stephaton schreckte aus einem fahrigen Schlaf, weil ihn jemand am Arm rüttelte. Wo war er? Wieso schlief er im Freien, an eine Mauer gelehnt? Im ersten Tageslicht schwebte das unrasierte Gesicht eines Legionärs über ihm.

„Weiter geht's, Mime. Sieht so aus, als wären sie endlich fertig mit ihm!"

Auf der Stelle kehrten die Erinnerungen an die Nacht zurück, an die denkwürdige Verhaftung in Gethsemane. Darauf hatten sie den Rabbi erst zum Haus des Hannas geführt, danach zu dem des Kaiphas. Vor Letzterem – einem palastartigen Bau unweit der Westmauer in der Oberstadt – lagerten sie immer noch. Auch an seine vergeblichen Bemühungen, Saras Aufenthaltsort zu erfahren, erinnerte sich Stephaton.

„Sie haben ihn die ganze Nacht verhört", sagte der Legionär. „Jetzt verlangen sie, dass wir ihn zu Pilatus ins Praetorium bringen. Auf, sonst wird der Tribun ungemütlich!"

Stephaton fühlte sich wie gerädert. Tubero und weitere Männer standen am Eingang des Hauses bereit und nahmen den an seinen Händen gebundenen Jesus von den Bediensteten des Hohenpriesters in Empfang.

„Zum Statthalter?", wunderte sich Stephaton. „Hieß es nicht, es sei eine jüdische Angelegenheit?"

„Jetzt offenbar nicht mehr." Der Legionär senkte verschwörerisch die Stimme. „Hast du das auch gesehen? Das mit dem Ohr des Dieners, meine ich."

Stephaton überhörte die Frage, er hatte wirklich andere Sorgen, als über angebliche Wunderheilungen zu sinnieren. Er ging hinüber zu den anderen. Tubero wirkte keineswegs übernächtigt, die ganze Angelegenheit schien ihn zu ergötzen.

„Wo bleibst du, Grieche? Wir sind hier nicht in der Antonia, bei mir herrschen Disziplin und Ordnung! Vorwärts, bringen wir den Rabbi zum Statthalter!“

Auch das musste man Jesus lassen: Seine Würde ließ er sich nicht nehmen. Obwohl Stephaton sah, dass sein Gewand von oben bis unten mit Unrat und Speichel besudelt war, obwohl Schrammen und Blutergüsse in seinem Gesicht von den Prügeln erzählten, die er wohl hatte einstecken müssen, und obwohl man ihn wie Schlachtvieh am Strick durch die Gassen der Oberstadt führte, ging er aufrecht und ohne zu klagen. Er hatte wirklich etwas von einem König.

Bis zur Residenz des Pilatus war es nicht weit. Trotz der frühen Tageszeit war viel Volk auf den Beinen, denn es war der Rüsttag vor dem Pessachfest. Es würde sich rasch herumsprechen, dass der Rabbi Jesus in die Gewalt der Römer geraten war.

Wie bereits am Vortag wurde Pilatus von seinem Adjutanten beim Morgenmahl gestört. Die Ankunft des Verhaftungstrupps wurde ihm gemeldet, den Gefangenen hätte man gleich mitgebracht. „Und das hier, Prokurator“ – der Adjutant streckte ihm eine Rolle entgegen – „kommt vom Hohenpriester.“

Pilatus nahm das Schreiben, brach das Siegel und gab es dem Überbringer zurück, nachdem er es flüchtig gelesen hatte. „In den Gerichtssaal!“, befahl er übellaunig.

Seine Frau Claudia wartete, bis der Adjutant gegangen war. „Was gibt es?“, fragte sie.

„Jüdisches Gezänk“, winkte Pilatus leichthin ab, ahnte aber, dass sie sich mit dieser Erklärung nicht zufriedengeben würde. Er steckte sich eine Dattel in den Mund und kaute endlos darauf herum.

„Geht es um diesen Jesus?“ Beinahe ängstlich klang ihre Frage.

„Er hat sich ein paar bedeutende Feinde geschaffen.“

„Warum bringen sie ihn zu dir?“

„Angeblich lehnt er sich gegen Roms Herrschaft auf, indem er sich König nennt.“ Von Gotteslästerung war in dem Schreiben nicht mehr die Rede gewesen.

„Aber das ist doch blanker Unsinn, oder?“

Ihre furchtsame Neugier machte Pilatus stutzig. „Nun, ich werde ihn selbst befragen, was er sich dabei denkt. Weshalb interessiert dich dieser Rabbi so sehr?“

Ein tiefes Seufzen folgte, und Pilatus wünschte, er hätte sie nicht gefragt.

„Ich habe von ihm geträumt.“

„Du solltest dich nicht ständig mit deinen Träumen beschäftigen, Claudia.“ In Wahrheit hatte er Respekt vor ihren Träumen. Schon manches Mal hatten sie sich als prophetisch erwiesen. So zum Beispiel in der Nacht vor jenem erfreulichen Tag, an dem Seianus ihn zum Statthalter von Judäa ernannt hatte. Oder – weniger erfreulich – die Sache mit dem Aquaedukt: Claudia hatte vorausgesehen, dass es ihm Ärger einbringen würde, wenn er sich aus dem Tempelschatz bediente.

„Dieser Galiläer ist unschuldig“, fuhr sie mit Nachdruck fort. „Lass ab von ihm, sonst wird sein Blut für ewig an deinen Händen kleben.“

„Wenn er nichts verbrochen hat, hat er nichts zu befürchten. Entschuldige mich jetzt: Ich kann es kaum erwarten, meinen beflissenen Freund Tubero wiederzusehen.“

Lieber wäre ihm gewesen, sie hätte von der Abreise des Tribunen geträumt. Und auch den fettleibigen Senator, der sich wie ein Parasit in seinem Palast eingenistet hatte, wäre er lieber heute als morgen losgeworden. Doch leider hatte Claudia einen anderen Traum gehabt. Und Pilatus nahm sich vor, ihn ernst zu nehmen.

Jesus stand vor dem Richterstuhl. Die übernächtigten Männer, die ihn hergebracht hatten, salutierten dem eintreffenden Statthalter. Ihm war anzusehen, wie wenig ihm der Sinn danach stand, sich mit dieser Angelegenheit auseinanderzusetzen. Kurz musterte er den Rabbi, stieg dann die drei Stufen zu seinem Stuhl empor, glättete seine Toga und ließ sich nieder.

„Der Hohepriester teilte mir mit, dass er einen *König* vorbeischickt. Ich bin schon sehr gespannt. Tribun?“

„Prokurator!“ Tubero trat vor und richtete anklagend einen Finger auf Jesus. „Sie haben die ganze Nacht über den Galiläer beraten.“

„So wie er aussieht“, meinte Pilatus, „haben sie nicht nur über ihn beraten.“

„Sich König rufen zu lassen ist eine Sache, sich selbst als König zu bezeichnen eine andere. Der Sanhedrin ist zu dem Urteil gelangt, dass dieser Mann eine Gefahr für den Frieden und die öffentliche Ordnung darstellt, weil er das Volk verführt. Außerdem redet er den Leuten ein, dass sie keine Steuern zahlen sollen.“

Lügner! Stephaton lag das Wort auf der Zunge. Warum verdrehte der Tribun dem Rabbi die Worte im Mund?

„Ist das so?“ Wie gelangweilt betrachtete Pilatus seinen steinbesetzten Amtsring. „Nun ja, Steuern bezahlt bekanntlich niemand gern.“

„Wenn der Rabbi behauptet, er sei der wahre Herrscher, ist das eine Provokation Roms“, setzte Tubero hinzu.

Pilatus massierte sich die Stirn. „Besten Dank für die Belehrung, Tribun. Wenn du gestattest, würde ich ihn gern selbst befragen, was genau er damit meint. – Rabbi!“ Seine Aufmerksamkeit galt nun einzig Jesus. „Mir scheint, als hättest du dir mit deinen prahlerischen Reden ein Problem eingehandelt“, sagte er in griechischer Sprache. „War es das wert? Bist du tatsächlich – *ein König*?“

Stephaton hing an den Lippen von Jesus und glaubte seinen Ohren nicht zu trauen, als dieser dem Statthalter mit fester Stimme antwortete: „Du sagst es.“

Tubero hob triumphierend das Kinn, während Pilatus von Neuem seinen Ring in Augenschein nahm. „König von was? Von Israel? Wer hat dich dazu gemacht? Kannst du mir deine Ernennungsurkunde zeigen? Nein, natürlich kannst du das nicht, also bist du auch kein König. Womit die Sache schon geklärt wäre, nicht wahr, Rabbi?"

Dazu schwieg Jesus, obgleich ihn der Statthalter fragend ansah.

Tubero stieß den Gefangenen an. „Antworte dem Statthalter!"

Pilatus winkte ab. „Seine Antworten bringen uns ohnehin nicht weiter. Hat dieser Mann Aufruhr gepredigt? Nein! Die Herren des Hohen Rates belassen es bei nebulösen Andeutungen. Was wollen sie von mir? Als hätten sie sich jemals um Roms Interessen gesorgt. Warum schicken sie mir diesen Mann?"

„Ist es nicht verantwortungsvoll, dies zu tun?", widersprach Tubero.

„Verantwortungsvoll sind sie vor allem, wenn es ihren eigenen Interessen dient, Tribun."

„Du hast seiner Verhaftung zugestimmt und obendrein noch Männer dafür abgestellt."

„Weil ich dachte, sie hätten etwas Handfestes gegen ihn vorzuweisen. Dies scheint mir nicht der Fall zu sein. Wobei mir einfällt, dass ich dir das Kommando für die heutige Hinrichtung übertragen hatte."

„Du kannst dich darauf verlassen, dass sie bis zur dritten Stunde am Kreuz hängen, Prokurator. Alles wird zu deiner größten Zufriedenheit ablaufen."

„Ja, das sagtest du gestern bereits. Und ich vertraue dir. Bis zur neunten Stunde sollten sie tot sein, ansonsten ordnest du das *crurifragium* an." Die Gekreuzigten starben innerhalb von Minuten, sobald sie sich nicht mehr auf ihren Fußstützen aufzurichten vermochten.

„Sagtest du nicht, sie hätten keine Gnadenakte zu erwarten?"

„Wegen des Festes bleibt uns aber nichts übrig, Tribun. Das solltest du wissen."

„Wie du befiehlst. Was machst du nun mit diesem Rabbi?"

„Ich werde ihn freilassen."

„Der Hohe Rat würde wohl deinen Palast stürmen."

„Sei unbesorgt, Tribun, diesen Palast werden sie nicht betreten: Es würde sie unrein machen. Dann müssten sie ihr Pessachlamm an die Hunde verfüttern."

Pilatus' Grinsen konnte seine Verärgerung nicht übertünchen. Fieberhaft überlegte er, wie er diese lästige Angelegenheit loswerden konnte. Bis ihm ein Gedanke kam.

„Er stammt doch aus Galiläa."

„Aus Nazareth, um genau zu sein."

„Dann sehe ich keinen Grund, weshalb man diese Angelegenheit nicht Antipas überlassen sollte. Er ist der Herrscher von Galiläa und weilt zudem gerade in der Stadt – bringt den Rabbi also zu ihm! Wenn der Galiläer glaubt, er sei ein König, kann er sich mit dem Tetrarchen eingehend darüber austauschen."

„Aber ..."

„Du hast mich gehört, Tribun! Berichte Antipas, worum es geht, und bitte ihn in meinem Namen um seine Stellungnahme. Wenn er der Meinung ist, dass der Rabbi bestraft werden muss, dann soll er sich nicht scheuen, ein angemessenes Urteil zu fällen."

„Wie du meinst, Prokurator!" Tubero gab den Männern ein Zeichen. „Bringen wir ihn zum Tetrarchen."

Vor dem Praetorium entstand ein großer Menschenauflauf, als sie Jesus hinausführten. Spätestens jetzt wurde das Gerücht zur Gewissheit: Der Wunderrabbi war festgenommen worden! Was immer ihm auch vorgeworfen wurde, selbst die Römer interessierten sich dafür. Einige der Versammelten riefen etwas, das wie Protest klang, andere pfiffen, wieder andere johlten oder applaudierten, als sei dies alles nur ein unterhaltsames Theaterstück. Tubero befahl seinen Männern, die Schwerter zu ziehen, damit niemand an ihrer Bereitschaft zweifelte, gegen jede Form von Aufruhr vorzugehen.

Drei Frauen – Maria von Magdala, die Mutter von Jesus und Sara – bemühten sich vergeblich, durch die Menge vorzudringen.

Immerhin konnten sie die große Gestalt von Jesus inmitten der Soldaten ausmachen, doch ihr Rufen blieb angesichts des Lärms aussichtslos. Dann entdeckte Sara Stephaton unter den Männern, die den Meister in Gewahrsam hatten. Stephaton schaute seinerseits suchend in die Menge, als hielte er Ausschau – nach ihr?

Für die Dauer eines Wimpernschlages trafen sich ihre Blicke. Verwirrt wandte Sara sich ab und versteckte sich hinter der Magdalanerin. Unerträglich war der Gedanke, dass er zu seinen Peinigern gehörte. Sie legte eine Hand auf ihr klopfendes Herz.

23

Wann immer sich Herodes Antipas in Jerusalem aufhielt, bezog er Quartier im Palast der Hasmonäer, einem ansehnlichen, mit zwei Türmen geschmückten Bauwerk. Es lag etwa auf halber Strecke zwischen der Residenz des Pilatus und dem Tempelberg.

Stephaton war sich nicht sicher, ob er vorhin wirklich Sara erblickt hatte. Zu rasch war die junge Frau wieder aus seinem Sichtfeld entschwunden gewesen. Er hatte ernsthaft überlegt, sich vom Trupp zu entfernen, um sie zu suchen, und er hätte es auch getan, wenn ihn eine Wand aus Menschen nicht daran gehindert hätte. Also musste er weiter im Ungewissen bleiben. Der Anblick des Gefangenen, der schuld war an diesem Dilemma, machte es ihm nicht einfacher. Wenn er diesen Jesus doch wenigstens aus vollem Herzen verachten könnte.

Es war merkwürdig, dass sich Pilatus um ein Urteil gedrückt hatte. Was würde Antipas entscheiden? Weder Pilatus noch Antipas waren normalerweise zimperlich, wenn es galt, ihre richterliche Macht zu demonstrieren. Stephaton konnte ein eigenes Lied davon singen. Blieb zu hoffen, das ihm eine persönliche Begegnung mit dem Tetrarchen erspart blieb. Falls dieser sich überhaupt mit dem Fall dieses Jesus beschäftigen wollte. Vielleicht hatte er ja genug von selbst ernannten Propheten. Der Fall des Täufers hatte ihm, wie allseits bekannt, nichts als Ärger eingebracht.

Wenn es doch bloß schon Abend wäre, dachte Stephaton. Er fühlte sich elend und kraftlos nach dieser grauenvollen Nacht. Und später noch die Hinrichtungen, gleich drei Halunken mussten ans Kreuz geschlagen werden – wie sollte er das überstehen?

Am Palast der Hasmonäer angelangt, verlangte Tubero von den Wachleuten, zum Tetrarchen vorgelassen zu werden. Zusammen mit dem Gefangenen führte man ihn in die Gemächer des Antipas; der Rest des Trupps wurde angehalten, im Palasthof zu warten. Dort lehnte sich Stephaton erschöpft gegen eine Säule und lauschte den Gesprächen der anderen Wartenden, die Wetten eingingen, wie der Tetrarch über Jesus befinden würde.

Zwei Frauen, die in Begleitung eines Offiziers den Hof überquerten, ließen die Soldaten innehalten. Mit offenen Mündern starrten sie den Schönheiten hinterher. Stephaton erkannte Herodias, die Gemahlin des Antipas, und Salome, deren Tochter. Und er erkannte Joram, den jüdischen Hauptmann, der ihn damals nach Jerusalem gebracht hatte.

Joram weilte also in der Stadt. Stephaton stellte sich vor, dass der Hauptmann nur widerwillig der Aufgabe nachkam, diesen unmoralischen Frauen zu Diensten zu sein. Aus alter Verbundenheit hätte er ihm gern ein tröstendes Wort zugerufen, wenngleich er selbst dringend Trost brauchte. Ohne die Römer eines Blickes zu würdigen, verschwanden Joram und die Frauen im gegenüberliegenden Trakt des Palastes. Die Männer begannen sich wieder zu regen.

„Da möchte man doch gern einmal in der Haut des Antipas sein."

„Habt ihr die Kleine gesehen? Das muss Salome gewesen sein. Ist sie nicht eine liederliche Göttin? Es lebe Venus!"

„Vorsicht, Marcus: Sie kann dich den Kopf kosten, du wärst nicht der Erste!"

Ihr Gelächter schmerzte Stephaton. Die ganze Welt widerte ihn an.

Als Tubero zurückkehrte, war seine Miene finster wie ein Gewitterhimmel. Den gefesselten Jesus führte er mit sich. Allerdings trug der Rabbi jetzt einen purpurnen Prunkmantel. „Was glotzt ihr?", fuhr Tubero die Wartenden an. „Zurück zu Pilatus, marsch!"

Die Frauen wussten nicht, wohin sie Jesus brachten. Zum Palast des Antipas, glaubten einige Schaulustige erfahren zu haben. Maria von Magdala rechnete damit, dass sie bald zurückkehrten, also verharrten sie vor der Residenz des Statthalters. Die um ihren Sohn bangende Mutter hatten sie in ihre Mitte genommen, tröstend hielten sie ihre Hände. Schon begann der Menschenpulk sich aufzulösen, als den Frauen ein verstört wirkender Mann entgegentrat: Simon Petrus!

Er sah aus wie eine lebende Leiche. In der Nacht war er nicht wie die anderen Jünger nach Betanien zurückgekehrt. Bereitwillig, aber mit matter Stimme und leeren Augen berichtete der sonst so unerschrockene Petrus den Frauen, was sie noch nicht wussten. So war Petrus nachts zur Villa des Hohenpriesters gegangen, wohin sie den Meister gebracht hatten. Stundenlang habe er im Hof, der voller Leute gewesen sei, abgewartet, was geschehen würde. Und obwohl er sich eine dunkle Kapuze weit über den Kopf gezogen hätte, sei er erkannt worden. Nicht einmal, sondern dreimal habe er abgestritten, ein Jünger von Jesus zu sein.

„Du musstest dich schützen!" Wie sie schon in der Nacht den konsternierten Johannes getröstet hatte, so sprach Maria nun auch dem Simon Petrus Mut zu.

„Er hat es geweissagt", sagte dieser tonlos. „Während des Mahls sagte er mir, dass ich ihn bis zur Morgendämmerung dreimal verleugnen würde. Eher würde ich für ihn sterben, hielt ich empört dagegen. Wenige Stunden später hatten wir ihn alle verlassen. Als ich ihn zum dritten Mal verleugnete, krähte ein Hahn."

„Du hast bewiesen, dass du kein Feigling bist. Mit dem Schwert hast du den Meister verteidigen wollen gegen eine Übermacht von Soldaten."

Simon Petrus schüttelte traurig den Kopf. „Eine weitere Torheit, für die der Meister mich tadelte. Und er bedachte mich mit einem Blick, der sagte: *Begreifst du denn immer noch nicht?* Ich bin seiner nicht würdig."

Sara wollte nicht länger stumm bleiben. „Du bist sein erster Jünger, Petrus. Er hat dich nicht ohne Grund dazu gemacht. Wir alle sind unvollkommen. Er wird dir alles verzeihen."

Simon Petrus sah sie an, als sei sie mitschuldig an seinem Elend. „Einer seiner Häscher hat nach dir gefragt, Sara."

Sie erschrak, obwohl seine Behauptung keine Überraschung mehr für sie darstellte. „Ich werde für ihn beten", hörte sie sich flüstern.

„Sie sind zurück!", posaunte jemand über die Straße und meinte den Trupp, der Jesus vor kaum einer Stunde zum Palast des Herodes Antipas gebracht hatte. Durch einen der Hintereingänge, so war zu erfahren, hätten sie sich wieder im Praetorium eingefunden.

Pilatus' Zufriedenheit hatte nicht lange gewährt. Noch bevor Tubero mit dem Rabbi zurückkehrte, war eine Abordnung ungeduldiger Ratsmitglieder vor den Palastpforten erschienen, um sein Urteil in Erfahrung zu bringen. Da er keines gefällt hatte und, wie sich zeigte, auch Antipas nicht willens war, den Rabbi zu verurteilen, war man nicht weiter als zuvor. Und als sei dies alles nicht schon ärgerlich genug, war kurz darauf eine weitere Delegation beim Statthalter eingetroffen, Angehörige eines der drei zum Tode verurteilten Verbrecher. Unter Berufung auf einen uralten Brauch unter König Herodes, der zum Pessachfest einen Gefangenen freizulassen pflegte, hatte man um Amnestie für den Banditen nachgesucht. Pilatus hatte kurz davor gestanden, sie allesamt einkerkern zu lassen, so sehr versetzte ihn das tolldreiste Ansinnen in Zorn.

Den Amnestiebrauch hatte er zu Beginn seiner Amtszeit abgeschafft – wo käme man hin, wenn man Rebellen und Mörder freiließe? –, und ausgerechnet heute behelligte man ihn damit. Kaum weniger ärgerte er sich über seinen Gast, den Senator Sextus Salvius, der, gerade erst aus dem Bett gestiegen, Zeuge seines Wutausbruchs wurde und deftig darüber lachte. Als habe Tiberius ihn nach Judäa geschickt, um sich in diesem komischen Land über einen überlasteten Statthalter zu amüsieren. Zähneknirschend hatte Pilatus Salvius' Gelächter ertragen. Und jetzt stand zu allem Überfluss wieder dieser starrköpfige Rabbi vor ihm.

Pilatus ging vor ihm auf und ab. „Herodes hält ihn für unschuldig?", fragte er den Tribun, der mit seinen Leuten einen Halbkreis um den Gefangenen bildete. Stephaton sah zu, dass er im Hintergrund blieb.

Tubero nickte widerwillig. „Antipas wollte, dass er vor seinen Augen ein Wunder wirkt. Der Rabbi aber zog es vor, sich nicht von der Stelle zu rühren und wie ein Grab zu schweigen."

„Was hat der Tetrarch denn erwartet?"

„Er ließ einen Krug voll Wasser bringen und verlangte von ihm, seinen Inhalt in Wein zu verwandeln."

„Das passt zu Antipas. Ebenso wie der Mantel, den er ihm umhängen ließ. Eine freundliche Geste unter Königen, würde ich sagen. Es macht also durchaus einen Unterschied, ob man sich als Galiläer König nennt, oder den Tetrarchen einen Ehebrecher schimpft."

„Der Mantel war vielmehr eine Idee seiner Gemahlin Herodias. Der Tetrarch dankt dir für dein Vertrauen, Prokurator. Und er lässt dir ausrichten, dass er sich für diesen Fall nicht zuständig fühlt."

Natürlich nicht. Durfte ihn das wundern? Antipas war ein Fuchs. Warum sollte er sich in die Nesseln setzen?

„Vor dem Palast hat sich eine Volksmenge versammelt. Ratsherren, Priester, Schaulustige", merkte Tubero an.

„Ich habe bereits die Wachen verstärkt."

„Sie verlangen, dass du öffentlich Gericht hältst."

Darum würde er wohl nicht mehr herumkommen. Die Beharrlichkeit dieser Menschen war beispiellos, und in Tubero, der die Juden hasste, hatten sie absurderweise einen Gesinnungsgenossen gefunden. Aber es half nichts, die Angelegenheit musste erledigt werden. Es durfte nicht so weit kommen, dass der Sanhedrin ihn zu seinem Instrument machte, um sich eines missliebigen Wanderpredigers zu entledigen.

Pilatus klatschte laut in die Hände. Sogleich eilte eine Schar Bediensteter herbei. „Tragt den Richterstuhl auf die Loggia! Ich will draußen Gericht halten!"

Unmittelbar vor Jesus blieb er stehen. Beinahe erschien es Stephaton, als müsste sich der Statthalter überwinden, ihm in die Augen zu schauen.

„Wir können die Sache erheblich vereinfachen, Rabbi Jesus. Schon einmal habe ich dich gefragt und jetzt frage ich dich ein zweites Mal: Bist du ein König? Bist du gar der König der Juden?"

Nicht Trotz, eher Bedauern schwang in seiner Antwort mit. „Sagst du das von dir aus, oder haben es dir andere über mich gesagt?"

Gegen seinen Willen warf Pilatus dem Tribun einen Hilfe suchenden Blick zu. „Bin ich denn ein Jude?", fuhr er Jesus hiernach an, indem er sich an die Brust tippte.

„Wenigstens hat er seine Sprache wiedergefunden", befand Tubero.

„Es waren Leute deines eigenen Volkes, Jesus, die dich mir auslieferten. Was hast du eigentlich noch getan, außer dich König zu nennen?"

Stephaton war gespannt auf die Antwort. Damals, am Hügel bei Kapernaum, war Jesus niemandem, der ihn herausforderte, etwas schuldig geblieben. Und neulich im Tempel hatte er seine Widersacher regelrecht beschämt. Wie würde Pilatus mit ihm fertig werden?

„Mein Königtum ist nicht von dieser Welt. Wäre es von dieser Welt, würden meine Anhänger kämpfen."

„Gegen Rom? Das würde ihnen schlecht bekommen. Wenn ich dich recht verstehe – und ich frage dich das jetzt zum letzten Mal –, du bezeichnest dich also wirklich als König?"

„Du sagst es, ich bin ein König. Ich bin dazu geboren und in die Welt gekommen, dass ich Zeugnis für die Wahrheit ablege."

Ein vergnügtes Glucksen hinter seinem Rücken bedeutete Pilatus, dass der Senator den Weg hierhin gefunden hatte. Was muteten die Götter ihm heute noch alles zu? Pilatus holte tief Luft.

„Und was ist Wahrheit?"

Eine Antwort auf seine Frage verlangte der Statthalter offenbar nicht zu hören, denn sein Richterstuhl hatte bereits den Weg auf die Loggia gefunden. Mit einem leisen Fluch auf den Lippen trat Pilatus hinaus und wandte sich der versammelten Menge zu.

Pilatus' Erscheinen ließ den Geräuschpegel anschwellen. Einige hundert Menschen hatten den Weg zum Praetorium gefunden, überwiegend gemeines Volk. In vorderster Reihe aber standen Ratsherren, Priester und Tempelobere, Kaiphas in deren Mitte. Der Hohepriester trug ein schwarzes Gewand und sah angriffslustig zum Statthalter empor. Hannas, sein Vorgänger und Schwiegervater, stand ihm wie ein Adjutant zur Seite. Mit beiden hatte Pilatus schon manchen Disput ausgefochten, doch im Wesentlichen kamen sie miteinander aus. Der Hohe Rat war auf seine Gunst angewiesen, und umgekehrt konnte sich Pilatus ihre Opposition nicht leisten. Ihr Zweckbündnis schien heute ernsthaft gefährdet zu sein.

Pilatus hob eine Hand, damit die Menge still wurde. Als er das Wort ergriff, galt sein Blick dem Hohenpriester. „Ihr habt mir den Rabbi Jesus gebracht, damit ich über ihn richte. Ich habe ihn inzwischen verhört und finde keine Schuld an ihm."

„Wenn er kein Übeltäter wäre", entgegnete Kaiphas, „hätten wir ihn dir nicht ausgeliefert."

„Sich in philosophischer Absicht als König zu bezeichnen, ist aus römischer Sicht kein Verbrechen. Ihr haltet ihn für einen Gotteslästerer? Das ist sicher unerfreulich und beleidigt euren Glauben, aber letztlich ist es nicht mein Problem. Er hat im Tempel die Tische der Händler umgestoßen und euch beschimpft? Auch das kümmert mich nicht, denn dafür gibt es eine Tempelwache. Warum richtet ihr ihn nicht selbst, wenn er gegen eure Gesetze verstoßen hat?"

Kaiphas beriet sich kurz mit seinem Schwiegervater, bevor er antwortete. „Weil es uns nicht gestattet ist, jemanden hinzurichten."

Überrascht von dieser unverhohlenen Offenheit zog Pilatus die Stirn kraus. „Ihr wollt, dass ich das Todesurteil über ihn spreche?"

Jetzt war es Hannas, der das Wort ergriff. „Hättest du dich gründlicher mit dem Fall beschäftigt, Prokurator, dann wüsstest du, dass dieser Mann mehr verbrochen hat, als sich König oder Gottes Sohn zu nennen."

Hannas! Pilatus hatte die alte Giftschlange noch nie gemocht. „Selbst Herodes Antipas hält ihn für unschuldig!", erwiderte er ihm.

Aber Hannas war klug genug, der Falle zu entkommen. Dass Antipas für ihn kein Jude war, gehörte nicht vor dem Statthalter ausgesprochen. „Jesus von Nazareth ist ein Volksaufwiegler", sagte er stattdessen. „Seine hetzerischen Lehren hat er im ganzen Land verbreitet, zuerst in Galiläa und zuletzt auch hier in Jerusalem. Viele seiner Anhänger halten ihn für den Messias. Er hat ihnen niemals widersprochen. Er hat den Tod verdient."

„Du weißt, Prokurator", ergänzte Kaiphas listig, „dass es in meinem Volk Menschen gibt, die behaupten, der Messias werde die Römer aus dem Land vertreiben."

Einige verborgene Zuschauer klatschten Beifall. Pilatus überhörte das großzügig, was blieb ihm übrig.

„Es ist nicht meine Aufgabe, die Mythen eines Volkes auszurotten, Hoherpriester!"

„Wir fragen uns, ob das der Kaiser oder der Präfekt Seianus genauso sehen, Prokurator. Als wir Jesus verhörten – und wir alle sind Zeugen! –, prophezeite er uns unverhohlen, dass er an der Seite Gottes vom Himmel kommen werde, um ein neues Königreich zu errichten."

„Ganz zu schweigen von seiner Absicht, den Tempel zu zerstören", fügte Hannas hinzu.

„Wenn es so weit ist und euer Jesus vom Himmel steigt, dann seid gewiss, dass meine Legionen ihm einen gebührlichen Empfang bereiten werden!"

Aus der Menge schallte Gelächter.

„Seine Jünger waren mit Schwertern bewaffnet, als man ihn in Gethsemane festnahm!“, behauptete Kaiphas. „Sind die Anhänger harmloser Philosophen etwa bewaffnet? Willst du warten, bis ein Aufstand losbricht? Und wirst du dann behaupten, wir hätten dich nicht gewarnt?“

Ein schlaksiger Mann im Gewand eines Pharisäers wurde nach vorn geführt. „Höre diesen Mann, Prokurator: Er war Zeuge, als Jesus im Tempel den Leuten predigte, sie sollten dem Kaiser keine Steuern zahlen.“

Der Pharisäer räusperte sich. „Das ist wahr, Prokurator. Er sagte: *Warum gebt ihr dem Kaiser, was eigentlich Gott gebührt*?“

Aus der Menge erntete er Widerspruch. „So hat er das nicht gesagt!“ – „Schwindler!“ – „Bist du etwa schwerhörig?“

Auch in den Reihen der Ratsmitglieder schien keine völlige Einigkeit zu bestehen. „Mir wurde dieser Spruch anders überliefert“, rief ein wuchtiger Mann, „er hat nie zur Steuerverweigerung aufgerufen.“

„Und mir wurde überliefert, dass du des Öfteren Umgang mit dem Nazarener pflegtest, Nikodemus“, giftete der alte Hannas.

„Das ist wahr, und die Gespräche mit ihm waren bemerkenswert. Ich jedenfalls habe hier keine falsche Aussage wider meinen Nächsten gemacht.“

„Willst du damit behaupten …?“

„Meine Herren“, unterbrach Pilatus ihren Disput, „die Residenz des Statthalters ist kein Basar.“ Von einer einhelligen Stimmung gegen Jesus konnte nicht die Rede sein. „Hast du noch andere Zeugen?“, fragte er den Hohenpriester gleichgültig.

„Was nützen sie mir, wenn man ihnen nicht glaubt.“

Stimmengewirr wurde laut. Pilatus hob die Hand und verlangte Stille. In seinem Kopf tönte eine Stimme: *Lass ab von ihm, sonst wird sein Blut für ewig an deinen Händen kleben!* Er wusste, dass seine Gemahlin irgendwo im Verborgenen stand und alles mitverfolgte.

Plötzlich kam ihm ein Gedanke. Eine Idee. Nein, er hatte die *Lösung* gefunden für dieses unleidliche Problem, das über ihn gekommen war wie eine lästige Erkältung. Über seine Schulter sah er nach hinten, wo Tubero, Senator Salvius und die Soldaten die Verhandlung verfolgten. Wie aus Erz gegossen stand der gefesselte Jesus zwischen ihnen. Unmöglich zu sagen, was ihn bewegte, jedenfalls wirkte er nicht wie jemand, über dessen Schicksal soeben heftig gestritten wurde.

„Tribun“, flüsterte Pilatus.

Tubero trat näher. „Prokurator?“

„Wie heißt der Anführer dieser verlausten Mörderbande, die du heute hinrichten sollst?“

„Woher soll ich das wissen?“

„Du führst das Kommando über den Hinrichtungstrupp und kennst nicht die Namen der drei Verurteilten?“ Pilatus wandte sich den anderen zu. „Kennt einer von euch seinen Namen?“

„Er nennt sich Bar Abbas, Prokurator“, sagte Stephaton, weil kein anderer antwortete.

„Bar Abbas. Seltsamer Name, aber bitte … Ein alter Brauch“, rief er in die Versammlung, „erlaubt es mir, euch an eurem Pessachfest einen Gefangenen freizulassen!“ Voller Genugtuung sah er die Schatten, die über die Gesichter des Hohenpriesters und seiner Begleiter huschten. Vergeblich hatten sie ihn damals überreden wollen, den Brauch beizubehalten. Aus diesem Grund konnten sie jetzt schwerlich dagegen protestieren.

„Ich möchte den Brauch wieder aufleben lassen und stelle euch zwei Gefangene zur Wahl. Der eine ist ein Bandit und Mörder, Bar Abbas, der heute noch am Kreuz sterben soll. Der andere ist Jesus, dem vorgeworfen wird, er habe sich zum König der Juden ernannt.“

„Vor allem hetzt er das Volk auf!“, rief Hannas mit zornesrotem Gesicht, aber Pilatus beachtete ihn nicht.

„Entscheidet: Wen von den beiden soll ich freilassen? Bar Abbas oder Jesus? Die Wahl liegt allein bei euch!“

Die Frage kam unerwartet, sodass sekundenlanges Schweigen herrschte. Dann aber überschlugen sich die Rufe, Bar Abbas, riefen die einen, Jesus die anderen, Gerangel und ein infernalischer Lärm brachen los. Zu seinem Bedauern musste Pilatus erkennen, dass die Delegation, die um Amnestie für ihren Verwandten nachgesucht hatte, mitten in der Menge stand und sich besonders lautstark gebärdete. Hätte er diese Leute doch in Arrest genommen! Er gab einem seiner Männer, die die Menge vor dem Praetorium beaufsichtigten, ein Zeichen. Eine Fanfare verkündete daraufhin die Unterbrechung der Verhandlung.

Tausend winzige Schweißperlen besiedelten Pilatus' kahlen Kopf, als er fluchtartig in den Saal zurückkehrte. „Diese Juden bringen mich noch ins Grab", schimpfte er.

„Von einem Amnestiebrauch ist mir aber nichts bekannt", sagte Tubero schmallippig.

„Wie auch? Du bist noch ein Jüngling und obendrein zum ersten Mal in Judäa. Nicht nur einmal hat mich der göttliche Tiberius in seiner Weisheit gemahnt, die Traditionen des Landes zu beachten. Nicht wahr, Senator Salvius?"

Auch der fettleibige Senator schwitzte, denn der noch junge Tag wurde immer heißer und drückender. „Ja, das hat er. Wenn es dir auch in diesem Fall recht spät wieder einfällt. Was hast du vor?"

Pilatus wies mit dem Kinn auf Jesus. „Bringt ihn in den Hof. Man soll ihn geißeln nach dem üblichen Maß. Danach kommt sofort mit ihm zurück." Es wäre doch gelacht, wenn man diesen Rabbi nicht wie jeden anderen, der um sein Leben fürchtete, zum Winseln brachte.

„Nicht seine Geißelung verlangt der Hohe Rat, sondern seinen Tod!", sagte Tubero mit Nachdruck.

„Wer ist hier der Richter?" Demonstrativ wandte sich Pilatus an Stephaton, weil er in ihm einen rangniedrigen Hilfssoldaten erkannte. „Sag du mir: Wer ist hier der Richter?"

„Du, Prokurator."

„Habt ihr das gehört? Sogar dieser Bursche weiß es: *Ich bin der Richter!* Nicht der Hohepriester, nicht Hannas, kein anderer – ich bin es! Gebt acht, dass er noch lebt, wenn ihr ihn zurückbringt!“

Wieder wurde Jesus abgeführt. Pilatus und Salvius blieben zurück. Erst jetzt entdeckte Pilatus seine ebenfalls anwesende Gemahlin. Langsam schritt sie auf ihn zu.

„Wenn du gestattest,“, sagte sie mit schwerer Stimme zu Salvius, „würde ich gern mit dem Statthalter ein Wort unter vier Augen wechseln, Senator.“

„Gewiss, edle Claudia. Ohnehin wollte ich mir die Geißelung des Königs anschauen. Ist es nicht kurios, was fanatische Menschen zu ertragen bereit sind?“

Mit finsterem Blick starrte sie ihm nach. Wie zur Rechtfertigung sagte Pilatus zu ihr: „Wenn ich den Rabbi geißeln lasse, Claudia, werden sie schon zufrieden sein und Ruhe geben. Du hast sie ja gehört, sie waren wie Raubtiere: Ich habe getan, was ich konnte. Wenigstens kommt er auf diese Weise mit dem Leben davon.“

Sie war noch bleicher als sonst. Fast unmerklich schüttelte sie den Kopf. „Ich fürchte, es ist zu spät. Möge sein Blut über jene kommen, die daran die Schuld tragen.“

24

Die Menge begann bereits unruhig zu werden, als der Statthalter erneut erschien, um auf seinem Richterstuhl Platz zu nehmen. Diesmal war er nicht allein. Der Tribun begleitete ihn auf die Loggia und führte eine hochgewachsene, beklagenswerte Gestalt vor sich her: Jesus!

Maria, seine Mutter, schluchzte laut auf, Maria von Magdala drückte sie gegen ihre Brust, um ihr den Anblick, den sie selbst kaum ertrug, zu ersparen. Sara konnte nichts weiter tun, als sich in maßlosem Entsetzen eine Hand vor den Mund zu schlagen.

Jesus trug einen purpurroten Mantel. Dass er ihn zum Hohn trug, war nicht nur dem amüsierten Blick des Tribunen zu entnehmen, denn auch eine besondere Krone hatte man ihm zugedacht, bestehend aus geflochtenen Dornenzweigen. Sie war ihm so tief ins Fleisch gedrückt worden, dass sein Gesicht die Farbe des Mantels angenommen hatte. Überhaupt schien er nur noch aus blutenden Wunden zu bestehen, seine zum Bauch hin gefesselten Hände waren rohes Fleisch. Ungeachtet der fürchterlichen Schmerzen, die er ausstehen musste, blickte er wie suchend in die Menge. Als sein Blick bei den drei Frauen verweilte, erschauderte Sara. Konnte dieser geschundene Mann der Messias sein? Hatten sie sich alle getäuscht? Er, der andere von ihren körperlichen und seelischen Verletzungen befreit hatte, er, der Heiler, war nun selbst von Wunden übersät. Doch ihre Liebe zu ihm war ungebrochen. Vielleicht war sie größer als je zuvor in diesem grausamen Augenblick, in dem ihre Welt ein weiteres Mal zu versinken drohte, nachdem sie bereits Stephaton verloren hatte.

Beharrlich versuchte der Statthalter, sich Gehör zu verschaffen, doch nur langsam verstummte die erhitzte Menge. Mit ausgestreckter Hand wies Pilatus auf Jesus.

„Da ist der Mensch!", rief er. „Seht ihn euch genau an: Kann diese Jammergestalt Gottes Sohn sein? Ich habe ihn geißeln lassen, das ist Strafe genug für einen Querulanten seiner Sorte. Ich finde keinen Grund, ihn zum Tode zu verurteilen."

„Dann sind wir immer noch geteilter Meinung!", erwiderte Kaiphas ungerührt.

„Wir fordern die Freilassung des Bar Abbas!", rief jemand aus dem Pulk und wurde prompt vielseitig unterstützt. „Bar Abbas!", skandierten nicht nur die Verwandten des Erwähnten lautstark. Unwillig erkannte Pilatus, dass die vergangene halbe Stunde eifrig genutzt worden war, um eine breite Front gegen eine Freilassung des Rabbi zu formieren. Vermutlich steckte sogar der verschlagene Hannas dahinter. Er hätte wissen müssen, dass Hannas und sein Schwiegersohn nicht untätig blieben, damit alles nach ihrem Willen geschah. Und dabei hatte er geglaubt, er hätte es besonders klug angestellt.

Die Menge ließ sich nicht beruhigen. Pilatus war gezwungen, eine Fanfare ertönen zu lassen, damit er in dem Tumult wieder zu Wort kam.

„Was soll ich dann mit Jesus tun?"

„Kreuzigen!", antworteten unzählige Stimmen. „Ans Kreuz mit dem Galiläer!"

Er hatte sie unterschätzt. Und war wütend auf sich selbst, weil er sich wie ein Anfänger hatte düpieren lassen. Kaiphas sah triumphierend zu ihm empor. Diesen Blick konnte Pilatus nur schwer ertragen, sodass er Tubero ein Zeichen gab, den Angeklagten hineinzuführen. Mit wehender Toga folgte er ihnen ins Innere.

Dass sich Jesus nach der Tortur der Geißelung überhaupt noch auf den Beinen halten konnte, grenzte für Stephaton an ein Wunder. Er hatte Männer gesehen, kräftige, starke Männer, die solche Hiebe nicht überlebt hatten. „Sag, was du willst, aber sein Gott scheint ihm Kraft zu geben", raunte ihm sein Nebenmann zu.

Pilatus baute sich vor Jesus auf. „Das hast du nun davon, du Messias! Um jeden Preis wollen sie deinen Tod. War es das alles wert?"

„Ein Hoch auf die alten Bräuche", sagte Tubero und grinste unverhohlen. „Ich fürchte, es wird noch mehr Tumult geben, wenn du dich nicht an dein Versprechen hältst, Prokurator."

Neben dem Namen des Bar Abbas erscholl da draußen jetzt auch immerzu der des Kaisers. Als hätten diese Juden Caesar neuerdings in ihr Herz geschlossen. Pilatus war überzeugt, dass die Götter ihn heute zum Narren hielten.

„Wie erfreulich", spottete Senator Salvius. „Sollten aus diesen Leuten noch verlässliche, treue Untertanen werden? Caesar wird erfreut sein, wenn ich ihm hiervon berichte."

Tubero wiegte theatralisch den Kopf hin und her. „Ob es ihn auch freut, wenn er von einem selbst ernannten König in Judäa erfährt?"

„Erspart mir dieses alberne Geschwätz", fuhr Pilatus sie an. „Wer an meiner Loyalität zum Caesar zweifelt, soll es mir offen sagen. Ansonsten schweigt, bei allen Göttern, ich habe hier Gericht zu halten."

Noch einmal wandte er sich an Jesus. „Wirst du uns nun endlich verraten, wo dein seltsames Königreich zu finden ist? Woher stammst du?"

Jesus gab ihm keine Antwort.

„Du sprichst nicht mit mir? Weißt du denn nicht, dass ich die Macht habe, dich freizulassen oder dich zu kreuzigen?"

Wer von den Anwesenden geglaubt hatte, dass Jesus weiter in seinem Schweigen verharren würde, sah sich getäuscht. „Du hättest keine Macht über mich, wenn sie dir nicht von oben gegeben wäre", kam es von seinen blutenden Lippen.

Mit einem ratlosen Kopfschütteln musterte ihn Pilatus. Einer seiner Offiziere hatte inzwischen den Saal betreten und salutierte vor ihm. „Die Leute werden unruhig, Prokurator. Einige sind bereits handgreiflich geworden. Sollen wir sie festnehmen?"

Pilatus massierte sich die Stirn. Es war zwecklos, dieses kleine Machtspiel hatte er verloren. Wegen des verstockten Galiläers würde er keine neuen Unruhen riskieren. Die Sache mit dem Aquaedukt hatte ihm damals genug Ärger beschert. Sollten Kaiphas und seine Leute doch ihren kleinen Triumph feiern, bei nächster Gelegenheit würde er es ihnen heimzahlen. Und Claudia? Sie konnte unmöglich von ihm erwarten, dass er seine Entscheidungen von ihren Träumen abhängig machte.

„Tribun! Du wirst diesen Mann an Stelle des Bar Abbas kreuzigen! Ich erwarte deine Meldung, sobald alles ausgeführt ist."

„Verstanden, Prokurator!"

Dieser anmaßende Jüngling mit Knabenvorliebe und Neffe des mächtigen Seianus – nun hatte auch er seinen rätselhaften Willen bekommen. Pilatus würdigte ihn keines Blickes. Er verspürte das übermächtige Bedürfnis, sich die verschwitzten Hände zu waschen. Doch zunächst musste er noch einmal vor die Menge treten, um sein Urteil zu verkünden.

25

Nur kurze Zeit später traute Bar Abbas, ehemals Anführer einer Bande von Straßenräubern, seinen Ohren nicht. Ein freier Mann sei er, versicherte man ihm, während man ihm die Ketten löste. Da er an einen üblen Scherz seiner Wächter glaubte, setzte er sich gegen sie zur Wehr und musste gewaltsam aus dem Verlies geschleppt werden. Erst als seine Verwandten ihn mit ausgelassenem Jubel vor der Antonia empfingen, beeilte er sich, an deren Seite flugs aus der Stadt zu verschwinden. Seinen beiden Kumpanen aber wurden die Querbalken ihres Kreuzes aufgelegt, bevor man sie nach Golgota trieb.

Unterdessen erschien Zenturio Cassius Longinus mit seinem Diener Zadok und einigen Legionären im Hof des Praetoriums, wo Tubero emsig Befehle erteilte. Longinus rümpfte die Nase, aber die Anordnung des Statthalters, der dem blasierten Tribun das Hinrichtungskommando übertragen hatte, war eindeutig gewesen.

„Ah, Zenturio! Da bist du ja endlich."

„Der Befehl, den Gefangenen Bar Abbas freizulassen, hat mich sehr verwundert."

„Du musst es nicht verstehen, sondern gehorchen. Wo sind deine anderen Gefangenen?"

„Sie werden auf Golgota auf dich warten. Es war die Rede von einem Rabbi, der mit ihnen gekreuzigt werden soll."

„Rabbi? O nein, er ist der König der Juden! Du bist doch ein Experte, was die Juden angeht, nicht wahr, Zenturio?"

„Wo ist er?"

Tubero deutete auf eine Gruppe von Soldaten, deren Gelächter über den Hof schallte. „Man erweist Seiner Majestät gerade noch ein wenig Ehre."

Longinus beschloss, sich diesen Mann aus der Nähe anzusehen.

Er fluchte leise, denn mit seinem Augenlicht war es heute besonders schlecht bestellt. Wie viel Zeit trennte ihn wohl noch von völliger Dunkelheit?

Die Soldaten, die den sogenannten König der Juden umringten, trieben ihren Spott mit ihm. Blutüberströmt kauerte dieser zu ihren Füßen, gehüllt in einen purpurnen Mantel. Nachdem Longinus genug gesehen hatte, wandte er sich wieder an Tubero.

„Der Mann wurde über das übliche Maß hinaus gegeißelt, Tribun. Er ist am Ende seiner Kräfte."

„Was du nicht sagst."

„Er kann unmöglich sein *patibulum* tragen."

„Du wirst staunen, wozu dieser König und Messias fähig ist."

„Wozu trägt er einen Dornenkranz?"

„Ein König braucht doch eine Krone."

„Sie schlagen mit Stöcken auf seinen Kopf."

„Du gönnst ihnen dieses kleine Vergnügen nicht? Vorwärts, Zenturio, machen wir uns an die Arbeit. Wo ist der Kohortus? Hatte der Prokurator ihm nicht ausdrücklich befohlen, den Exekutionstrupp heute zu unterstützen?"

„Kohortus Mellus hat eine üble Magenverstimmung. Sicher kommen wir auch ohne ihn zurecht."

„Eine Magenverstimmung, wie?"

„Das soll vorkommen."

„Sorg jetzt dafür, dass unser König an sein *patibulum* festgebunden wird."

Widerstrebend gab Longinus den Befehl dazu. Stephaton und Zadok packten den bereitliegenden Balken aus vierkantigem Holz und trugen ihn voran. Den purpurnen Mantel des Antipas hatte man Jesus inzwischen wieder abgenommen.

Tubero verlangte nach einem Pferd. Ein Knecht führte einen schnaubenden Rotschimmel heran.

„Dein Pferd könnte scheuen, Tribun, es wirkt nervös. Wenn du willst, lass ich meinen Hengst holen", schlug Longinus vor.

„Ich reite heute nicht zum ersten Mal. Auf, wir haben schon genug Zeit verloren."

Am Fenster ihres Gemachs stand Pilatus' Frau und sah zu, wie die Rotte den Hof verließ. Tränen rollten über ihre Wangen, denn der Mann, den sie in ihren Träumen gesehen hatte, mühte sich ab unter dem schweren Balken auf seinen geschundenen Schultern. Taumelnd ging er seinem Tod entgegen.

Stephaton, der mit Zadok und ihrem Henkerskarren das Ende des Hinrichtungszugs bildete, hielt immer wieder Ausschau nach dem einen Gesicht. Irgendwo in der Menge, davon war er überzeugt, musste auch Sara sein. Nicht nur wegen der Pilger waren besonders viele Menschen unterwegs, wie ein Lauffeuer hatte die Nachricht von der Verurteilung des berühmten Rabbis die Runde gemacht. Auffallend viele weinende Frauen standen am Straßenrand. Auch das von Verzweiflung gezeichnete Gesicht des Jüngers, der Simon Petrus hieß, entdeckte Stephaton in der Menge. Beabsichtigte er erneut, seinem Meister mit dem Schwert zu Hilfe zu kommen? Andererseits erinnerte sich Stephaton an die Worte, die Jesus in Gethsemane zu seinem Jünger gesprochen hatte. Doch auf zwölf Legionen Engel würde jener Petrus wohl auch heute vergeblich warten.

Vorn an der Spitze ritt der Tribun, sein roter Helmbusch war weithin sichtbar. Longinus und seine Leute bildeten die wachsame Eskorte des Todgeweihten, immer wieder mussten Gaffer zurückgedrängt werden. Noch bevor sie das Ephraimstor erreichten, war Jesus zweimal gestürzt. Tubero, der eine Peitsche hielt, wandte sich ungeduldig um. Eine Frau, die neben dem Gestürzten kniete, um sein blutüberströmtes Gesicht mit einem Tuch abzutupfen, musste gewaltsam von ihm weggezerrt werden.

„Zehn Denare, dass er es nicht mehr bis Golgota schafft." Zadok beobachtete alles mit derselben Aufmerksamkeit, die er für ein Wagenrennen im Hippodrom aufgewendet hätte.

„Wenn du gesehen hättest, mit wie viel Eifer sie ihn geißelten", entgegnete Stephaton mit schwerer Stimme, „würdest du deinen Wetteinsatz noch erhöhen."

Als der völlig entkräftete Jesus zum dritten Mal fiel, hatten sie das Stadttor soeben passiert. Schon lag der mit himmelwärts weisenden Pfählen gespickte Felsen Golgota in Sichtweite. Zenturio Longinus eilte zu seinen beiden Dienern hinüber. „Einer von euch beiden muss das Kreuz tragen", bestimmte er mit Nachdruck.

„Ich bin kein Verbrecher, Herr!", protestierte Zadok.

Zornig funkelte Longinus ihn an. „Du widersprichst mir?"

„Schon gut, ich will es tun", verkündete Stephaton, einer Eingebung folgend. Wenn Sara sah, dass er das Kreuz für ihren Meister trug, würde ihr das imponieren.

Zwei Legionäre hatten Jesus von seinem Balken losgebunden, als Longinus mit Stephaton zurückkehrte.

„Was soll das?", herrschte Tubero den Zenturio an.

„Mein Diener wird das Kreuz für ihn tragen."

„Das wird er nicht tun. Außerdem ist er von nun an mein Diener."

„*Dein* Diener?"

„Frag den Prokurator. – He, du!" Mit dem Stiel seiner Peitsche wies Tubero auf einen am Wegrand stehenden Mann, der ihm kräftig genug erschien. „Du wirst das Kreuz für den Galiläer tragen! Vorwärts!"

Der Mann, seiner Kleidung nach zu urteilen kam er von der Feldarbeit, hatte zwei Knaben bei sich. Ängstlich klammerten sie sich an ihren Vater.

„Ihr rührt euch nicht von der Stelle, bis ich zurückkomme", wies der Mann seine beiden Söhne an. Während die Legionäre ihm den Balken auf die Schultern luden, schlich sich Stephaton zu seinem Karren zurück. Der Tribun betrachtete ihn als sein Eigentum? Und was hatte der Statthalter damit zu tun?

„Willst dich wohl einschmeicheln beim Zenturio", sagte Zadok mit schiefem Lächeln.

„Wenn ich das wollte“, brummte Stephaton, „hätte ich vor zwei Jahren damit angefangen.“

Inzwischen stand Jesus wieder aufrecht. Am Ende seiner Kräfte war er noch nicht: Ohne den geschulterten Balken konnte er seinen letzten Weg fortsetzen. Woher nahm er bloß die Kraft?

„Es ist ein Jammer, aus ihm hätte man einen hervorragenden Gladiator machen können“, sagte Zadok bedauernd.

Der Weg nach Golgota verengte sich zu einem Pfad. Stephaton ließ den Gefährten vorangehen und schob den Karren von hinten an. Urplötzlich trat eine Frau neben ihn. Sie wirkte ernst und so entschlossen, dass er es nicht über sich brachte, ihr zu sagen, sie solle sich fortscheren. Sie hielt eine kleine Amphore in ihren Händen.

„Wirst du dem Rabbi davon zu trinken geben?“, flüsterte sie eindringlich.

„Du bist eine von seinen Jüngerinnen“, stellte er fest.

„Ich bin Maria. Und das hier ist mit Myrrhe gewürzter Wein. Er wird seine Qualen lindern.“ Ihr Blick forderte ihn auf, die Amphore, die sie ihm reichte, anzunehmen.

Stephaton zögerte. „Wo ist Sara? Wenn du mir sagst, wo ich sie finde, werde ich tun, was du von mir verlangst.“

„Vertraue darauf, dass sie *dich* findet, wenn sie es möchte.“

„Den Wein gegen deine Auskunft. Du hast die Wahl!“

Maria blieb unnachgiebig. „Gib ihm den Wein. *Noch kannst du gerettet werden!*“

Diese Worte versetzten Stephaton einen Stich ins Herz. Hatte das nicht auch damals der Täufer zu ihm gesagt? Die Jüngerin presste die Lippen aufeinander, ihr Blick war ein Schwerthieb. Hastig griff er nach der Amphore und legte sie zu den anderen Sachen in den Karren. Maria mischte sich wieder unters Volk.

„Was wollte das Weib von dir?“ Zadok war nicht entgangen, dass man Stephaton angesprochen hatte.

„Nichts.“

„Die Wahrheit, Freund: Was hat sie dir gegeben?“

„Wein für den Rabbi.“

Zadok blinzelte ihn an. „Das ist nicht erlaubt. Du wirst mächtigen Ärger bekommen.“

„Wenn du wirklich mein Freund bist, hältst du einfach den Mund.“

Ein allgemeiner Aufschrei lenkte ihre Aufmerksamkeit nach vorn. Das Pferd des Tribunen war auf dem felsigen Boden ausgerutscht. Einer der Legionäre griff den Zügel des sich aufrappelnden Pferdes, um es zu beruhigen. Der Reiter aber lag auf seinen Knien und hielt sich mit schmerzverzerrtem Gesicht den rechten Unterarm.

Am liebsten hätte Tubero die ganze Welt verwünscht. Und er hätte dies sicher auch getan, wäre der Schmerz nicht so heftig gewesen. Zum Fluchen fehlte ihm schlicht der Atem.

Mitleidlos blickte Zenturio Cassius Longinus auf ihn herab, in seinen Händen der Helm, den der Tribun beim Sturz verloren hatte. „Dein Arm scheint gebrochen zu sein“, sagte er. Man musste kein Arzt sein, um das zu erkennen. Tubero biss sich auf die Lippen.

„Du hättest auf mich hören sollen, Tribun. Mein Pollux hat diesen Weg schon tausendmal beschritten.“

„Worauf wartest du?“, zischte Tubero. „Vorwärts, die Kreuze warten!“

„Soll einer der Männer dich zurück zur Festung begleiten?“

„Habe ich nicht das Kommando, Zenturio? Daran ändert auch ein verletzter Arm nichts.“ Mühsam raffte er sich hoch und riss ihm den Helm aus der Hand. Longinus gab seinen Männern einen Wink. Der Verurteilte und sein Kreuzträger wurden weitergetrieben. Eine letzte leichte Anhöhe noch bis zum Richtplatz.

Tuberos feindseliger Blick heftete sich auf Jesus, der an ihm vorüberschritt, leidend, blutend, dem Tode näher als dem Leben, aber nicht zermalmt. Verdammter König! Tubero fand, dass sein Instinkt ihn nicht getrogen hatte: Dieser Mann war das Opfer, das er dem *Baal az-Zubab* schuldete. Er war ihm wie gerufen gekommen.

Plötzlich trafen sich ihre Blicke. Tubero durchfuhr ein eisiger Schreck. Hatte dieser Todgeweihte seine Gedanken gehört? Warum richtete er seine immer noch lebendigen Augen nicht auf den Weg, den zu bewältigen ihn Anstrengung genug kostete? Tubero hatte keinen Hehl daraus gemacht, dass er eine Gefahr in ihm sah. Er hatte ihn in Gethsemane festgenommen. Den Folterern des Pilatus war er sogar beschwingt zur Hand gegangen, als sie mit ihren *flagra* auf den an die Geißelsäule geketteten Rabbi einschlugen. Warum also lag im Blick des Gepeinigten kein Hass oder wenigstens eine Spur von Verachtung?

Nachdem Jesus vorübergegangen war, stellte Tubero fest, dass sein Schmerz verflogen war. Argwöhnisch hob er seinen Arm, um ihn zu betrachten: Er war unversehrt!

Auf Golgota wartete man bereits. Legionäre hielten die Schaulustigen auf Distanz. Fulvius, dienstältestes Mitglied des Kreuzigungstrupps, trat dem Zenturio breitbeinig entgegen. „Alles ist vorbereitet", meldete er stramm und beäugte den keuchenden Mann, der den Kreuzbalken trug. „Ist das der Rabbi? Der Kerl sieht eher wie ein Bauer aus."

Longinus wies auf Jesus. „Dieser ist es."

„Ein König trägt sein Kreuz doch nicht selbst", erklärte einer der Legionäre grinsend.

„Möglich, aber bald wird er mit all seiner Majestät daran hängen." Fulvius trat auf Jesus zu, um ihn näher zu betrachten. Jesus taumelte, vermutlich hatte er Fieber, aber er blieb auf den Beinen und ließ die Musterung gefasst über sich ergehen.

„Eine Dornenkrone, wie? Hübscher Einfall. Bei allen Göttern, was haben sie bloß mit ihm angestellt?"

„Beginnen wir", sagte Longinus ungeduldig. „Du", er wandte sich dem Kreuzträger zu, dem man mittlerweile den Balken von den Schultern genommen hatte, „du kannst verschwinden! Geh zurück zu deinen Söhnen."

Mit schwerem Atem sah der Angesprochene zu Jesus hinüber, als hätte er Skrupel, ihn nun zu verlassen. Erst der unsanfte Stoß eines Legionärs bewog ihn, sich davonzumachen.

„Zieht ihn aus, den König", wies Fulvius zwei Legionäre an. Abschätzend nahm er die blutverschmierte Tunika in Augenschein. Immerhin, es handelte sich um eine ausgezeichnete Webarbeit, nahtlos und mit Walnusssaft gefärbt. Später würden sie, wie es üblich war, darum würfeln, wer das Kleidungsstück besitzen durfte. Aus seinen Geißelungswunden quoll von Neuem das Blut, als Jesus, nur noch mit einem Leibschurz bekleidet, vor seinen Henkern stand.

Fulvius schüttelte den Kopf. „Hat man ihm etwa die Haut abgezogen? Beim Mars, da wollte uns wohl jemand um unsere Arbeit bringen."

„Nehmt ihm den verdammten Dornenkranz ab, bevor ihr ihn ans Kreuz schlagt", befahl Longinus.

Fulvius zeigte auf die beiden Spießgesellen des Bar Abbas, die, an ihre Querbalken gebunden, stöhnend vor den Kreuzstämmen im Staub lagen. „Drei Spitzbuben, das hat man auch nicht alle Tage. Wen sollen wir in die Mitte nehmen? Gibt es hierzu eine Anweisung?"

„Frag den Tribun. Er trägt heute das Kommando."

Longinus war nicht entgangen, dass Tubero merkwürdig still geworden war. Wie unbeteiligt stand er hinter ihm, als sei er nur Zuschauer des Geschehens.

„Tribun?" Fulvius trat an ihn heran. „Wie lautet dein Befehl?"

Tubero sah ihn verständnislos an.

„Welcher von den Strolchen darf in die Mitte, Tribun?"

„Der König", kam es nur schwer verständlich von Tuberos Lippen.

„Gewiss, der König, wer sonst. Zu Befehl, Tribun." Fulvius warf

Longinus einen Blick zu, der so viel besagte wie: Was ist denn mit diesem Kerl los?

Das fragte sich Longinus allerdings auch. Sein gebrochener Arm machte dem Tribun wohl mehr zu schaffen, als er zugeben wollte. Andererseits wirkte er seltsamerweise gar nicht mehr verletzt.

Fulvius klatschte in die Hände. „Na schön, Männer, ihr habt gehört, was der Tribun gesagt hat: den König in die Mitte. Beginnen wir mit seinen beiden Gefolgsleuten. Sie bekommen die Ehrenplätze an seiner Seite."

Bald darauf ertönten Hammerschläge und gellende Schreie.

„Trink das, Rabbi! Beeil dich!"

Stephaton reichte ihm die Holzschale, in die er Marias Wein gefüllt hatte. Noch waren die anderen mit den beiden Banditen beschäftigt. Es blieben ihm nur wenige Augenblicke.

„Trink, es wird deine Schmerzen lindern", drängte Stephaton, ihm die Schale an die Lippen haltend. Doch Jesus, der wartend vor seinem Kreuzbalken kauerte, schüttelte fast unmerklich den Kopf. Fast schien es Stephaton, als bedauerte er ihn. Als sei Jesus nicht selbst derjenige, den es zu bedauern galt.

„Was machst du da?" Fulvius' schneidende Stimme ließ Stephaton zusammenzucken. Schon hatte Fulvius ihm die Schale aus der Hand gerissen, roch an ihrem Inhalt und kostete davon. „Sieh mal einer an", sagte er, sich die Lippen leckend. Er nahm einen weiteren Schluck, bevor er Stephaton mit einem ansatzlosen Fausthieb niederstreckte.

„Was soll das, warum schlägst du ihn?", empörte sich der hinzutretende Longinus.

„Unser Mime wollte dem König gewürzten Wein zu trinken geben, Zenturio."

„Und wenn schon. Lass ihn in Ruhe, verstanden? Weiter, der Rabbi ist an der Reihe! Wir haben nicht den ganzen Tag Zeit!"

Stephaton dröhnte der Schädel, und für eine Weile umgab ihn

völliges Dunkel. „Was habe ich dir gesagt?“, hörte er Zadoks vorwurfsvolle Stimme wie aus weiter Ferne. Dann wieder Hammerschläge. Als er zu sich kam, war Jesus bereits ein gekreuzigter Mann.

„Vater, vergib ihnen, denn sie wissen nicht, was sie tun!“ Während er diese Worte sprach, blickte Jesus auf die Stadt Jerusalem, als sei sie seiner elenden Lage zum Trotz sein persönliches Eigentum.

Stephaton entsann sich: „*Jerusalem ist die Stadt des großen Königs!*“, hatte Jesus beteuert, damals, auf jenem Hügel bei Kapernaum.

26

Piso Aleator, wer sonst? Er gewinnt immer. Ich frage mich, ob mit seinen Würfeln alles in Ordnung ist. In seinem verfluchten Kerker hat er alle Zeit der Welt, sie zu zinken."

Neugierig verfolgte Zadok, wie Fulvius und vier weitere Männer abseits der Kreuze um die blutbesudelten Kleidungsstücke der Verurteilten würfelten. Unterdessen ließ Stephaton seinen Blick über die Menschenmenge schweifen. Wo war Sara?

Eine Gruppe von etwa zehn Tempelvertretern erschien vor der Absperrung und wünschte, zu dem gekreuzigten Rabbi vorgelassen zu werden. Da Tubero offenbar nicht mehr willens war, etwas zu entscheiden, sondern teilnahmslos, ja apathisch auf einem Fels hockte, erteilte Longinus ihnen die Erlaubnis. Zeitgleich erreichte einer von Pilatus' Offizieren den Richtplatz und drückte dem Zenturio eine Holztafel in die Hand. „Befehl des Prokurators: Das Schild am Kreuz des Galiläers anbringen!"

Mit Mühe konnten Longinus' erblindende Augen die Inschrift entziffern: *Jesus von Nazareth, der König der Juden*. Sie war in Lateinisch und überdies in Hebräisch und Griechisch abgefasst.

„Von mir aus." Wen immer Pilatus damit verhöhnen wollte – den Rabbi, seine Ankläger oder alle zusammen –, Befehl war Befehl. Er winkte Fulvius zu sich. Wegen des verlorenen Würfelspiels war dieser schlecht gelaunt. „Hier, lass dieses Schild anbringen!" Mit dem Kinn wies Longinus auf das mittlere der drei Kreuze.

„*Rex … Iudaeorum*", las Fulvius umständlich. Was ihn nun doch wieder grinsen ließ. „Wird sogleich erledigt", versicherte er seinem Vorgesetzten. Mit der Holztafel ging er hinüber zu Zadok.

„Sieh mal, Bursche: Kannst du das lesen? *Rex Iudaeorum*! Ich finde, das sollte ein Jude anbringen, ein Untertan dieses glorreichen Königs! Einer wie du! Nimm die Leiter und nagle es oben fest."

„Ich bin kein Jude“, erwiderte Zadok zerknirscht.

„Und ob du einer bist. Aus einem Esel wird kein Pferd, auch wenn der Esel noch so gern eins wäre. Beeilung!“

Es war Zadok anzusehen, wie sehr er mit sich rang. Bevor er aber dem sadistischen Fulvius ein weiteres Mal widersprechen konnte, zog Stephaton ihn mit sich fort. „Ich helfe dir“, flüsterte er ihm zu.

Nachdem sie die Leiter von vorn an das Gerüst gelehnt hatten, stieg Zadok mit der Tafel unter seinem Arm und einem langen Nagel im Mund daran empor. Stephaton reichte ihm den Hammer. Zadok fluchte leise, als er die Tafel festnagelte, nur eine Handbreit über dem Kopf des Gekreuzigten. „Ein feiner König bist du“, zischte er, bevor er eilig wieder hinunterstieg.

Einer der Tempelpriester wandte sich verärgert an Longinus. „König der Juden? Es sollte darauf geschrieben stehen, dass er *behauptet* hat, er sei der König der Juden.“

„Warum gehst du nicht zum Prokurator und beschwerst dich bei ihm?“, meinte der Zenturio ungerührt.

„Nicht nötig“, erwiderte ein anderer. „Wir wissen ja: Pilatus hat seinen eigenen Humor.“ Aus schmalen Augen sah er zu dem Gekreuzigten empor. Jesus war immer noch bei vollem Bewusstsein.

„Nun, König von Israel, Messias und Sohn Gottes. Habe ich einen Titel vergessen?“

„Tempelzerstörer“, fügte sein Nebenmann hinzu.

„Richtig, den Tempel wollte er auch noch zerstören. Heute kann er ihn von seinem Kreuz aus betrachten. Ist es wahr, Jesus, dass du ihn innerhalb von drei Tagen wieder aufbauen wolltest? Wenn du wirklich so viele Wunder vollbracht hast, wie die Leute erzählen, dann frage ich mich, warum du dir nicht selbst hilfst.“

„Ja, warum steigst du nicht herab vom Kreuz, wenn du der Messias bist?“, keuchte der Gekreuzigte zu seiner Linken.

„Still, Gestas“, schalt ihn sein Kumpan. „Spürst du denn nicht, dass er ein frommer und heiliger Mensch ist?“

„Wenn er ein frommer und heiliger Mensch wäre“, lachte der

Priester, „hinge er nicht dort. Wenn du aber vom Kreuz herabsteigst, Jesus, dann wissen wir, dass du der Messias bist und wir uns alle geirrt haben. Der Hohepriester wird auf seinen Knien zu dir kriechen, um deine Vergebung zu erbitten."

„Das reicht", bestimmte Longinus. Diese Priester, Schriftgelehrten, Pharisäer und Tempeloberen waren doch nur gekommen, um den Rabbi zu verhöhnen. Wie groß musste ihr Hass auf diesen Mann sein? Doch selbst als Gekreuzigter, so dachte er, wirkte Jesus über sie erhaben.

„Geht hinter die Absperrung zurück!"

„Soweit mir bekannt ist, obliegt das Kommando nicht dir, sondern dem jungen Tribun aus Rom." Der gut unterrichtete Priester deutete auf Tubero, der abseits auf seinem Fels saß.

Doch Tubero spielte nicht mit. „Ihr habt gehört, was der Zenturio gesagt hat", sagte er matt.

Die Priester blickten sich fragend an und vereinbarten stumm, mit den Römern nicht zu streiten. Immerhin würden sie dem Hohenpriester ausrichten können, dass alles seinen planmäßigen Verlauf nahm. Grußlos machten sie kehrt und verließen mit wehenden Gewändern die Richtstätte.

„Jesus, denk an mich, wenn du in dein Reich kommst."

Longinus wollte den Banditen schon zurechtweisen – sollten sie doch endlich damit aufhören, den Rabbi zu behelligen –, aber noch ehe er ihm den Mund verbieten konnte, antwortete Jesus: „Noch heute wirst du mit mir im Paradies sein, Dismas!"

Jedem das Seine, dachte Longinus.

Ein Legionär meldete einen weiteren Ankömmling, Sextus Salvius. Zwei Sklaven halfen dem Senator aus der Sänfte. Salvius tupfte sich mit einem Tuch den Schweiß von der Stirn, während er die drei Gekreuzigten vor sich betrachtete. „Beim Merkur, sie riechen ja schon."

„Kann ich etwas für dich tun, Senator?", fragte Longinus mit dünner Stimme.

„Wo ist der Tribun?“

„Dort hinten – er fühlt sich nicht wohl.“

„Und Mellus? Ist er hier? Der Prokurator hatte seine Anwesenheit ausdrücklich befohlen.“

„Der Kohortus hat eine üble Magenverstimmung.“

„Wie bedauerlich. Der Prokurator wird kaum erfreut sein über die mangelnde Belastbarkeit seiner Männer. Ausgerechnet heute.“ Er schnalzte mit der Zunge. „Wie lange wird es dauern, bis sie tot sind?“

„Das ist schwer zu sagen, Senator. Doch wegen des Festes hat der Prokurator …“

„Gewiss, ich weiß: *crurifragium*! Eine widerliche Sache, aber wohl nötig. Nun, so lange will ich nicht bleiben. Der Tribun fühlt sich unwohl, sagtest du?“

„So ist es, Senator.“

Salvius winkte ihn näher zu sich heran. „Unter uns, dieses verwöhnte Bürschchen wird es nicht weit bringen, was denkst du?“

Longinus hatte nicht die Absicht, ihm nach dem Mund zu reden oder gar in eine Falle zu tappen. Wenn er doch endlich wieder verschwinden würde. Nur konnte er es diesem Fettwanst schwerlich befehlen.

„Das kann und will ich nicht beurteilen, Senator.“

„Was ist mit dem Rabbi? Ist er etwas kleinlauter geworden, nachdem sein Schicksal nun besiegelt ist?“

„Wie man es nimmt. Vorhin bat er seinen Gott, uns allen zu vergeben.“

Salvius grunzte amüsiert und sah erneut zu Jesus hinauf. „Du willst, dass uns vergeben wird, Rabbi? *Was* soll uns denn vergeben werden? Du stirbst hier, weil Rom ein Urteil über dich gesprochen hat. Stellst du dich etwa über Rom?“

„Lass ihn nur“, versuchte Longinus abzuwiegeln.

„Ich bin aber noch nicht mit ihm fertig, Zenturio.“

Was hatte dieser Jesus getan, dass die Menschen ihn demütigen wollten? Er machte keine Anstalten, dem Senator zu antworten, sondern schaute ihn nur aus seinen geschwollenen Augen an.

„Dein Gott braucht mir nichts zu vergeben, Jude! In wenigen Stunden wirst du tot sein. Ich werde auch noch leben, wenn sich die Maden über deinen Leichnam hermachen, und es gibt nichts, was dein Gott dagegen unternehmen kann!"

„Er nimmt den Mund ganz schön voll", raunte Stephaton Zadok zu. Salvius hatte so laut geschrien, dass es niemandem entgangen war.

Zadok zuckte mit den Schultern. „Aber er hat recht."

Inzwischen hatten sich Wolken vor die Mittagssonne geschoben. Im Westen wurde der Himmel bedrohlich dunkel. Ein fernes Donnergrollen ließ Salvius aufhorchen. „Es wird ein Unwetter geben", stellte er fest und winkte seinen Sänftenträgern. „Vorwärts, bringt mich fort von hier."

Von Unwettern hatte der Senator nämlich mehr als genug.

Die Stunden krochen dahin. Immer finsterer war es am Himmel geworden. Hin und wieder zuckten Blitze, ein heißer Wind fegte über Golgota und wehte den Soldaten Staub ins Gesicht.

„*Eloi, eloi, lema sabachtani!*", rief Jesus, die Stimme noch erstaunlich kräftig und die Augen zum schwarzen Himmel gerichtet. Ein Schauer ließ seinen Körper erbeben.

Fulvius lachte hohl. „Dein Elijah hilft dir jetzt auch nicht mehr, König der Juden." Die anderen Soldaten dosierten ihren Spott nun merklich sparsamer. Jesus schloss die Augen, lautlos bewegten sich seine Lippen. Stephaton vermutete, dass er betete.

Reglos hockte Tubero unterdessen auf seinem Fels, den Rücken den Gekreuzigten zugewandt und seinen Blick auf die heranziehende Gewitterfront gerichtet. Es war fast so dunkel wie in der Nacht. Fast wie in *jener* Nacht. In Gedanken sah er alles wieder vor sich …

Auch vor zwei Wochen hatte es so begonnen. Draußen auf dem Meer vor Zypern. Dann war der vielleicht fürchterlichste Sturm seit Menschengedenken über sie hereingebrochen. Hilflos den tobenden Elementen ausgeliefert, hatten sie im Schiffsbauch um ihr Leben gebangt. Der Kapitän ließ einen Sklaven über Bord werfen, um die Götter damit gnädig zu stimmen. Doch ein alter Araber, der mit ihnen reiste und bis dahin kaum ein Wort gesprochen hatte, gab zu bedenken, dass ein Sklavenopfer niemanden besänftigen werde.

„Dann sollten wir besser dich in die Fluten werfen", schlug der verängstigte Senator vor. Sie mussten einander anschreien, damit ihre Stimmen nicht im Tosen des Unwetters untergingen.

Ungerührt entgegnete der Araber: „Ihr mögt es ausprobieren, doch ich fürchte, auch mein Leben wird *Baal az-Zubab* nicht genug sein." Da begriffen sie, dass dieser alte, unheimliche Mann der Priester eines mysteriösen Kultes sein musste.

„Und was können wir tun, um diesen Gott, von dem du sprichst, zufriedenzustellen?", fragte der Kapitän.

„Das Opfer muss ein *König* sein!"

„Ach, so einfach ist das? Dummerweise ist nicht ein einziger König unter meinen Passagieren."

„Schwört dem *Baal az-Zubab,* ihm das Opfer binnen eines Mondes darzubringen, und ihr werdet den Sturm überleben", entgegnete der Araber ruhig.

Sein Gott war vielleicht mächtiger als alle anderen Götter, die ohnehin nie halfen, wenn man sie um etwas bat. „Ich schwöre es diesem *Baal az-Zubab*", verkündete Tubero entschlossen. Schließlich ging es um ihr Leben.

„Wer ist ein König?" Aller Furcht zum Trotz wollte sich Salvius in der Manier eines Advokaten abgesichert wissen.

„Jeder, der von den Menschen dazu gemacht wird", lautete des Arabers kryptische Antwort, die alles einfacher machte.

Die Finsternis erreichte Golgota. Die Stimme des Zenturios brachte Tubero ins Jetzt zurück. „Was denkst du, Tribun: Ist es Zufall, dass es mitten am Tag finster wird?"

Tubero horchte auf einen Anflug von Feindseligkeit in seiner Stimme, aber diesmal war nichts zu hören. „Ich bin kein Prophet, Zenturio. Möglich, dass dieser Rabbi einer ist, doch ich bin keiner."

Neben ihnen erschien Piso Aleator. „Eine Frau wünscht zu dem Rabbi vorgelassen werden", meldete er ernst. „Sie behauptet seine Mutter zu sein."

Mit einer Kopfbewegung willigte Longinus ein. Tubero aber versank erneut in brütendes Schweigen.

Wegen des drohenden Unwetters hatten sich die Reihen der Zuschauenden gelichtet, sodass die Wachtposten ihren Sperrriegel lockern konnten. Stephatons Aufmerksamkeit galt einer Gruppe klagender Frauen, die in einiger Entfernung zu den Kreuzen standen. Auch jener Jünger namens Johannes war unter ihnen. Von den anderen Jüngern war keiner anwesend, vermutlich konnten sie es nicht ertragen, ihren Meister sterben zu sehen. Gemeinsam mit Johannes und einer der Frauen ging Piso Aleator zum Kreuz hinüber.

„Seine Mutter", raunte Zadok Stephaton zu, aber dessen unruhige Augen waren wieder auf der Suche. Und endlich entdeckten sie Sara. An der Seite jener Maria, die ihm den gewürzten Wein gegeben hatte, sah sie bestürzt auf den sterbenden Jesus. Es quälte Stephaton, dass sie keinen Blick für ihn übrig hatte.

Der Körper des Gekreuzigten wurde zunehmend von Krämpfen geschüttelt. Dennoch schien Jesus noch in der Lage zu sein, mit seiner Mutter und dem Jünger zu sprechen.

„Komm, das wollen wir uns anhören." Zadoks Neugier war nur schwer zu ertragen, doch Saras Missachtung war es noch weniger, also folgte er ihm. Maria hatte ihre Stirn auf die angenagelten Füße des Sohnes gepresst, als wollte sie mit ihren Tränen das Blut von ihm waschen. Der Anblick erschütterte Stephaton bis ins Mark, und er erschrak über sich selbst: Hatte er sich nicht jegliches Mitleid verboten? Nur so hatte er die Zeit in Jerusalem überstehen können.

Der Jünger Johannes nahm die Frau tröstend in die Arme, ihr Gesicht war gezeichnet vom Blut des Gekreuzigten. „Ich bin durstig“, hörte man Jesus sagen. Wie war es möglich, dass er mit dieser ausgedörrten Kehle noch sprechen konnte?

„Frag doch deinen Elijah, der bringt dir köstlichen Wein,“ höhnte Fulvius.

„Gebt dem Mann von der *Posca* zu trinken!“, befahl Longinus ungehalten.

„Jawohl, Zenturio.“ Fulvius‘ Blick fiel auf Stephaton. „Ah, unser junger Grieche. Hast du dir nicht große Sorgen um sein Wohlbefinden gemacht? Du hast gehört, was der Zenturio gesagt hat: Der Mann darf etwas trinken.“ Er steckte einen bereitliegenden Schwamm auf einen Ysopzweig, tauchte ihn in einen Kübel und reichte ihn Stephaton.

„Hier, gib ihm das, solange Elijah noch auf sich warten lässt. Nicht so wohlschmeckend wie echter Wein, zugegeben, aber besser als gar nichts.“

Stephatons Hände zitterten, als er Jesus den essiggetränkten Schwamm an die Lippen hielt. Damals in Tiberias an dem unheilvollen Tag, der alles verändert hatte, da hatte auch er an einem Kreuz gehangen und Essig getrunken.

Entgegen seiner Behauptung schien Jesus nicht sehr durstig zu sein, denn er wandte den Kopf ab. Was auch daran liegen mochte, dass er genug damit zu tun hatte, Atem in seine Lungen zu schöpfen.

„Trink“, forderte Stephaton ihn auf. Und fügte flüsternd hinzu: „Kein mit Myrrhe gemischter Wein diesmal, es ist nur Essigwasser. Aber was könnte ich sonst für dich tun?“

Tatsächlich nahm Jesus daraufhin einen Schluck. Dann blickte er zum pechschwarzen Himmel hoch und rief mit letzter Kraft: „Vater! In deine Hände befehle ich meinen Geist!“

Ein ohrenbetäubender Donner folgte.

„Wie spät ist es?“, fragte Longinus einen der Soldaten.

„Etwa um die neunte Stunde, Zenturio.“

„Also gut. Machen wir der Sache ein Ende, bevor uns der Blitz trifft. – Fulvius! Sorg dafür, dass ihnen die Beine zerschlagen werden!"

Fulvius nickte, nahm zwei Keulen und reichte sie an Untergebene weiter. „*Crurifragium*, Leute! Beeilt euch damit! Heute dürft ihr zeitig zur Antonia zurück."

Das widerliche Geräusch zerberstender Knochen und das Schmerzgeheul der Gekreuzigten hallte über Golgota, gefolgt von einem grellen Blitz und weiteren Donnerschlägen.

„Worauf wartet ihr? Den König auch!", schrie Fulvius.

„Aber … er ist schon tot!"

„Und wenn schon. Zerschlagt ihm die Beine, ihr Ochsen, damit wir sicher sein können."

„Wartet!" Longinus trat zwischen die Zögernden, in seinen Händen hielt er ein *pilum*. Einen kurzen Moment zögerte auch er, bevor er Jesus die Lanze in die Seite stieß. Jesus blieb regungslos, ein Schwall von Blut und klarer Flüssigkeit schoss aus der Wunde und traf das Gesicht des Zenturios. Erschrocken ließ Longinus das *pilum* fallen, als habe es sich in glühendes Eisen verwandelt.

„Du hattest recht, Zenturio", sagte Fulvius, amüsiert über das Ungeschick des Vorgesetzten, „er ist tot wie eine Leiche."

Der Himmel öffnete seine Schleusen, wie aus Fässern begann es zu regnen. Blitz und Donner wurden immer bedrohlicher. Dann war ein bedrohliches Grollen aus der Tiefe zu vernehmen, und plötzlich bebte die Erde!

Selbst Fulvius verging das Grinsen. Wie alle anderen blickte er mit weit aufgerissenen Augen abwechselnd zum Himmel, dann wieder auf den Erdboden, als fürchtete er, der Felsen unter seinen Füßen könnte sich auftun und ihn verschlingen. Später hätte keiner der Anwesenden sagen können, wie lange dies alles gedauert hatte. Einig war man sich nur darin, dass der Rabbi nicht vom Kreuz herabgestiegen war, um seinerseits Strafgericht zu halten.

So rasch, wie das Beben begonnen hatte, beruhigte sich die Erde wieder. Der Himmel klarte auf, das Gewitter zog ab und die Sonne schimmerte erstmals wieder durch die aufbrechende Wolkendecke. Der Galiläer hing tot an seinem Kreuz, der Kopf war ihm auf die Brust gesunken. Bis auf den Jünger und ein halbes Dutzend Frauen war er von allen verlassen worden, die ihm gefolgt waren.

„Dieser Mann war Gottes Sohn!"

Stephaton wandte sich um. Joram! Schon die ganze Zeit über hatte er wohl hinter ihm gestanden und war Zeuge von Jesu Tod geworden. Antipas oder jemand aus der Familie des Tetrarchen musste ihn nach Golgota geschickt haben.

„Nur ist Gottes Sohn leider mausetot", erwiderte Zadok respektlos. Das abflauende Unwetter und die Tatsache, dass er noch lebte, hatten seinen Übermut rasch zurückkehren lassen. „Gott wird wohl einen neuen Sohn zeugen müssen."

Sie beachteten Zadok nicht. Der Hauptmann, immer noch tief ergriffen, sagte zu Stephaton: „Es scheint, als wären unsere Geschicke auf seltsame Weise miteinander verknüpft, mein Freund. Damals der Täufer, heute Jesus von Nazareth! Beide waren heilige Männer."

Unter anderen Umständen hätte sich Stephaton über das Wiedersehen gefreut. Doch jetzt, nach allem, was seit der Nacht geschehen war, war ihm weder nach Sentimentalitäten, noch nach geistigen Gesprächen zumute. „Wenn unsere Geschicke wirklich verbunden sind, Hauptmann, dann bedeutet das nichts Gutes für die Heiligen deines Volkes."

Er sah zu den Frauen hinüber, die auch während des Unwetters treu ausgeharrt hatten. Einige von ihnen, die nicht mehr weinten oder schluchzten, hatten ein Klagelied angestimmt. Sara und Maria standen in enger Umarmung da, ihre Welt war in sich zusammengestürzt. So bedauerlich und tragisch die Ereignisse um ihren Meister auch waren, sie würden sich neu orientieren müssen. Stephaton hielt es nicht länger, er *musste* mit Sara reden. Entschlossen ging er auf sie zu, doch als sie ihn sah, verhärteten sich ihre Züge.

„Sara!“

„Ihr habt ihn getötet, Stephaton!“

War das ihr Ernst? Gab sie ihm wirklich eine Mitschuld am Tod des Rabbis? Wusste sie denn immer noch nicht, dass er keine andere Wahl gehabt hatte, als den Römern zu Diensten zu sein? Natürlich, sie wusste das sehr genau, doch Trauer und Traurigkeit trübten ihr den Verstand.

„Tabita! Bitte, hör mir zu.“

Wenn er geglaubt hatte, dass die Erwähnung des Kosenamens sie besänftigen würde, sah er sich getäuscht. Heftig schüttelte sie den Kopf, in ihren verweinten Augen spiegelte sich wilde Verzweiflung. „Nein, Stephaton. Ich will nicht hören, was du mir zu sagen hast, denn es gibt nichts zu sagen. Du bist ein Mörder wie die anderen. Ihr habt den großartigsten Menschen gekreuzigt, der jemals auf dieser Erde gelebt hat. Ich will dich nie wieder sehen.“ Sie wandte sich ab, was ihn mehr schmerzte als ihre erbarmungslosen Worte.

Das war nicht jene Sara, die er zwei Jahre lang in seinen Gedanken und Träumen getragen hatte. So wie er nicht mehr derselbe Stephaton war, der ihr in Tiberias begegnet war. Die Welt hatte sie entzweit. Er hatte sie verloren, endgültig. Eine unendliche Leere kam über ihn. Der tote Jesus bedeutete Sara mehr als der lebende Stephaton. Die Leere war so tief und gewaltig, dass er nicht einmal Eifersucht empfinden konnte. Wie betäubt ging er zu seinen Leuten zurück.

Im Tempel hatte man nach dem Schrecken des Erdbebens bereits mit der Schlachtung der Opfertiere begonnen, als Tubero bei Pilatus im Praetorium erschien.

„Nun, Tribun? Irgendwelche besonderen Vorkommnisse?“

„Nein, Prokurator.“ Er ließ den musternden Blick des Statthalters über sich ergehen.

„Du wirkst müde, Tribun. Oder hat dich das Beben so erschreckt?“

„Du wünschtest, dass ich dir Meldung mache, wenn alles vorüber ist."

„Es ist gut, dass du gerade jetzt kommst. Da draußen wartet ein Mitglied des Hohen Rates. Er bat mich um den Leichnam des Galiläers, damit er ihn bestatten kann. Verstehe einer diese Juden, aber ich habe beschlossen, seiner Bitte nachzukommen. Du, Tribun, musst mir nur bestätigen, dass er nicht mehr lebt. So will es die Vorschrift."

„Der Rabbi Jesus ist tot, Prokurator! Er starb um die neunte Stunde."

„Gut, dann wäre das geklärt." Pilatus ließ ihn nicht aus den Augen. „Unser Freund Fulvius sagte mir, du habest auf Golgota einen kränklichen Eindruck gemacht."

„So wie du, Prokurator, als du das Urteil über den Galiläer fälltest."

„Was willst du damit sagen? Man könnte meinen, du hieltest ihn plötzlich für unschuldig."

Tubero schwieg.

„Ich habe dich etwas gefragt, Tribun."

„Spielt es eine Rolle, ob ich ihn für schuldig halte oder nicht? Du gabst mir ein Kommando."

„Das du auf Golgota wieder an den Zenturio Longinus abgetreten hast."

„Wenn du willst, beschwer dich bei meinem Onkel über mich. Ich werde ihm dein Schreiben eigenhändig überreichen, darauf hast du mein Wort."

„Das wird nicht nötig sein, Tribun. Ich habe nicht vor, dir Schwierigkeiten zu machen. Eine Hand wäscht die andere, das wissen wir beide. Du wirst also bald nach Rom zurückreisen?"

„Das ist meine Absicht."

Dem Statthalter war die Erleichterung darüber anzusehen. „Da fällt mir ein, dass ich ein Schreiben aufsetzen wollte, welches deine Ansprüche auf den griechischen Mimen bestätigt. Du erhältst es noch heute."

„Du brauchst dich an dein Versprechen nicht länger gebunden zu fühlen, Prokurator. Ich werde ohne ihn abreisen."

Pilatus blinzelte. „Hat das einen besonderen Grund?"

„Ja. Aber den musst du nicht kennen, es ist meine eigene Entscheidung."

„Wie du willst, Tribun. Du kannst gehen!"

Tubero verließ das Praetorium. Er war nicht mehr der Mensch, der er noch vor einigen Stunden gewesen war.

27

Hatte Pilatus geglaubt, der Tod des Rabbi würde seine Widersacher endlich zufriedenstellen, so hatte er sich getäuscht. Eine vom Hohenpriester Kaiphas entsandte Abordnung des Hohen Rates erschien am nächsten Morgen vor dem Praetorium und verlangte, den Statthalter zu sprechen, was bemerkenswert genug war an einem Sabbat. Misslaunig ging Pilatus zu ihnen.

„Was wünscht ihr?"

„Uns fiel ein, dass dieser Betrüger Jesus behauptete, er werde drei Tage nach seinem Tod von den Toten auferstehen."

Pilatus konnte nicht anders, als höhnisch darüber zu lachen. „So, das hat er gesagt? Fürchtet ihr euch etwa vor ihm?"

„Es gibt keinen Grund, darüber zu spotten, Prokurator. Seine Jünger könnten den Leichnam stehlen und behaupten, er lebe! Dieser Betrug wäre dann schlimmer als alles zuvor."

„Und was habe ich damit zu tun?"

„Du hast erlaubt, dass man ihn bestattet. Nun sieh auch zu, dass sein Felsengrab drei Tage lang bewacht wird, damit sich niemand an dem Leichnam zu schaffen machen kann."

Die Erlaubnis, den Rabbi würdig zu bestatten, war ein erster kleiner Racheakt gewesen. Aber wenn er seine Ruhe haben wollte, würde er ihnen auch noch diese Wache zugestehen müssen. „Sagt dem Hohenpriester, er soll bekommen, was er wünscht. Und jetzt geht mir aus den Augen."

Sein Missmut war nicht kleiner geworden, als er ins Praetorium zurückkehrte. Selbst der tote Rabbi hielt ihn noch in Atem. Seine Frau Claudia litt an einem neuerlichen Anfall von Schwermut und er hatte beschlossen, ihr vorerst aus dem Weg zu gehen. Aber auch der Tribun hatte sich gestern merkwürdig handzahm verhalten, als habe man ihm allen Hochmut ausgetrieben. Die Aufgabe auf Golgota hatte ihn wohl, wie von Pilatus vorausgesehen, maßlos überfordert. Oder standen sie etwa alle im Bann dieses Galiläers? Hatte er sie noch vom Kreuz herab beeinflusst und manipuliert? Dass dieser Mann eine ungewöhnliche Aura besessen hatte, war ihm schließlich selbst aufgefallen.

Im Grunde war es also nicht verkehrt, sein Grab zu bewachen. Auf jeden Fall musste vermieden werden, dass Gerüchte in Umlauf kamen, sonst könnte der tote Rabbi ihm letztlich noch mehr Ärger bereiten als der lebende. Pilatus wusste auch schon, wem er das Kommando über den Wachtrupp auferlegen würde: Kohortus Mellus würde sich nicht schon wieder mit einer Magenverstimmung herausreden können. Pilatus hatte noch jeden mürbe gemacht, den er degradieren wollte.

Einer der Palastsklaven näherte sich mit scheuer, ja ängstlicher Zurückhaltung im Säulengang.

„Hast du mir etwas zu melden?“, herrschte Pilatus ihn an.

„Herr, der Senator …“

Pilatus verbiss sich ein Stöhnen. Fulvius! Was wollte dieser Parasit so früh schon von ihm? Nun, immerhin schien er der Einzige zu sein, der sich nicht von dem Rabbi hatte beeindrucken lassen. Denn nach seiner Visite auf Golgota war Fulvius hungrig und frohgelaunt in den Palast zurückgekehrt.

Noch immer druckste der Sklave herum.

„Sprich endlich, Bursche, was ist mit dem Senator?“

„Ich fand ihn tot in seinem Bett, Herr!“

Auch das noch! Pilatus hätte sich eine weniger ärgerliche Weise gewünscht, um ihn loszuwerden. Doch Fulvius hatte es vorgezogen, sich in seinem Palast zu Tode zu fressen.

Am Morgen nach der Kreuzigung erwachte Stephaton unerholt aus einem tiefen Erschöpfungsschlaf. Merkwürdige Träume hatten ihn heimgesucht und laut schreien lassen. Mehrmals hatte Zadok ihn wachgerüttelt und verlangt, er solle still sein.

Im Traum hatte sich Stephaton selbst am Kreuz gesehen und seine Gefährten von einst, Gelon, Eugenia, Schapur und Selenos standen um ihn herum. Doch sie klagten nicht um ihn, vielmehr amüsierte sie sein Schicksal. „Ist doch nur ein Theaterstück", sagte der Traum-Gelon zu ihm, obwohl es eindeutig keins war, denn man hatte ihm schmiedeeiserne Nägel durch Hände und Füße getrieben. „Später werde ich dich massieren", versprach ihm Eugenia lachend. Merkte sie denn nicht, dass er nicht Laureolus, sondern wahrhaftig Stephaton war? Verzweifelt hielt er nach Sara Ausschau und konnte sie zunächst nirgends erblicken. Dann aber sah er sie herankommen, mit beiden Armen freudig winkend, um schließlich, als sie vor dem Kreuz stand, entsetzt die Hand vor den Mund zu schlagen. „Ihr habt ihn umgebracht!", warf sie Gelon und den anderen vor, doch die Mimen wiesen jede Schuld von sich. „Meine Liebe, wir spielen doch nur, was das Publikum von uns sehen will", erklärte Eugenia nachsichtig.

Solche und andere abstruse, beunruhigende Bilder waren es gewesen, die ihn gequält hatten. Nach dem Erwachen brachte ihm die Erkenntnis, dass es nur Träume gewesen waren, keine Erleichterung. Denn die Wirklichkeit und alles, was geschehen war, glich nicht weniger einem Albtraum. Sara, die sich im Traum noch um ihn gesorgt hatte, wollte in Wahrheit nichts mehr von ihm wissen.

In der Antonia ging alles seinen gewohnten Gang. Hier und dort wurde über das gestrige Unwetter gesprochen, über das Erdbeben, und irgendjemand behauptete erfahren zu haben, im Tempel der Juden sei der große Vorhang, der das Heiligtum vom Hof trennte, von oben bis unten entzweigerissen. Die Kreuzigung von Jesus und den beiden Banditen war hingegen kaum ein Gesprächsthema, zu gewöhnlich waren solche Hinrichtungen. Doch jene, die auf Golgota gewesen waren, schienen Stephaton wortkarg und nachdenklich zu sein. Selbst Zadok war schweigsamer als sonst. Am Abend rief der Zenturio Stephaton zu sich in sein Dienstzimmer.

„Deine Zeit in der Antonia ist bald vorüber“, verkündete Longinus. Seine Stimme war heiser, als hätte er Spinnweben im Hals, doch sein sonst so getrübter Blick wirkte auffallend klar. „In zehn Tagen wird ein Hilfstrupp nach Damaskus aufbrechen. Du wirst sie bis Tiberias begleiten, danach bist du frei. Ich wünsche dir alles Glück dieser Welt, mein Junge. Du wirst mir fehlen.“

Alles Glück dieser Welt hatte er bereits verloren. Der Gedanke, wieder daheim zu sein, erleichterte ihn nicht. Und hätte der Zenturio ihm vorgeschlagen, in seinem Dienst zu verbleiben, so hätte er ernsthaft darüber nachgedacht.

„Der Tribun erhob keine Einwände gegen meine Entlassung?“

„Er befürwortete sie sogar.“

Das war seltsam. Stephaton hatte damit gerechnet, dass Tubero ihm das Leben weiter schwermachte. Doch schon auf Golgota war der Tribun merkwürdig zurückhaltend gewesen. Eine Weile herrschte Schweigen, und Stephaton spürte, dass er und der Zenturio dasselbe dachten. Also fasste er sich ein Herz.

„Glaubst du, dass dieser Jesus ein Prophet war, Herr?“, fragte er gequält.

Longinus wischte sich mit dem Handrücken über die Stirn und sah aus dem Fenster. Als Stephaton schon glaubte, er habe seine Frage geflissentlich überhört, antwortete er leise: „Ich weiß nicht, ob er ein Prophet war. Falls er einer war – weshalb ließ er das alles geschehen? Warum ging er nicht zurück nach Galiläa, als man begann, ihm Ärger zu machen? Ein Prophet? Ich weiß nur, dass er ein besonderer Mensch war. Den Tod hat er nicht verdient.“

Auch Stephaton senkte die Stimme. „Ich bin ihm früher einmal begegnet. Auf einem Hügel bei Kapernaum hielt er eine flammende Rede. Schon damals berichteten die Leute von großen Wundern, die er gewirkt haben sollte. Du hast recht, er wäre besser in Galiläa geblieben. Jerusalem ist kein Ort für Wunder.“ Und ich hätte Sara nicht für immer verloren, fügte er in Gedanken hinzu.

Longinus sah ihm fest in die Augen. „Du irrst dich, mein Junge: Jerusalem ist der wunderträchtigste Ort auf dieser Welt."

„Behaupten die Juden." Stephaton lächelte matt.

„Du sollst etwas erfahren. Etwas, das bislang noch niemand weiß." Longinus machte einen tiefen Atemzug. „Als ich dem Galiläer den Speer in die Seite stieß, da schoss mir sein Blut direkt ins Gesicht. Seitdem kann ich klar und deutlich sehen, als wären meine kranken Augen durch die eines Jünglings ersetzt worden!"

Darauf wusste Stephaton nichts zu erwidern, auch wenn er an den Worten des Zenturios nicht zweifelte.

„Sein Blut hat mich geheilt, mein Junge. Eine Erklärung dafür habe ich nicht. Doch nicht mehr lange und ich werde in den Ruhestand gehen, dann bleibt mir viel Zeit, darüber nachzudenken."

Mit vier Legionären hatte Gaius Mellus seinen Wachtposten vor dem Felsengrab des Galiläers am alten Steinbruch bezogen, nur einen Steinwurf von Golgota entfernt. Mellus war sich darüber im Klaren, dass Pilatus ihn brüskieren wollte – ein Lagerkommandant hatte schließlich anderes zu tun, als das Grab eines Verbrechers zu bewachen. Schon der Befehl, sich dem Exekutionstrupp anzuschließen, hatte darauf hingezielt, ihn zu demütigen. Es gab nicht viele, die über seine Vergangenheit Bescheid wussten, aber Pilatus gehörte nun einmal zu den wenigen Eingeweihten. In Pilatus' Augen war er ein gefühlsduseliger Schwächling, weshalb er keine Gelegenheit ausließ, ihn an das Geschehene zu erinnern.

Fünfzehn Jahre lag der Vorfall zurück. Zwei Jahre lang war Nero Claudius Germanicus, ein Großneffe des großen Augustus, mit acht Legionen durch das von Aufständen erschütterte Germanien gezogen. Da hatte der junge Mellus noch große Ambitionen gehabt. Germanicus hatte ihm das Kommando über eines der Lager verliehen, mit denen er seine Feldzüge absicherte, Novaesium hieß dieser Ort.

Mellus liebte eine junge Chattin, die als Sklavin im Lager diente. Weil ihr Name für ihn unaussprechbar war, hatte er sie Ewah genannt. Nie würde er ihren glühenden Blick aus grünen Augen vergessen, mit dem sie ihn ansah, wenn er ihr etwas zuflüsterte. Er war fest entschlossen, sie nach Beendigung der Feldzüge freizukaufen und zu seiner Frau zu machen.

Eines Tages erschienen zwei Legaten des Germanicus im Lager. Am Morgen nach ihrer Ankunft fand man den einen erdolcht in seinem Zelt. In Verdacht geriet einer der Lagersklaven, denn dieser war spurlos im Wald verschwunden, doch die sofort anberaumte Suche nach ihm blieb erfolglos. Um ein Exempel zu statuieren, gab der andere Legat den Befehl, sämtliche Sklaven des Lagers zu kreuzigen.

Mellus' Bitte um Verschonung Ewahs wurde schroff abgelehnt, und so band man die Geliebte bald entblößt und entehrt an eines der rasch zusammengezimmerten Kreuze. Wilde Verzweiflung erfasste Mellus. Ewah sterben zu sehen war unerträglich, zumal es Tage dauern konnte, bis der Tod sie ereilte. In der Nacht schlich er sich zu ihr, bestach den Wachtposten und gab ihr unter Tränen den Todestrunk. Ein letztes Mal blickten ihre grünen, leidenden Augen ihn dankbar an.

Als man den Wachtposten anderntags befragte, behielt er das Geheimnis nicht lange für sich. Wenige Wochen später befand sich Gaius Mellus auf dem Weg nach Jerusalem. Nichts war ihm seither verhasster als Kreuzigungen.

„Was für ein lausiger Auftrag", schimpfte einer der Wächter, die vor der mit einem Rundstein verschlossenen Grabkammer des Galiläers ihren Dienst versahen. „Und alles nur wegen eines verrückten Juden, der so töricht war, sich als König auszugeben." Er zog seinen Umhang fester an sich, denn der Abend war kühl geworden. Inzwischen hatten sie Fackeln entzündet.

„Hör auf mit dem Gejammer", entgegnete sein Nebenmann, der

gleichwohl kaum besser gelaunt war. „Mach schon, du bist an der Reihe!“

Eigentlich hätte Mellus ihnen das Würfeln verbieten müssen. Aber was hatten sie schon zu befürchten? Selbst wenn die Jünger des Rabbis hier auftauchten, um den Leichnam ihres Meisters zu stehlen – was für ein abstruser Gedanke! –, würden sie mühelos mit diesen Kerlen fertig werden.

„Was ist mit dir, Kohortus? Willst du nicht mit uns würfeln? Die Nacht ist noch lang.“

„Lieber nicht.“

„Warum nicht? Piso Aleator ist nicht hier, du kannst nur gewinnen.“ Die Männer lachten grimmig.

„Würfelt ohne mich und seid gefälligst etwas leiser!“

Es war seltsam, Mellus hatte plötzlich das Gefühl, beobachtet zu werden. Vielleicht sollte er seinen Auftrag doch ernster nehmen? Mit dem geübten Blick des Soldaten inspizierte er die Umgebung, konnte aber nichts Verdächtiges ausmachen. Die Silhouette Golgotas mit ihren Pfahlgerüsten zeichnete sich in der Abenddämmerung ab. Ein widerlicher Ort. Auf der anderen Seite, über Jerusalem, lag die Stille des ausklingenden Sabbats, und der helle Mond am wolkenlosen Himmel war so rund wie ein Denarius. Nichts war auffällig, alles war ruhig.

Mellus dachte bei sich, dass er sein Leben dafür geben würde, wenn die Götter ihm nur noch einmal gestatteten, an Ewahs Seite den Nachthimmel zu betrachten.

Dritter Teil

Der neue Weg

Nach der Passion

Darum geht zu allen Völkern
und macht alle Menschen zu meinen Jüngern …
Matthäus 28,19

28

Der Olivenbauer Ephraim ben Elihu und seine Frau Lea weinten vor Glück, als ihre verlorene Tochter Sara eines Abends heimkehrte. Sie unterließen es, sie mit Vorwürfen zu überschütten, zu groß war die Erleichterung, sie unversehrt und zudem froh gestimmt zu sehen. Lange verharrten die Eltern in inniger Umarmung mit ihr, dann erst rief die Mutter schluchzend: „Mein Kind, wo bist du gewesen?"

„Gepriesen sei der Herr!", sagte Ephraim.

„Ich habe das Heil gesehen", entgegnete ihnen Sara.

Einige Tage später erreichte Stephaton Tiberias. Vor den Toren verließ er den Trupp und betrat erstmals seit zwei Jahren wieder den Boden seiner Heimatstadt.

Es war seltsam. Die Heimkehr und die wiedererlangte Freiheit weckten keine Gefühle in ihm. Stephaton fühlte sich leer und ausgezehrt, es gab nichts, was ihn antrieb. Eine Zukunft mit Sara würde es nicht geben und das Vergangene quälte ihn. Sein Leben drohte in Trostlosigkeit zu versinken. Immerhin würde er Agriope wiedersehen … und auch den Vater, der ihn hoffentlich versöhnlich empfing.

Niemand schien ihn zu erkennen. Hatte er früher kaum einen Schritt machen können, ohne dass ihn jemand angesprochen hatte, so ging er nun wie ein Fremder durch die Gassen. Hatte er sich so verändert? Nicht dass ihm etwas an seinem früheren Ruhm gelegen hätte, doch der Umstand, dass man ihn nicht beachtete, bestärkte ihn in seinem Gefühl, nur ein Geist zu sein. Ein Phantom. Sein Leben hatte keinerlei Spuren hinterlassen.

Als schließlich doch jemandes Aufmerksamkeit auf ihn fiel, merkte er es nicht einmal. Eine von vier Sklaven getragene Sänfte kreuzte seinen Weg und machte Halt. Von hinten legte sich eine massige Hand auf Stephatons Schulter. Gleichgültig wandte er sich um.

„Die Herrin will dich sprechen!“, sagte die gutturale Stimme des Hünen, der geringschätzig auf ihn herabblickte. Fausta Decilas Leibsklave hätte in der Arena vermutlich immer noch jedem Gegner das Leben schwer gemacht.

„Ich habe deiner Herrin nichts zu sagen.“

Brennus überhörte das, packte ihn am Arm und schob ihn auf diese Weise zur Sänfte, deren Vorhänge beiseitegeschoben waren. Fausta lächelte, wie man über einen Hund lächelt, der ein einstudiertes Kunststück vorführt.

„Hager bist du geworden, Stephaton. Und was für ein abgehärmtes Gesicht du hast. Aber ich freue mich, dass du wieder in Tiberias bist. Die Truppe, die derzeit im Theater spielt, ist ein Graus.“

„Ich bin gerade erst angekommen, edle Fausta. Was kann ich sonst für dich tun, außer dich durch meinen Anblick in deiner Selbstzufriedenheit zu bestärken?“

„Oh, du könntest mich wieder einmal besuchen. Für gewisse Dinge bist du ja vielleicht inzwischen reifer geworden.“

„Besten Dank, aber ich fürchte, meine Reife lässt immer noch zu wünschen übrig.“ Er wandte sich zum Gehen. Brennus hielt ihn fest.

„Die Herrin hat dich noch nicht verabschiedet“, sagte er drohend.

„Du warst in Jerusalem? Nun, wie haben dir denn die Frauen dort gefallen?“, verlangte Fausta von ihm zu wissen. „Du hast doch eine Schwäche für Jüdinnen, nicht wahr?“

„Was ich an ihnen schätze, ist ihre Tugendhaftigkeit.“

„Dann müssen zwei furchtbar langweilige Jahre hinter dir liegen.“

„Es war noch trostloser, als du dir das vorstellen kannst.“

„Wollen wir nicht unsere kleine Unstimmigkeit vergessen? Ich könnte dafür sorgen, dass du wieder auf der Bühne stehst. Glaub mir, Tiberias würde dir mehr denn je zu Füßen liegen."

„Wenn das Salz seinen Geschmack verliert, womit lässt es sich dann wieder salzig machen? Es taugt zu nichts mehr und wird von den Leuten zertreten", erwiderte Stephaton mit spröder Stimme.

Verwundert hob sie die Brauen. „Hast du beim Militär gedient oder bei einem Philosophen?"

„Was geschah mit meinen Gefährten?"

„Soweit ich weiß, sind sie frei."

„Wo sind sie?"

„Ich weiß es nicht. Es ist auch völlig unwichtig. Deine Zukunft hängt nicht an ihnen."

„Was hast du mit meiner Zukunft zu schaffen? Entschuldige mich jetzt, ich habe es eilig, meine Eltern zu sehen."

„Warte." Ihre Stimme nahm einen bedauernden Ton an. „Deinem Vater geht es nicht gut, wie man hört. Es wäre möglich, dass ihr bald Hilfe braucht."

„Du meinst, ich sollte mich dann vertrauensvoll an dich wenden?"

„Wenn du klug bist. Aber daran habe ich mittlerweile meine Zweifel." Sie nickte Brennus zu, damit er ihn gehen ließ.

Seine Ankunft in Tiberias hätte nicht unerfreulicher verlaufen können.

Agriope empfing ihn mit einem Aufschrei unfassbarer Erleichterung und wollte ihn gar nicht mehr aus ihrer Umarmung entlassen. Die Stiefmutter zu sehen war für Stephaton die erste Wohltat seit Langem. Er küsste sie auf die Stirn und nahm ihr Gesicht zwischen seine Hände, um es ausgiebig zu betrachten.

„Es sind nur Sorgenfalten", sagte sie mit einem traurigen Lächeln.

„Du bist immer noch wunderschön."

„Erwarte nicht, dass ich dir das glaube. Aber du, du bist viel zu dürr geworden, mein Junge."

„Was ist mit Vater?"

Sie seufzte aus tiefstem Herzen. „Der Schlag hat ihn getroffen. Er ist gelähmt, kann kaum noch gehen und sprechen. Ach, Stephaton, die Götter meinten es nicht gut mit uns."

„Die Götter schulden uns nichts. Kann ich ihn sehen?"

Der Vater lag schlafend auf seinem Bettlager. Agriope beugte sich über ihn und legte sanft eine Hand auf seine Schulter. „Demetrios, sieh nur, wer nach Hause gekommen ist", flüsterte sie aufmunternd. Demetrios' Augenlider hoben sich. Als er den Sohn erkannte, drangen aufgeregte Laute aus seiner Kehle.

Stephaton kniete sich vor ihn hin und ergriff seine Hand. „Vater! Ich hoffe, ich bin es noch wert, dein Sohn zu sein!"

Dem Alten liefen Tränen über die Wangen. Stephaton half ihm, sich aufzurichten, damit sie einander umarmen konnten.

Später saß Stephaton mit Agriope beisammen. Es gab so vieles zu erzählen, wenn auch wenig, woran sie sich hätten erfreuen können.

„Vor einigen Monaten", berichtete Agriope mit belegter Stimme, „erschien Gelon und machte deinem Vater Vorhaltungen. Warum er nichts unternommen habe, um die gesamte Truppe beizeiten aus dem Kerker zu befreien, schrie er ihn an. Seine Gefährtin Eugenia hatte die Haft nicht überlebt, und in seiner Wut suchte Gelon nach einem Schuldigen. Dein Vater versicherte ihm, dass er sich vergeblich für sie eingesetzt habe, doch Gelon wollte ihm nicht glauben und bedrohte ihn. Da traf deinen Vater vor lauter Aufregung der Schlag. Seitdem ist er so, wie du ihn vorhin gesehen hast."

Stephaton trauerte um Eugenia, die ihm wie eine große Schwester gewesen war. „Man hätte diesen verfluchten Laureolus nie ans Kreuz schlagen dürfen", sagte er zerknirscht. „Ist denn Gelon noch in der Stadt?"

„Man sagt, er sei mit den beiden anderen nach Sepphoris gegangen, um sich dort einer Theatergruppe anzuschließen."

Das war gut, denn Stephaton hatte nicht das geringste Verlangen, sie zu sehen.

„Jetzt aber zu dir, mein Junge: Wie ist es dir ergangen?"

„Ich kann noch nicht darüber reden, Agriope."

„Stephaton, sieh mir in die Augen!" Er tat, was sie von ihm verlangte. „Du bist Sara begegnet, nicht wahr?"

„Woher weißt du das?"

„Du hast noch nicht mit einem Wort nach ihr gefragt. Ich weiß aber, dass sie ihre Eltern verlassen hat. Du *musst* ihr begegnet sein, sonst würdest du nicht schweigen."

„Du bist sehr scharfsinnig."

„Unsinn. Es steht in deinen freudlosen Augen geschrieben."

Er blickte ins Leere. „Du erinnerst dich doch an diesen Rabbi Jesus, der damals predigend durch Galiläa zog?"

„Der Wundertäter! Natürlich, er war in aller Munde."

„Sara ist ihm gefolgt. Als seine Jüngerin."

Und er erzählte. Zunächst zögerlich, denn jedes Wort schmerzte. Aber je länger er sprach, umso größer wurde das Bedürfnis, sich alles von der Seele zu reden. Wem sonst außer Agriope hätte er dies alles anvertrauen sollen?

„Der Kreuzestod von Jesus war das Fürchterlichste, was ich jemals erlebt habe", schloss er mit einem Schaudern. „Sara wird mir niemals verzeihen, dass ich zu seinen Henkern gehörte."

Sie streckte ihre Hände aus, damit er sie ergreifen konnte. „Hör mir zu, Stephaton. Zufällig weiß ich, dass sie wieder heimgekehrt ist, denn ich habe sie erst vor Kurzem mit ihrer Mutter auf dem Markt gesehen. Du solltest mit ihr reden."

„Niemals!" Stephaton graute vor dem Gedanken, dass die Frau, die er liebte, ihn abermals einen Mörder schalt. Das würde er nicht aushalten. Ihre Botschaft war eindeutig gewesen: Sie wollte ihn niemals wiedersehen!

„Es wäre möglich, dass sie das Geschehene inzwischen mit anderen Augen sieht. Du hattest keine Wahl, du musstest tun, was man dir auftrug."

„Ich kann nicht, Agriope. Ich muss versuchen, sie zu vergessen, sonst werde ich leiden bis zum letzten Tag meines Lebens. Alles ist schon schlimm genug."

Sie strich ihm übers Haar. „Und wenn sie nur darauf wartet, dass du sie aufsuchst?"

„Ausgeschlossen."

„Ich bin eine Frau und kann das besser beurteilen. Wenn du dich schämst, solltest du einen anderen Weg versuchen."

„Und welcher wäre das?"

„Geh zu dem Platz, an dem ihr euch früher getroffen habt. Wenn sie dich liebt, wird sie dich dort suchen."

Seine Hoffnung war gering, aber er hatte nichts zu verlieren, wenn er tat, was seine lebenserfahrene Stiefmutter ihm vorgeschlagen hatte.

29

Agriope hatte es gut gemeint, aber ihre Vermutung war ein vorhersehbarer Irrtum gewesen: Es war dies schon der dritte Abend, den er an ihrem Treffpunkt nahe des Seeufers verbrachte, doch Sara war nicht gekommen. Natürlich nicht. Bestimmt war dies der sicherste Ort, an dem sie einander nie begegnen würden. Sara würde ihn meiden wie einen Heidentempel, weil er sie an einen der Henker von Jesus erinnerte.

Sitzend an den Felsstein gelehnt, dachte er wehmütig zurück an den Abend, als das Wasser des Sees rot geglüht hatte. Damals war noch alles möglich gewesen. Sie hatten einander ihre Liebe versichert, nicht ahnend, wie nah das Unglück schon lauerte.

Er lauschte dem Wind, der von Osten her die Wellen kräuselte, sah den Vögeln zu, wie sie träge schaukelnd auf dem Wasser schwammen, und atmete tief die Düfte des Sees ein. Hier, genau an dieser Stelle, hatte Sara gestanden, wenn sie bereits auf ihn gewartet hatte.

Er dachte zurück an die vergangenen Wochen. Die letzten Tage in der Antonia hatte er wie in einem Fiebertraum wahrgenommen. Alles war so unwirklich gewesen. Auch in den Tagen nach der Kreuzigung waren noch seltsame Dinge geschehen. Die wiedererlangte Sehkraft des Zenturios – war es denkbar, dass Cassius Longinus Fantasiebilder sah? Dann das merkwürdige Verhalten des Kohortus Mellus und seiner Männer, nachdem sie das Grabmal von Jesus hatten bewachen müssen: Morgens waren sie zur Antonia zurückgekehrt, die Gesichter fahl, die Augen wie entrückt und die Lippen fest verschlossen, als seien ihnen in der Nacht ihre Ahnen begegnet. Am nächsten Tag waren sie fort. Pilatus habe sie allesamt versetzt, erzählte man, weshalb und wohin, wusste niemand zu sagen.

Stephatons Abschied von Zadok war eher distanziert verlaufen. „Beleidige nie wieder einen Römer, sonst werden wir uns wieder gegenseitig ertragen müssen!" Obwohl Zadok dabei gelächelt hatte, war vermutlich jedes Wort ernst gemeint gewesen.

Jerusalem! Zwei Jahre hatte er dort verbracht, es schien ihm länger als sein halbes Leben. Jetzt war er wieder in Tiberias, doch nichts war mehr wie früher. Es half nichts, sich an etwas zu klammern, was ohne Bestand war, also beschloss er heimzukehren, ein drittes und letztes Mal, denn Sara würde nicht kommen.

Aber Stephaton irrte sich.

„Endlich, du bist zu Hause!"

Abrupt erhob er sich und sah sich Sara gegenüber. „Du wusstest, dass ich hier bin?" Sein Herz hämmerte wie wild.

„Ich hoffte es!"

„Dann bist du bereit, mir zu vergeben?"

Sie schüttelte den Kopf. „Nein, Stephaton. Ich möchte, dass du *mir* vergibst."

„Aber ..."

„Was ich auf Golgota zu dir sagte, sagte ich im höchsten Schmerz. Es war töricht." Nach einer Pause fügte sie hinzu: „Er hat von uns verlangt, dass wir uns gegenseitig vergeben. Er selbst verzieh seinen Feinden noch am Kreuz."

„Ja, und jeder konnte es hören." Sie hatte sich also mit seinem Tod abgefunden, und wie alle Juden würde sie auf einen anderen Messias warten müssen. Durfte er wirklich hoffen, dass zwischen ihnen wieder alles gut werden würde? Oder war dies ein neuer quälender Traum?

„Jesus war ein besonderer Mensch, Sara. Ein guter Mensch. Ich wünschte, ich hätte nicht dabei sein müssen, als man ihn ans Kreuz schlug. Er tat nichts, womit er das verdient hätte. Sein Tod war völlig sinnlos."

„Er starb für unsere Sünden", widersprach sie, jedes Wort betonend – dass der Tod ihres Meisters ein sinnloser gewesen sei, wollte sie verständlicherweise nicht wahrhaben. Aber sie lächelte, und sein Herz machte einen Sprung.

„Es gibt noch etwas, das ich dir sagen möchte", fuhr er fort.

„Ja?"

„Ich war eifersüchtig auf diesen Jesus, doch heute weiß ich, dass es dafür keinen Grund gab. Er kehrte das Gute aus den Menschen heraus, wenn sie es nur zuließen. Seine Jüngerin gewesen zu sein, muss dich stolz machen. Ich liebe dich immer noch, Tabita." Er fürchtete, dass ihr Lächeln augenblicklich verschwinden würde, doch dies geschah nicht.

„Ich habe mir gewünscht, dass du das sagen würdest. Ich habe sogar darum gebetet."

Er rang nach Worten. „Dann darf ich auf deine Gunst hoffen?", fragte er vorsichtig.

„Mehr als das! Denn auch ich liebe dich und werde es immer tun." In ihrer Hand hielt sie die kleine Gazelle. „Ich habe sie immer bei mir getragen. Nicht ein Tag verging, an dem ich nicht an dich gedacht hätte. Wie oft sah ich uns hier am Ufer stehen: Meine Gebete wurden erhört."

Und endlich überwanden sie ihre Scheu und fielen sich in die Arme. Ihrer Tränen schämten sie sich nicht, denn wie sonst hätten sie ihrer Erlösung Ausdruck verleihen können? Eine Laune des Schicksals hatte sie entzweit, so kam es ihm vor. Doch Stephaton fühlte sich, als habe er das Schicksal nunmehr besiegt, obwohl dieser Sieg ihm ohne eigenes Verdienst zuteilgeworden war.

„Ich möchte dich um etwas bitten, Stephaton."

„Soll ich dir die Sterne vom Himmel holen, Tabita?"

„Es ist viel einfacher. Morgen will ich nach Kapernaum gehen, zu jenem Hügel, wo wir damals der Predigt von Jesus lauschten. Würdest du mich dorthin begleiten?"

Mit ihrer Sentimentalität würde er sich abfinden müssen, sie hatte ein Recht darauf. Dennoch wagte er zu sagen: „Es wird dich traurig machen, an diesem Ort zu sein."

„Du irrst dich. Es wird mich noch viel glücklicher machen – und dich auch.“

„Glücklich bin ich, wenn du bei mir bist. Allerdings werden wir den ganzen Tag unterwegs sein. Du musst wissen, dass es meinem Vater nicht gut geht. Ich habe ihn lange genug im Stich gelassen.“

Sie legte ihm einen Finger auf den Mund, bevor er weitere Einwände vorbringen konnte. „Nimm ihn mit, deinen Vater. Wir wollen einen Esel besorgen, der wird ihn tragen. Nimm auch deine Mutter mit, denn du liebst sie doch. – *Die Zeit ist nahe,* Stephaton!“

So viel feierlicher Ernst lag in ihrer Stimme, dass er keine Fragen stellte, so merkwürdig ihn ihr Anliegen auch anmutete. Wenn sie von ihm verlangt hätte, mit ihr bis an das Ende der Welt zu gehen, er hätte es ihr nicht abgeschlagen.

30

Die Sonne war gnädig, sie brannte nicht zu heiß, und der Himmel trug das Blau des Sees von Galiläa. Stephaton schätzte, dass es an die fünfhundert Menschen waren, die sich an den frühlingsbunten Hängen des Hügels versammelt hatten. Nicht so viele wie damals, als Jesus gepredigt hatte, aber immerhin. Einige sangen leise Psalmen. Was trieb sie her? Was trieb Sara her? Doch wohl kaum schon ein neuer Messias.

Ihm war mulmig zumute. Dort hinten diese Männer – waren das nicht Jünger von Jesus? Ja, sie waren es, ohne Zweifel. Er erkannte Simon Petrus, den jungen Johannes und auch die anderen, die mit ihrem Meister im Garten Gethsemane gewesen waren. Allein den Verräter konnte er nirgends erblicken, aber durfte das verwundern?

Was führte sie zu diesem Ort? Vielleicht würde Petrus eine Gedenkrede auf den toten Meister halten. Jerusalem war weit, niemand würde es ihm hier verbieten. Sie mussten es sich zum Ziel gemacht haben, die Lehren ihres Meisters nicht der Vergessenheit preiszugeben. Auch die Mutter des Rabbis erblickte er unter den Jüngern.

„Sie werden mich erkennen“, raunte er Sara zu. Was hatte sie sich bloß dabei gedacht, ihn herzubringen?

„Vertrau mir“, sagte sie besänftigend.

Mit Decken und Kissen hatten sie dem hinfälligen Demetrios ein bequemes Lager im Gras bereitet. Agriope saß an seiner Seite und hielt ihm die Hand. Auch Saras Eltern waren mitgekommen. Merkwürdig – die Gegenwart von Heiden schien ihnen nichts auszumachen, sie hatten sogar manches herzliche Wort mit ihnen gewechselt. Überhaupt, alle Versammelten wirkten fröhlich und unbekümmert. In den Gesichtern der Jünger sah er keine Spur von Trauer, selbst die Mutter von Jesus wirkte nicht bedrückt. Hatten sie sich so rasch mit seinem sinnlosen Tod abgefunden?

„Seid gegrüßt!“

„Maria!“

Sara begrüßte die Jüngerin mit einer innigen Umarmung. Stephaton wich Marias Blick aus, spürte aber, wie beharrlich sie ihn ansah.

„Sei uns willkommen, Stephaton“, hörte er ihre Stimme. Jetzt musste er ihr Aufmerksamkeit schenken, wenn er sich nicht zum Narren machen wollte. Doch es fielen ihm keine Worte ein, die er ihr sagen konnte.

„Als du ihm den Schwamm reichtest“, flüsterte Maria ihm zu, „da hast du es getan, damit sich die Schrift erfüllt.“

Er wusste beim besten Willen nicht, was sie damit meinte, doch sie sagte es ohne Vorwurf, ohne Spott. Was war nur los mit diesen Leuten? Vergebung zu predigen war eine Sache, sie zu praktizieren eine völlig andere. Beinahe kam es ihm vor, als sei ihm diese Maria dankbar für das, was er getan hatte.

„Ich wünschte, ich wäre nicht dabei gewesen“, antwortete er hilflos. Und wie schon Sara diesen Worten mit einem Lächeln begegnet war, so lächelte auch Maria auf die gleiche unergründliche Weise, was Stephatons Verwirrung nicht minderte.

„Damit sich die Schrift erfüllt? Was meint sie damit?“, raunte er Sara zu.

Sie schmiegte sich an ihn. „Es steht geschrieben, dass der Messias all das erleiden musste.“

„Wozu?“

„Um uns zu erlösen.“

Ein Erlöser, der wie ein Verbrecher am Kreuz starb? Wo sollte das geschrieben stehen? Das ergab nicht den geringsten Sinn. Überhaupt, *wovon* hatte er sie erlöst? Von den Römern jedenfalls nicht. Waren seine geliebte Tabita und all diese Menschen etwa dem Wahnsinn verfallen? Hatte der grausame Tod ihres Meisters sie um den Verstand gebracht?

Die Menge wartete. Worauf?

„Etwas Einzigartiges wird geschehen", sagte Agriope ergriffen.

Bevor Stephaton sie über den Grund ihrer Vorahnung befragen konnte, entdeckte er ein weiteres bekanntes Gesicht. Er musste aber schon genau hinsehen, um sicher zu sein, dass es sich tatsächlich um Joram handelte. Es lag wohl daran, dass er ihn erstmals nicht in der Kleidung eines Soldaten sah. Stand er etwa nicht mehr in Diensten des Antipas?

Während Stephaton noch darüber nachsann, wurde die Menge mit einem Mal völlig still. Sara legte eine Hand auf seinen Arm, er spürte förmlich ihren Herzschlag. Oder war es sein eigener?

Er folgte ihrem Blick.

Ein weiß gewandeter Mann war auf der Kuppe des Hügels erschienen. Erwartungsvoll scharten sich die Jünger im Halbkreis um ihn und ließen sich nieder. Langsam wandte sich der Mann der Menge zu. Für die Dauer eines Wimpernschlages glaubte Stephaton vor Schreck erstarren zu müssen, doch dann beherzigte er, was in den Augen des Mannes geschrieben zu sein schien: *Fürchte dich nicht!*

Der Auferstandene breitete die Arme aus, deutlich waren die Wundmale der Kreuzigung an seinen Handgelenken zu erkennen.

„Friede sei mit euch!", begrüßte er die Versammelten.

Nachwort des Autors

Warum musste Gottes Sohn sterben? Seit zweitausend Jahren stellen sich Christen diese Frage. Die Apostel wussten zunächst nichts von Dogmen, Glaubenssätzen oder göttlichen Heilsplänen. Ihnen klang – vermutlich bis an ihr Lebensende – noch deutlich die Stimme ihres Meisters im Ohr. Auch die Emmausjünger, denen der Auferstandene die alttestamentlichen Schriften auslegte, dürften sich mit einer theologischen Deutung der Passion schwergetan haben. Erst mit dem Wachsen der Christengemeinden und dem Wirken des Heiligen Geistes, so sollte man meinen, kamen die Antworten. Deshalb kann ein ohne exegetische Absicht geschriebener Roman, der mit einer Erscheinung des Auferstandenen endet (1. Korinther 15,6), vorläufig nur fassungslose oder euphorisierte Zeugen zurücklassen, die erst später in der Lage sein werden, das tiefe Geheimnis von Jesu Tod und Auferstehung zu ergründen.

Zu den Personen des Romans

Weder Sara noch Stephaton werden in der Bibel namentlich erwähnt. In meinem Roman ist Sara die namenlose Frau, die den drei Synoptikern zufolge Jesus in Bethanien mit kostbarem Öl salbte. Die Evangelisten sind sich offenbar nicht ganz einig über die Identität der Frau. Bei Lukas ist sie eine stadtbekannte Sünderin (gemeint ist wohl: eine Prostituierte). Markus und Matthäus verwenden diese Bezeichnung nicht, obwohl es doch bestens in ihr theologisches Konzept gepasst hätte. Allein Johannes identifiziert die Frau mit Maria, der Schwester des Lazarus, die aber nirgends als Sünderin bezeichnet wird.

In der kirchlichen Überlieferung ist Stephaton der Name des

Soldaten, der Christus am Kreuz den Essigschwamm reichte. Anders als der Speerträger Longinus, der besonders in der katholischen Tradition fortlebte und den Status eines Heiligen erlangte, ist Stephaton über die Jahrhunderte hinweg ein unbeschriebenes Blatt geblieben. Das ist merkwürdig genug, zumal nicht einmal Legenden von ihm überliefert sind.

Andere ursprünglich unbenannte Nebenfiguren der Passion wie der „Schächer" Dismas, Veronika (die Jesus auf dem Weg nach Golgota ein Schweißtuch reichte) oder eben der Hauptmann Longinus haben glänzende, apokryph inspirierte Karrieren hingelegt – bis hin zum Märtyrertum. Im Gegensatz zu ihnen taucht Stephatons Name allerdings erst im 10. Jahrhundert in der abendländischen Buchmalerei (im *Codex Egberti*) auf.[1]

Die Lücken in der Vita eines Passionszeugen sind ein Segen für einen Autor, der sich den Herzenswunsch erfüllen möchte, einen Roman vor biblischer Kulisse zu schreiben. Der Stephaton der vorliegenden Geschichte ist demnach fiktiv. Dennoch habe ich mich bemüht, die in den Evangelien geschilderten Ereignisse, vor allem die zitierten Worte Jesu, nicht zu verzerren oder eigenmächtig zu interpretieren. Dort, wo die Beschreibungen voneinander abweichen – wie auch im erwähnten Beispiel der Salbung in Bethanien –, habe ich sie der Dramaturgie des Romans nutzbar gemacht. Dies gilt auch für die Reichung des essiggetränkten Schwammes (gemeint ist vermutlich das Getränk der römischen Legionäre, *Posca*, bestehend aus Weinessig). War es ein Akt der Barmherzigkeit durch die römischen Henker oder geschah es vielmehr, um den „König der Juden" ein weiteres Mal zu verhöhnen? Bis heute gehen die Deutungen auseinander. Für den Evangelisten Johannes ist die Sache klar: Jesus trank – kurz bevor er starb – den Essig,

---

1 siehe Leopold Kretzenbacher: „Zum kaum noch bekannten Namen des Kreuzigungszeugen Stephaton" in: Österreichische Zeitschrift für Volkskunde, Band LV, Wien 2001

damit sich die Schrift erfüllte! Hierbei spielt Johannes auf Psalm 69 an, wo es in Vers 22 heißt: „Sie gaben mir Gift zu essen, für meinen Durst reichten sie mir Essig."

Die im ersten Teil des Romans geschilderte Kreuzigung des Yehohanan ben Hagalgal ist historisch. Archäologen fanden 1969 in einem Grab bei Jerusalem die steinerne Knochenkiste des Hingerichteten. In seinem rechten Fersenknochen steckte noch ein etwa elf Zentimeter langer Eisennagel. Der Fund war nicht nur deshalb eine Sensation, weil er den ersten archäologischen Nachweis einer antiken Kreuzigung darstellte, er entkräftete auch manches Argument bibelkritischer Skeptiker. So war beispielsweise die Annahme widerlegt, dass einem schmählich als Verbrecher gekreuzigten Juden niemals ein anständiges Grab zugestanden worden wäre. Auch die Annagelung des Opfers – mitunter war dieses Vorgehen bezweifelt worden – wurde durch den Fund einwandfrei bestätigt.

Die Frage nach dem genauen Jahr der Kreuzigung Jesu ist für Gläubige zwar kaum relevant, doch ich will sie kurz anreißen: Als Favoriten gelten die Jahre 30 oder 33. Für beide Theorien gibt es gute Argumente, wobei diverse historische Angaben in den Evangelien sowie der jüdische Festkalender, der sich weitgehend nach den Mondphasen richtet, eine wichtige Rolle spielen. In diesem Roman habe ich mich für das Jahr 30 entschieden. Eine Präzisierung meinerseits war nötig, denn im Jahr 33 war Seianus, der einflussreiche Prätorianerpräfekt, bereits des Verrats angeklagt und hingerichtet worden. Seianus hatte einen Bruder namens Lucius Seius Tubero. Im Roman trägt sein fiktiver Neffe diesen Namen.

Ein Theaterspiel des römischen Mimendichters Catull über einen Räuber namens Laureolus, der am Kreuz endete, hat es im 1. Jahrhundert übrigens wirklich gegebenen. Über den Inhalt des Stücks ist nicht allzu viel bekannt.

Nicht leicht war die Entscheidung, anstatt der hebräischen Formen jüdischer Namen wie Jeschua, Miriam oder Jochanan die lateinischen oder griechischen Varianten zu verwenden. Die gewählte Lösung dürfte für das Gros des Lesepublikums vertrauter klingen.

Am Ende will ich noch erwähnen, dass mir durchaus bewusst ist, wie sehr religiöse Fragen heutzutage die Menschen polarisieren und auch polemisieren (abgesehen von denen, für die solche Fragen völlig gleichgültig sind). Einen biblischen Roman zu schreiben, zumal mit einem Passionsthema, ist Abenteuer und Gratwanderung, erst recht für einen Autor, der nicht zugleich Theologe sein möchte.

Allen, die sich vielleicht über diese oder jene Textstelle aufregen, will ich zurufen: Ich bin nur ein Suchender wie ihr! Ohnehin wird man entsprechende Streitfragen in diesem Leben nicht mehr klären können.

Günter Krieger